『불릿 트레인』의 속편으로 '무당벌레'가 주인공인 장편 소설을 쓰기로 했는데, 대체 어떤 이야기를 써야 할지 좀처럼 머릿속이 정리되지 않았습니다. 그러다 '납치당한 마리아를 무당벌레가 마지못해 구하러 가는 이야기'를 쓰기 시작했는데요. 그것대로 재미○○ 것 같았지만, 어느 날 산책을 하러 나갔다가 높이 솟은 빌ㄷ○○○○○○ ○이디어가 떠오르더군요.

'전작의 무○○○○○○○○○○○○○○○ ○간에서 펼쳐졌으니까 이번○○○○○○○○○○○○○○○ ○대로 하면 어떨까. 그렇다면 빌○○○○○○○○○○○○보자. 신칸센과 마찬가지로 일반 손님이 ○○○○○○○ ○○…… 호텔이다!'

호텔 객실에서 벌어지는 격투 장면과 엘리베이터를 활용한 장면을 고안하기 힘들긴 했어도 대체로 즐거운 작업이었습니다. 베개와 담요, 코코 등 새로운 등장인물을 그려내는 신선한 재미도 있었고요. 무당벌레는 여전히 운에 외면당해 재수 없는 일에 휘말리는데요. 어쩌면 무당벌레가 우리의 불운을 대신 짊어지려 애쓰는 건지도 모르겠다 싶은 순간도 있었습니다.

부디 이 소설을 읽는 동안
현실 사회의 불안함과 괴로움을 잊어버릴 수 있길 바랍니다.

- 이사카 고타로

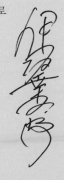

TRIPLE
SEVEN

트리플 세븐

이사카 고타로 장편소설

김은모 옮김

RHK
알에이치코리아

담요,
이틀 전 다른 호텔

"415호 맞지?"

담요는 앞서 걸어가는 베개에게 물었다. 두 사람은 호텔 비발디 도쿄의 객실 청소원용 유니폼인 베이지색 셔츠와 갈색 바지 차림이다.

직원용 통로를 나아간다. 앞을 걸어가는 베개와 따라가는 담요 사이에는 침대 시트와 베개 커버가 담긴 카트가 있었다.

"응, 415호. 사일로라고 외워놔."

담요가 베개와 알고 지낸 지는 십 년도 넘었다. 고등학교 여

777

자 농구부에 가입했을 때부터다. 같은 동아리인데도 서로 얼굴만 알 뿐, 말을 나눈 적은 없었다. 그보다 애초에 둘 다 학교에서 다른 학생과는 거의 이야기를 하지 않았다.

"결국 태어날 때부터 정해지는 거니까, 불공평해." 경기가 끝난 후, 벤치 멤버에도 포함되지 못해 관객석에서 경기를 봤던 베개가 불쑥 말했다. 그저 진심이 새어 나왔을 뿐, 말을 걸려는 의도는 아니었다. 때마침 말이 흘러가는 옆자리에 담요가 있었다. 베개가 무슨 말을 하려는지는 이해했다. 베개도 담요처럼 또래보다 한층 몸집이 작았다. 자신들보다 운동 능력이 조금 떨어져도 키가 큰 동아리원에게 기회가 가곤 했다. 아무리 연습에 힘써서 나름대로 좋은 결과를 내도 두 사람은 경기에 거의 출전하지 못했다.

"그러게." 담요도 동의했다. "태생부터 유리하다니, 불공평해."

"얼굴이 잘나고 몸매가 좋으면 인생은 탄탄대로겠지. 학교생활도 편할 테고. 수월하게 살 수 있어. 정말 짜증 나."

"싸잡아서 다 그렇다고 할 수는 없겠지만."

"할 수 있어. 더구나 유전자인가 뭔가로 태어나는 순간부터 결정되잖아. 너무하지 않아? 특별히 노력한 게 아니야. 태어나 보니 그랬던 거지. 난 얼굴도 평범하고, 키도 작고, 몸매도 별로야. 내가 무슨 잘못을 해서 이러나 싶을 정도라고."

외모만 따지면 담요도 베개와 거의 비슷했다. 그때까지는 '무슨 잘못을 했다고 이러나?'라는 생각을 해본 적이 없었다. 그렇구나, 그 정도 불평은 해도 되는 건가, 하고 번뜩 깨달았다.

"복 받은 사람들도 나름대로 고충이 있다든가?" 베개가 뭐라고 답할지 궁금해서 담요는 일부러 그렇게 말해봤다.

"없어, 없어." 베개는 손을 설레설레 내저었다. "고충이야 있겠지. 그럼 나랑 바꾸자고 하면 절대로 싫다고 할걸. 수월수월인이 고생해 봤자 얼마나 고생하겠어?"

자기중심적인 불평을 늘어놓고 있을 뿐인데 담요는 불쾌하지 않았다. 남을 원망하듯 감정적인 말투가 아니라 불만을 토로하면서도 '어차피 개선되지는 않겠지' 하고 달관한 듯 담담한 말투로 베개가 이야기했기 때문인지도 모른다.

"그리고 한 가지 더 깨달았는데."

"뭘?"

"수월수월인은 남을 자기 범주에 맞게 재단하려 해."

"수월수월인이라니, 무슨 중국어 같네." 담요는 웃음을 터뜨릴 뻔했다.

"남자 친구가 있어야 행복하다는 둥, 다 함께 신나게 놀자는 둥, 혼자서는 못 할 일뿐이잖아. 난 혼자 집에 있어도 좋은데, 그쪽은 그걸 가여운 삶이라고 여기는 경향이 있어."

담요는 "그건 그래." 하고 대답했다. 그래도 '그쪽'이 어느 쪽을 가리키는지 모르겠는 데다 너무 난폭하게 단정하는 듯했다.

그것이 고교 시절에 두 사람이 처음으로 나눈 대화였다.

엘리베이터가 도착했다. 청소원 전용이다. 베개가 먼저 올라탔고 담요도 뒤따랐다. 4층 버튼을 눌렀다.

"그러고 보니 이누이가 사람을 찾는 모양이더라고." 베개가 말했다.

"이누이가?"

"자기가 데리고 일했던 사람인 것 같던데. 서른 살쯤 된 여자랬나. 기를 쓰고 찾고 있어."

"돈이라도 들고 튀었나?"

"좀 더 위험한 물건인가 봐. 어쨌거나 이누이가 곤경에 처하다니, 쌤통이네." 베개가 웃었다.

"그래도 우리한테는 일단 은인이지."

"형편이 어려운 우리를 살살 꾀어서 이쪽 세계로 끌어들인 나쁜 놈이라고도 할 수 있겠지."

"동갑이라고는 해도 우리와 정반대의 인간인 건 틀림없어. 그쪽은 고등학생 때 하루하루를 즐겼을 유형. 반의 중심에서 남학생과 여학생에게 둘러싸여 콧대가 하늘을 찌르지 않았을까. 백 퍼센트, 수월수월인이야."

"후지와라노 미치나가*처럼 '천하는 내 것이로다' 하고 한 수 읊을 것 같아."

"그런 가사를 써서 노래하는 밴드가 있다면 보컬은 분명 이누이겠지. 같은 학교였어도 우리와는 절대로 교류가 없었을걸."

이누이는 미남까지는 아니더라도 청결하고 산뜻하게 생겼으며 키도 훤칠하게 크다. 화술이 뛰어나서 사람을 휘어잡는 능력이 있다.

"처음에는 엄청 친절한 사람인 줄 알았는데." 담요가 말했다.

"계산적인 거지. 많은 사람과 친분을 쌓고 높은 사람에게 귀여움을 받는 것도 전부. 결국 그런 유형이 제일 득을 본다니까. 배후에서 사부작사부작 움직여서 공로를 가로채. 스스로는 아무것도 안 하면서."

"전부 남한테 맡기고. 뭐든지 하청을 줘. 옛날에 그렇게 말했더니 화장실 물은 직접 내린다고 그러더라."

"이누이는 정치가를 위해 여러모로 일을 봐주고 있어. 뭔가 조사하거나 추문을 은폐하거나."

"그것도 실제로 땀 흘려 일하는 건 하청이잖아. 이누이는 일감이랑 칭찬만 받는다니까. 어쩌면 그 여자도 정치가를 위해서

• 헤이안 시대의 귀족이자 정치가. 당시 일본의 최고 실권자

찾는 건지도 모르겠네."

"지금 수배지 같은 걸 여기저기 보내는 모양이야. 이 여자를 발견하면 정보를 달라고 말이지. 택시기사나 배달업자, 우리 같은 업자 등에게 마구 뿌리나 봐. 가미노 씨랬나? 이누이가 찾는 여자. 가미노 아무개 씨일 거야."

"붙잡히는 건 시간문제겠네. 이누이의 인맥은 굉장하니까."

"붙잡히면 험한 꼴을 당하려나?"

"전신 마취해서 해부한다든가?"

우웩, 하고 둘 다 구역질하는 시늉을 했다. "그 소문 진짜일까? 인체 해부가 취미라는 거."

"듣기만 해도 진저리가 나네. 우리 둘 다 거리를 둔 게 정답이었어."

"언제든지 정답이지."

엘리베이터가 도착했다.

직원용 통로를 지나 객실층으로 나갔다. 침침한 복도가 간접 조명 불빛 덕에 환상적으로 느껴지기도 했다.

사일로라고 외운 객실 번호판을 확인한 후, 센서에 카드를 대자 자물쇠가 풀리는 소리가 들렸다. 최대한 소리가 나지 않도록 주의해서 문을 열고 베개가 재빨리 안으로 들어갔다.

카트 뒤에 있던 담요도 따라갔다.

남자가 소파에 앉아 텔레비전을 보고 있었다. 상대방이 서 있어야 편하지만, 이것만큼은 어쩔 수 없다. 어쨌거나 큰 문제는 아니다.

"실례합니다." 담요는 고개를 숙였다. 고등학교 농구부에서 선배만 보면 인사했던 시절이 떠올랐다.

남자가 깜짝 놀라 몸을 일으켰다. 베개와 담요를 보고 혼란스러워하는 눈치였다. 객실 청소원이라고 판단했을지도 모른다. 그래도 왜 멋대로 방에 들어왔나 싶을 것이다.

카트에서 새하얀 침대 시트를 끄집어냈다.

"이봐, 방을 잘못 찾아왔어."

남자는 베이지색 슬랙스에 감색 셔츠 차림이었다. 키가 크고 체격도 좋다.

"나 원 참." 옆에 선 베개가 어처구니없다는 듯 말했다. "빈틈투성이인데."

동물은 자기보다 덩치가 큰 상대를 보면 경계한다. 반대로 자기보다 작은 상대는 별로 겁내지 않는 법이다. 인간도 마찬가지다. 크고 강해 보이는 상대에게는 저자세로 나가고 작은 상대는 얕잡아 보기 십상이다. 베개와 담요는 옛날부터 그렇게 분석했다. "여자의 평균 키가 남자보다 십 센티미터 이상 컸다면 여러 가지가 변했겠지."라는 견해도 덧붙여서.

남자가 다가오는 모습을 보며 정말 멍청하네, 겉모습만 보고 얕본 시점에서 승패는 갈렸어, 라고 담요는 생각했다.

멱살을 잡든지 발로 차든지 둘 중 하나라고 예상하며 시트 한쪽을 베개에게 던졌다.

그 후로는 평소와 똑같았다. 둘이서 시트 끄트머리를 한쪽씩 잡고 남자에게 다가간다. 공격에 대응해 시트를 펼쳐 남자의 머리를 포함해 상반신을 덮는다. 남자는 갑작스러운 일에 놀라 꼼짝도 하지 못한다. 시트 끄트머리를 다시 베개에게 던진다. 시트를 받은 베개가 원래 자신이 잡고 있던 시트 끄트머리를 이쪽으로 던진다. 그 동작을 되풀이해 즉석에서 미라를 만들듯이 남자를 시트로 칭칭 감는다.

칭칭 감긴 남자가 균형을 잃고 바닥에 쓰러졌다.

고함을 지르며 잠시 발버둥을 치는 남자의 반응에도 담요와 베개는 당황하지 않았다. 시트 위로 목 부분에 수건을 감고, 둘이서 힘을 주자 목뼈가 부러지는 소리가 났다.

"지레의 원리야, 고마워." 담요는 중얼거렸다. 지레의 원리는 체격과 힘 차이를 단숨에 해소해주는 마법이다.

무릎을 끌어안은 자세로 남자의 시체를 움츠러뜨린 후, 둘이서 들어 올려 카트에 넣었다. 미리 보강해놔서 바닥은 빠지지 않았다. 주변에서 안쪽이 보이지 않도록 시트와 타월 등으로 위쪽을 덮었다.

그러고 나서 방에 증거가 남지 않도록 청소했다. 도중에 베개가 "아, 요모삐." 하고 벽을 가리켰다.

벽걸이 텔레비전에서 뉴스가 흘러나왔다.

마이크를 쥔 사람이 양복 차림 남자가 하는 이야기를 듣고 있었다. 양복 차림 남자는 늠름하게 생긴 얼굴에 허리도 꼿꼿하다. 오십 대 중반이라는데, 실제 나이보다 훨씬 젊어 보였다.

"요모기 사네아쓰는 이제 정치가가 아니지?" 담요가 물었다.

"정보국이랬나. 일본판 CIA라는 곳의 높은 사람이잖아. 그 사고 후로 정치를 그만뒀어."

그 사고가 뭘 가리키는지 담요도 금방 알아차렸다. 삼 년 전, 도쿄 도내의 넓은 차도를 달리던 전기차가 느닷없이 인도로 뛰어들어 길을 걷던 엄마와 아이를 치는 사고가 발생했다. 운전자가 술을 먹었던 데다 피해자가 현역 국회의원인 요모기의 처자식이라 뉴스에서 아주 크게 다뤘다.

리포터가 "요모기 장관님은 국회의원 시절에도 목숨을 위협당했다는 이야기가 있었는데요." 하고 마이크를 들이대며 질문했다.

"이야, 그 점에 관해서는 뭐라고도 말씀을 못 드리겠군요." 요모기 장관은 쓴웃음을 지었다. "하지만 만약 리포터님이 저를

777   13

노린다면, 이렇게 가까우니까 단숨에 끝장나겠는걸요."

"나, 의외로 요모삐가 마음에 들어. 제멋대로 떠들어대긴 해도 제법 수긍이 가거든." 베개가 말했다. "국회의원 숫자를 줄여야 한다고 줄곧 주장하잖아."

"나도 거기에는 찬성. 민간 기업이 정리해고를 피할 수 없는 시대잖아. 비용 삭감을 위해 정치가도 줄이는 편이 낫겠지."

요모기 사네아쓰는 초선 의원 때부터 한결같이 국회의원 의석수를 줄여야 한다고 주장해왔다. 더 나아가 '나이가 너무 많은 정치가는 은퇴해야 한다'라고 주장하며 매번 논쟁을 불러일으켰다.

"요모삐 말마따나 나이를 먹으면 실제로 근력, 기억력, 판단력이 떨어지잖아. 아무리 우수한 인간도 예외는 없어. 차를 운전하기도 힘들어진다니까. 누가 뭐래도 젊은 사람이 낫지."

"너무 젊은 것도 무서운데."

"야야, 쉰 살 먹은 오다 노부나가*와 여든 살 먹은 오다 노부나가 중에 누구한테 나라를 맡기고 싶어? 당연히 쉰 살이잖아."

베개의 말을 듣고 담요는 잠시 고민에 빠졌다.

___

* 일본 전국시대에 이름을 떨친 영주 중 한 사람으로 성미가 불같아 이에 빗대어 한 말

그러자 베개가 먼저 "하지만 오다 노부나가는 무서울 것 같아서 싫어. 오히려 할아버지가 된 후여야 대하기 쉬울 것 같아." 하고 말했다.

　몇백 년 후에 태어나 만나본 적도 없는 우리에게 '무서울 것 같다'라고 평가당하다니, 오다 노부나가가 불쌍하게 느껴져서 담요는 미안했다.

　"역시 요모삐는 미움을 받았으려나. 정치가를 줄이자고 하니, 정치가의 적이잖아."

　"뭐, 그렇겠지. 권력을 쥔 사람들은 권력을 놓지 않는 게 평생의 목표일 테니까. 그래서 정치가를 그만두고 정보국의 높은 사람이 된 건지도 몰라. 다른 방향에서 바꿔보려고."

　"바꾼다니? 제도를?"

　"그 정도로 배짱이 두둑하지 않을까? 왜, 초선 의원이 되기 전에도 열차에서 나쁜 놈을 잡았잖아."

　십오 년 전, 신주쿠에서 출발한 쾌속 열차에서 한 승객이 다른 승객에게 칼을 휘두르는 사건이 발생해 십수 명의 사상자가 나왔다. 그 열차에 탑승했던 당시 마흔 살의 요모기 사네아쓰는 입원할 만큼 크게 다치면서도 범인을 제압했다.

　"아까 이야기했던 삼 년 전의 교통사고도 실은 가족이 아니라 요모삐를 노렸다는 설이 있는가 보더라고." 베개가 텔레비전 화면을 보며 말했다.

"사고가 아니었다는 거야?" 담요는 저도 모르게 목소리가 높아졌다.

"그랬어도 놀랄 일은 아니지."

담요의 머릿속에 한 고등학교 선배가 떠올랐다. 당시 감독의 행태와 불합리한 지도 방식에 의문을 품고 농구부를 좀 더 바르고 건전하게 바꾸려고 행동에 나섰다가 다른 상급생들의 저항에 부딪혀 농구부에서 쫓겨났다.

"현재 체제를 바꾸려는 사람은 기존 체제를 고수하려는 사람에게 방해가 되니까."

"확실히." 담요는 화면 속 요모기 장관에게 시선을 주었다.

"요모삐, 힘내라."

베개와 담요는 청소를 마저 끝내고 객실을 떠났다.

무당벌레,
2010호

"녀석이 내 생일을 기억하고 있다니, 이렇게 기쁠 수가."

16

눈앞의 남자는 매사에 시원시원하고 대범한 상사를 연상시켰다. 든든할 뿐만 아니라 부하의 실수를 "어쩔 수 없지." 하고 받아들이는 관용도 갖추고 있을 듯했다.

"따님과는 한동안 못 만나셨죠?" 나나오는 내키지 않았다. 그렇다고 잠자코 있기도 힘들어서 머릿속에 떠오른 말을 꺼내봤다. "지금은 유럽에 계신다던가?"

어느 나라인지 정확하게는 모르므로 어중간하게 표현하는 수밖에 없다.

"응, 그렇지. 유럽."

"그림을 공부하러 연수랄까, 유학을 가셨던가요?"

"응, 그림을 공부하러 연수랄까, 유학을 갔지."

윈튼팰리스 호텔의 최상층, 2010호였다. 여느 때와 다름없이 마리아가 어디선가 맡아온 일의 하청, 이른바 실무 담당으로서 찾아왔다.

"방으로 가서 짐만 전해주면 돼. 정말로 간단하다고. 깜짝 놀랄 만큼." 의뢰 내용을 설명할 때 마리아는 평소와 같은 말을 하고 나서 호텔 구조를 알려줬다. "지상 20층이고 지하에는 주차장이 있어. 1층 로비에 라운지, 2층에는 일식, 양식, 중식 총 세 종류의 레스토랑이 있고, 건물 중앙 부분에 엘리베이터가 네

대. 3층은 연회장. 동서쪽으로 뻗은 복도에는 객실이 약 열 개씩. 비상계단은 각 층의 양쪽 복도 끝에 하나씩."

"짐은 뭔데?"

"딸이 아빠에게 생일 선물을 보내고 싶대. 그걸 운반해주는 게 이번 업무야. 이렇게 간단하고 안전한 업무가 있어도 되나 불안해진다니까."

"네가 대뜸 간단하고 안전하다고 말하는 게 더 불안해."

"선물을 운반할 뿐이니까."

"본인이 직접 주면 되잖아."

"유학 중이니까 어쩔 수 없지. 옛날에는 서로 으르릉거렸는데, 해외에 가니 아빠의 고마움을 알았나 봐. 그래서 아빠 생일에 선물을 보내는 거지. 미담이잖아."

"출장으로 머무르는 호텔에 보낼 것까지야? 집으로 보내면 될 텐데."

"아빠 일이 워낙 바쁘대. 출장이 이어져서 집에 자주 못 들어간다나. 역시 생일 선물은 생일에 받아야지, 아니면 김이 확 새는걸. 하여튼 의뢰받은 대로 선물을 가지고 가. 그럼 보수가 지급돼. 네가 이제 위험한 일은 싫다고 했잖아. 이렇게 간단한 일이 또 어디 있겠어?"

"'하야테' 때도 넌 그렇게 말했어." 나나오는 강하게 주장했다.

업계에서는 신칸센의 형식 명칭인 'E2'라고 부르는 사건이다. 시체가 산더미처럼 많이 생겼고, 나나오도 종이 한 장 차이로 산더미에 포함될 뻔했다. 트렁크를 들고 다음 역에서 내리기만 하면 되는 업무였는데도 말이다.

"이번에는 걱정하지 마. 정말 간단한 일이야. 선물만 전하면 끝. 가능하면 아빠 사진도 찍어서 보내주는 게 낫겠다. 일을 제대로 처리했다는 증거도 될 테니까."

마리아는 빠른 말투로 떠드는 유형이 아니고 오히려 담담하게 이야기한다. 거기에 비결이 있는지 귀를 기울이다 보면 '확실히 그럴지도 모르겠다'라는 생각이 든다. 나나오는 세뇌를 떨쳐내듯 전화를 끊었다.

그리고 지금 나나오는 윈튼팰리스 호텔 2010호에서 베이지색 치노팬츠와 흰색 와이셔츠 차림에 '일 잘하는 사람'이라고 명찰을 붙이고 싶은 남자와 마주 서 있었다.

우량 기업의 높은 자리에 있는 사람일지도 모른다. 소맷자락 밑으로 드러난 손목시계는 척 보기에도 고급스러웠고 놓여 있는 가방의 명품 로고가 눈에 확 띄었다.

나나오가 갑자기 방을 찾아와서 처음에는 남자도 당황스러워했다. 깜짝 놀라게 하려고 의뢰인이 미리 연락하지 않은 걸까. 난처한 건 이쪽이었다. 남자는 과도한 경계심을 감추려 들지 않고 안전고리가 걸린 문틈으로 이쪽을 탐색하는 듯한 시선을 보냈다.

나나오는 최대한 수상쩍게 들리지 않도록 유의하며 사정을 설명했다. 따님이 보낸 생일 선물을 가져왔을 뿐입니다, 드리고서 바로 가겠습니다, 라고 말하자 "아아." 하고 남자는 바로 표정이 밝아지더니 문을 열고는 무거워 보이니까 선물을 안으로 들여봐달라고 부탁했다.

나나오는 방금 자기가 들여놓은 포장된 짐에 시선을 주었다. 두껍지는 않아도 한 손으로 들기에는 너무 컸다.

"선물로 뭘 보냈을까." 남자는 포장된 짐을 만지며 눈을 반짝인 것처럼 보였다.

"뭘까요."라고 말한 후에 조금 퉁명스러웠을지도 모르겠다 싶어 "그림일지도 모르겠네요." 하고 얼른 말을 덧붙였다. '그림 공부'라는 정보로 안이하게 추측했다.

"그럴지도." 남자는 포장을 풀었다.

나나오는 선물이 뭔지 확인하지 않고 바로 돌아가려 했다. 그 순간 어디에 끼어 있었는지 모를 우편엽서가 미끄러져 나와서 나나오의 발치에 떨어졌다. 주워 들자 글씨가 눈에 들어왔다. '얼마 전에 아빠랑 화상 통화했을 때를 떠올리며 그려봤어. 닮았지?'라고 적혀 있었다.

선물은 액자에 든 그림이었다. 유화일까, 부드러운 터치로 채색한 인물화다. 다정한 눈빛의 남자가 정면을 보고 웃고 있었다. 피부와 머리카락, 목의 힘줄까지 아주 실감 나 보였다. 잘 그렸다고 나나오는 감탄했다. 예술적인지까지는 몰라도 분명 마음이 담긴 그림이라 나나오는 만나본 적도 없는 의뢰인에게 호감을 품었다.

다행이다, 아무 탈 없이 업무가 끝난다. 그렇게 생각하려 했다. 이대로 아무 일도 없이 끝나야 한다. 어쨌거나 이건 '간단하고 안전한 업무'니까 문제는 어디에도 없다. 마음에 걸리는 점은 무시하고 방을 떠나면 된다.

"잠깐만, 어떻게 된 거야?" 휴대전화 저편에서 마리아가 말했다. "무슨 일 있었어? 그렇게 간단한 업무인데?"

'간단하고 안전하다'라는 그 캐치프레이즈는 잊지 않았다고 나나오는 덧붙여 말했다.

"지금 어디야?"

"아직 윈튼팰리스야. 훌륭한 호텔이군. 방이 세련되고 고급스러워서 명문 귀족도 만족할 것 같아." 베이지색이 감도는 바닥에 검은 나뭇결무늬로 포인트를 준 벽지가 잘 어울렸다.

"명문 귀족의 취향은 모르겠고." 마리아의 한숨 소리가 들렸다. "선물만 전달하면 바로 끝나는 일 아니었어?"

"훌륭한 그림이었지. 아빠를 그렸나 봐."

"뭐가 문제인데?" 불길한 말은 듣기 싫다는 심정이 전해졌다.

"얼굴이 다르더라고."

"얼굴?"

"그림에 그려진 남자와 호텔에 있던 남자의 얼굴. 몸매도 달랐지. 그림 속 남자는 통통한 체형에 얼굴도 둥그스름했어, 2010호에 있던 남자는 갸름한 얼굴이었고. 다이어트나 얼굴 붓기 같은 걸로는 설명이 안 될 만큼 공통점이 적더군."

"뭐야, 그게. 하지만 예술은 그런 법이잖아? 실물을 있는 그대로 그려본들 무슨 재미겠어. 모딜리아니나 기시다 류세이도 그런걸."

"나도 그렇게 생각했어. 아무리 봐도 리얼리즘 화풍인데, 입맛에 맞게 좀 변형했을 수도 있겠지라고. 뭐라고 단정할 수는 없어. 난 예술을 잘 모르니까."

"그렇겠지."

"그래서 실은 너한테 상의하려 했어. 그림과 얼굴이 다른데 어떻게 된 건지, 예술로 받아들여도 되는 건지, 어쩌면 좋을지 조언을 듣고 싶어서."

"그래서 전화 건 거야?"

"아니, 이건 그 이후의 전화."

"무슨 소리야?"

"일단 방 밖으로 나와서 네게 전화를 걸려고 했어."

나나오는 2010호실 남자에게 "잠깐 전화를 걸어도 될까요?" 하고 부탁했다.

"전화?" 남자는 고개를 갸웃했다.

"대단한 일은 아니고 절차상의 문제로요." 나나오는 모호하게 대답했다. 마리아와 일하게 된 후로 절차가 필요한 적은 한 번도 없었다. 물론 넓은 범위에서 따지면 어떤 행동도 '절차'에 해당할 것이다.

"그럼 밖에 나가서 통화해주지 않겠나? 내 귀에 이야기가 들어오면 미안하니까."

"아아, 네."

방에서 나가면 자물쇠가 자동으로 잠기니까 그대로 쫓겨날지도 모른다. 그때는 또 초인종을 누르면 되리라. 할 일은 했으니까 돌아가도 될지 모른다. 그림과 실물이 다른 게 뭐 어쨌단 말인가. 예술은 피사체의 진정한 모습을 표출한다. 그런 식의 표현법이 틀림없다.

나나오는 스스로를 타이르며 문으로 향했다. 그런데 예상치 못한 곳에 소파가 있어서 부딪힐 뻔했다. 나나오는 얼른 몸을 틀어서 소파를 피했다.

"그게 좋지 않았어." 휴대전화 저편이 조용해서 마리아가 듣고 있는 건지 조금 걱정됐는데, "그건 또 무슨 소리야?" 하고 목소리가 들렸다.

"그 남자가 놀랐거든. 뒤에서 내 목을 조르려고 했겠지. 그런데 내가 갑자기 예상외의 행동을 보여서 당황했어."

"목을 조르다니? 잠깐, 뭐가 어떻게 된 건데?"

"결론부터 말하자면 그는 가짜야. 실물이 가짜고, 그림이 진짜였지. 호텔방에 있던 남자는 그림을 그려서 선물한 딸의 아빠가 아니었어."

무슨 상황인지 모르겠다, 좀 더 쉽게 설명해라, 결론부터 말해라, 하고 마리아가 닦달하자 나나오는 자신의 추리를 빠르게 늘어놓았다.

내가 갑자기 방에 찾아와서 선물을 주자 그 남자가 보기에는 수상쩍었는지도 모른다. 방에 맞아들였을 때 죽이기로 했는지 아니면 이야기를 나누면서 내 반응을 보고 그랬는지는 몰라도, 아무튼 내가 방에서 나가려고 몸을 돌린 순간 목을 조르려 한 것이리라.

"평범한 사람이 왜 그런 짓을 하는데?"

"평범한 사람이 아니니까. 우리와 비슷하게, 법을 무시하고 흉흉한 일을 하는 사람 아니었을까?"

"뒤가 구린 일이라도 하고 있었나."

"글쎄. 이제는 본인한테도 못 물어보겠네."

마리아가 입을 다물었다. 잠시 후 또 한숨 소리가 들렸다. 나나오는 소파에 앉혀놓은 남자를 내려다봤다.

"죽었어?"

"그건 좀 무서운 표현인데."

"그게 무슨 상관인데? 그럼 내세를 준비하러 보냈다고 하리?"

"그거 좋네. 어쨌든 내가 그런 건 아니야. 아까도 말했잖아. 이 남자가 내 목을 조르려다 휘청했다니까. 발밑에 떨어진 종이를 밟고 미끄러졌는지도 모르지. 결국은 요란하게 넘어졌어." 그러고 나서 남자는 방에 있던 대리석 탁자 모서리에 이마를 찧었다. 나나오가 동그래진 눈으로 바라보자 그는 바닥에 벌렁 자빠져 경련하다 움직임을 멈췄다.

마리아는 "음." 하고 길게 늘어지는 소리를 냈다. 생각에 잠긴 건지, 생각지도 못한 사태에 초조해하는 건지 확실치는 않았다. 이윽고 말을 꺼냈다. "괜히 엮여서는 안 되니까 거기를 빠져나오는 수밖에 없겠네. 문의 잠금장치는 자동으로 잠길 테니까."

"직원이 베드메이킹을 하러 오면 들킬 거야. 그쪽 담당은 마스터키를 사용해서 문을 열 수 있잖아? 그런데 카드키에도 마스터키가 있나?"

"그야 있겠지. 없으면 긴급 상황에 손을 못 쓰잖아. 아무튼 보통은 체크아웃한 후에 청소할 테니까 바로 찾아오지는 않겠지. 청소는 필요 없다고 알리는 스위치도 있잖아."

"이 남자는 며칠이나 묵을 예정이었을까."

"나라고 알겠어?"

"너라면 또 모르지." 나나오는 아니꼬워하는 티를 숨기지 않고 말했다.

"지금이 오후 5시니까 그럼 체크아웃은 적어도 내일 낮이겠지. 그때까지는 베드메이킹을 하러 오지 않을 거야. 그리고 그 시체를 어떻게 할 수 없을지 아는 사람에게 물어볼게. 일단 화장실이나 욕실에 숨겨놔."

"알았어." 나나오는 수긍하지 못하면서도 일단 대답했다. "덧붙여 하나 확인할게. 이번 일의 의뢰인은 건실한 사람이야?" 아빠에게 그림을 선물하려는 딸이 과연 존재하는지도 의심스러워졌다. "네게 의뢰할 정도니까 아주 평범한 일반인은 아닐 테지."

"업계랑 관련 있기는 해."

"역시나."

"하지만 흉흉한 일을 하는 유형은 아니고. 해외를 오갈 때 물건을 옮기거나, 정보를 몰래 전달하거나 그 정도. 나도 가끔 일을 부탁해."

"왜 나를 공격한 걸까." 나나오는 말하고 나서 "아, 그렇지." 하고 깨달았다. 그림에 그려진 남자와 이 방에 있던 남자는 다른 사람이었다.

"일단 죽은 남자 얼굴을 찍어서 보내줄래? 누군지 알 수도 있으니까. 나중에 확인해볼게."

"나중에? 당장 확인해주면 안 될까."

"손을 뗄 수가 없어. 말 안 했는데 지금 운전하느라 핸즈프리로 통화 중. 고속도로라서 사진은 확인 못 해."

"여행이라도 가나?" 이쪽은 일하고 있는데.

"남이 들으면 오해하겠네. 여행 갔다가 돌아오는 길이야. 열심히 일하는 사람에게는 휴식이 필요한 법이라고."

"난 어쩌면 좋을까."

"그 방을 대충 정리하고 그냥 돌아와. 나도 외출해야 하니까."

"외출?" 지금도 외출 중 아닌가?

"일단 집에 갔다가 연극을 보러 갈 예정이야. 오후 6시 반부터 입장, 오후 7시에 상연." 그렇게 말하고 나서 마리아는 극단 이름을 꺼냈다. 나나오가 묻지도 않았는데 극장 위치와 시간을 알려주더니 그 무대 공연이 얼마나 인기인지, 우연히 표를 구한 자신이 얼마나 운이 좋은지 설명을 줄줄 늘어놓았다.

"그렇게 휴식만 취해서 되겠어?"

"아, 당부하는데." 마리아의 목소리에 힘이 조금 들어갔다. "부디 조심해서 돌아와."

"조심해서? 이 방을 나서서 엘리베이터를 타고 1층으로 내려간다. 호텔을 나서서 지하철역으로 향한다. 그러면 끝인데 뭘." 마리아가 아니라 어디선가 자신을 보고 있을지도 모르는, 우연과 운명을 관장하는 존재에게 읍소하는 듯한 기분으로 나나오는 말했다. "식은 죽 먹기야."

그렇지? 맞지?

"본인이 제일 잘 알 텐데? '그러면 끝'인 일을 하는데도 넌 어째선지 말썽에 휘말리잖아."

"그게 나야. 물론 알아." 나나오도 부정하지 않았다. 그리고 숨을 내뱉었다. "알 수 없는 건 너지. 간단한 일이랍시고 시켜놓고, 이제 와서 조심하라고 걱정하다니 모순이잖아."

"시체가 나올 만한 일이 아니었단 말이야. 이 정도면 나까지 무서워질 지경이네. 넌 불운해도 너무 불운해."

나나오는 소파에 앉혀둔 흰색 셔츠 차림 남자의 시체를 힐끗 보았다. "사람이 죽는 일과는 되도록 엮이고 싶지 않은데."

"한 가지만 기억해둬."

"뭘?"

"네가 누구의 목숨도 빼앗고 싶어 하지 않는다는 건 알아. 나도 그 마음을 최대한 존중하고 싶어. 하지만 네 목숨을 노리는 상대는 별개야."

"별개라니?"

"널 죽이려고 하는 상대에게는 인정사정없이 대하란 말이야. 상대가 그럴 마음이라면, 너도 그럴 마음을 먹어야지. 축구의 페널티킥도 그렇잖아. 차는 쪽과 막는 쪽을 교대로 진행하니까."

"딱 와닿지 않는 비유인걸. 하지만 알았어. 호텔을 떠나서 일이 일단락되면 보고할게."

"공연 중에는 메시지 보내도 확인 못 해."

"나중에 확인하면 되잖아."

통화를 마친 나나오는 남자의 시체를 욕실로 질질 끌고 가서 욕조에 넣었다. 그리고 카펫에 남은 핏자국을 물에 적신 수건으로 벅벅 문질러 닦았다. 수건도 욕조에 던져 넣었다.

자기가 남긴 흔적이 있는지 확인한 후, 선물로 가져온 그림을 어떻게 할지 고민했다. 애당초 왜 이 방에 다른 남자가 있었던 걸까. 그때 어떤 생각이 번쩍 떠올랐다.

남자가 풀어헤친 포장지를 집어서 뒤집었다. 호텔 방 번호와 이름이 적힌 종이가 붙어 있었다. '2010'이라는 손글씨가 번져서 '2016'으로 보이기도 했다. 얼마 지나지 않아 나나오의 머릿속에 의혹이 솟구쳤다. '2016'이 '2010'으로 보인 건 아닐까.

방을 잘못 찾아왔을 가능성이 있다. 착각한 것이다. 누가? 내가.

그렇다면 2010호에 머물던 남자는 자신과 다른 이름으로 선물이 왔는데도 부정하지 않고 나나오를 방에 들인 셈이다.

보통은 방을 잘못 찾아온 것 아니냐고 대응할 것이다. 만약 이 남자가 흉흉한 일에 관련된 사람이라면 뭔가 꿍꿍이가 있는 것 아닐까 지레짐작해서 나나오를 맞아들였을지도 모른다. 충분히 그럴 수 있다.

세세한 점까지 걱정하다가 역효과가 난 셈인가. 세상은 아이러니한 일로 가득하다.

원래 배달처인 2016호에 가져다주는 편이 나을까.

가미노,
1914호

"윈튼팰리스는 좋은 호텔이야. 건물 자체는 크지 않아도 내부는 아주 훌륭하지. 방을 돌아다니는 것도 좀 긴장될 정도라니까."

그렇게 말하는 코코를 보자 가미노는 오래전에 돌아가신 어머니가 떠올랐다. 붙임성이 좋고 허물없이 굴어도 무례하지는 않아서 어쩐지 친근감이 느껴지는 유형이다. 육십 대겠지만 오십 대라고 해도 통할지 모른다.

가미노가 어제부터 머물고 있는 방에 코코가 찾아왔다.

"객실 수는 그렇게 많지 않은 아담한 호텔이지. 그래도 고급스러워서 돈을 들인 느낌이 나."

"지금까지 살면서 모은 돈을 모조리 써버릴 작정으로 예약했어요."

어머나, 하고 코코가 감탄과 어이없음이 뒤섞인 목소리로 말했다.

"그거 알아? 여기는 '죽고 싶어도 죽을 수 없는 호텔'이라고 불린대."

"네?" 갑자기 꺼림칙한 말이 날아들어서 가미노는 움찔했다.

"무서운 뜻이 아니라 여기 오면 행복한 기분이 드니까, 죽고 싶었던 사람도 그럴 마음이 사라진다는 뜻인가 봐. 삶이 팍팍할 때, 죽을 셈치고 와보면 좋다는 뜻일지도 모르지."

"아아, 그런 뜻이군요."

코코는 가방에서 태블릿PC를 꺼내서 동그란 탁자에 내려놓았다. 접이식 키보드도 펼쳐서 뭔가 조작하기 시작했다.

"저기, 정말로 가능할까요?"

"가능하냐니, 당신을 도망시키는 거? 물론 그러려고 왔지. 당신도 그럴 생각으로 의뢰했을 테고. 혹시 내가 이렇게 늙은이일 줄은 몰라서 후회돼?"

무슨 말씀을요, 하고 가미노는 고개를 저었다. "이누이 씨가 전에 그랬어요. 인생을 다시 시작하려면 코코 씨에게 부탁하는 게 제일이라고요."

가미노에게 말한 것이 아니라 다른 사람과 통화하다가 그런 말이 나왔다.

"현생을 그만두고 싶다면 맡겨만 줘." 코코가 연극배우 같은 투로 말했다. "연락처는 이누이에게 들었어?"

"이누이 씨와 업무로 관련된 사람의 연락처는 전부 머릿속에 들어 있거든요."

"전부 머릿속에? 기억력이 좋은가 봐?"

질문만 던져대는 코코가 더더욱 어머니처럼 보였다. "네."

"어머. 아주 순순히 인정하는구나. 겸손해 보이게 생겼는데."

"기억력이 좋은 건 부정할 수 없는 사실이니까요. 전부 그 탓이에요." 그렇게 대답하자 위장이 꽉 죄어드는 기분이었다. 가미노는 자기 머리를 오른손으로 움켜잡았다. 움켜잡고 뇌를 빼내고 싶은 기분에 휩싸였다.

"전부 그 탓이라니, 그게 무슨 뜻이야?"

"제 인생이 이렇게 된 거요. 이누이 씨 밑에서 일하게 된 것도. 그러다 도망치게 된 것도."

분명 친구 하나 없이 인생을 살아온 것도.

"기억력이 뛰어난 건 좋은 일이잖아. 트럼프 짝 맞히기도 잘할 것 같고."

"잘했죠." 가미노의 목소리가 거칠어진 건 경험에서 우러난 실감이 담겨 있었기 때문이다. 어릴 적에는 그저 천진하게 트럼프 카드를 뒤집으며 "맞았다." "또 맞았네." "왜 다들 틀려?" 하고 기분 좋게 우월감을 느꼈다. 하지만 다른 사람들은 자기만큼 기억력이 좋지 않다는 사실을 차차 알아차렸고, '잊는' 능력이 얼마나 중요한지도 깨달았다.

싫은 일은 잊어버리면 되잖아. 누군가 그렇게 말하면 가미노가 할 말은 정해져 있다.

잊어버리다니, 어떻게?

"어떤 일이든 평생 기억해요. 보거나 들은 건 뭐든지 다요. 멍하니 바라볼 때는 그나마 나은데, 일단 의식하면."

"기억에 새겨진다?"

가미노는 힘 있게 고개를 끄덕였다. "그야말로 새겨진다는 표현이 딱이네요. 아무리 문지르고 씻어도 지워지지 않아요."

"그 정도야?" 코코의 눈이 휘둥그레졌다. 갑자기 걸음을 옮기기에 왜 그러나 했는데, 침대 곁에서 파일을 들고 왔다. "이런 것도 한 번 보면 외울 수 있어?"

파일을 펼치자 호텔 이용 약관 등이 적혀 있었다. 가미노는 고개를 끄덕이고 펼친 페이지를 훑어보다가 삼십 초도 지나기 전에 "여기는 외웠어요." 하고 대답했다.

반신반의하는 코코에게 방금 외운 페이지의 문장을 들려줬다.

"어머나, 굉장하다." 그렇게 말한 코코는 잠시 망연자실한 표정이었다. "자주 깜박깜박하는 나로서는 부러울 따름인데."

"어릴 적에는 친구와 부모님이 왜 물건이나 약속을 잊어버리는지 이해하지 못했죠."

"공부도 잘했겠네? 학교에서 치는 시험은 달달 외우면 좋은 점수를 받을 수 있으니까."

네, 하고 이번에도 가미노는 바로 고개를 끄덕였다. 초등학생 시절부터 공부 때문에 고생한 적은 없었다. 그리고 어느덧 우등생이라는 말이 따라다녔다.

"친구의 사소한 말 한마디나 찜찜한 태도도 전부 머릿속에 남아요." 가미노는 자기 머리를 손가락으로 두드렸다. 상대가 나쁜 뜻 없이, 어쩌면 아무 의도도 없이 꺼낸 말일지라도 머릿속으로 곱씹는 사이에 '어쩌면 빈정거린 건지도 몰라' '내 태도에 문제가 있었던 걸까' 하고 괴로운 상상이 자라났다.

남들과 함께 지내면 쓰라린 기억이 늘어난다. 상대의 말과 행동뿐만 아니라 자기 자신의 실수와 실언, 좋지 않은 행동을 잊어버리지 못하는 것도 괴로웠다. 죄의식과 양심의 가책은 희미해지기는커녕 언제까지나 선명한 색채를 띤 채 가미노를 괴롭혔다.

십 대가 되어 사춘기에 접어들자 자진해서 인간관계를 피하게 됐다.

"친구는 한 명도 없었어요. 학교에서 꼭 필요한 말만 했을 뿐, 누굴 만나거나 같이 논 적은 없었죠."

외롭지는 않았다. 하지만 SNS에서 화사하게 차려입은 남녀가 즐겁게 지내는 영상을 보거나, 선남선녀 부부가 자랑스럽게 올린 아이 사진을 볼 때마다 '난 뭘 하는 걸까' 하고 어두운 기분이 들고는 했다.

그렇게 말하자 코코는 "그런 건 행복이 아니야. 남에게 보여주지 않으면 행복을 느끼지 못한다는 거니까." 하고 손사래를 쳤다. "친구가 많아봤자 질투와 불만이 소용돌이칠 뿐이고."

"소용돌이친다고요?" 자신을 격려하기 위해 한 말이라고는 느꼈다. 가미노는 살짝 웃었다. "하지만 혼자는 고독한걸요. 그래서 대학생 때 앞으로 어떻게 살아갈지 많이 고민했어요. 내게 적합한 직업은 뭘까, 하고요."

"변호사같이 자격증이 있어야 하는 일은 어때? 기억력이 좋으니 법률도 잘 외울 텐데."

"그런 생각도 없지는 않았어요." 법학부에 갔어야 했나, 하고 후회는 했다. 꼭 변호사가 아니더라도 자격시험에 유리할 테니 한 분야의 전문가를 노려볼까 싶기도 했다. "다만 이렇게 말하면 좀 그렇지만, 의사나 변호사는 사정이 딱한 사람을 상대하는 일이잖아요."

"뭐, 곤경에 처한 사람을 도와주는 일이기는 하지."

"그 사람들의 딱한 사정을 기억하면서 살아가면 분명 못 견딜 거예요."

"알 것 같아."

"고민한 끝에 아이디어가 떠올랐죠. 제빵사는 어떨까."

"갑자기?" 코코가 웃었다.

"분량이나 순서 같은 요리법은 얼마든지 외울 수 있고, 센스가 있는지는 모르지만 시킨 대로 할 수는 있을 것 같았거든요. 게다가."

"먹은 사람이 기뻐해주지."

가미노는 고개를 크게 끄덕였다. "그래서 대학을 그만두고 전문학교에 다니기로 했어요."

남이 기뻐하면 좋겠다. 남에게 기쁨을 주고 싶다. 친구를 사귀기는 포기했어도 그 정도 기회는 있어도 되지 않을까.

당시 가미노는 이제야 살아갈 길을 찾았다며 환희했다. 실제로 전문학교에 다닐 때가 지금까지 살아오면서 제일 평온한 시절이었다.

"학교를 졸업한 후 도쿄 도내의 양과자점에 취직해서 일했어요."

"어땠어?"

"별로 안 좋았어요." 가미노는 솔직하게 말했다.

"어머."

"일 자체는 열심히 했지만요."

"뭐, 인간관계는 어디에나 있는 법이니까."

가미노가 설명할 필요도 없이 코코는 무슨 일이 있었는지 이해한 눈치였다. 사장인 파티시에의 기분에 따라 가게 분위기가 달라졌고, 선배 직원은 불합리하게 일을 떠넘기는 것도 모자라 불합리하게 질책을 가했다. 상품 품질이나 손님의 기쁨보다 사장의 안색만 살피는 가게에서는 슬픔과 고통밖에 느낄 수 없었다. "그래도 흔한 일이니까요."

"아니지, 아니지. 흔한 일이라고 해도 가미노에게는 중요한 일이잖아. 그런 식으로 따지면 모든 생물은 결국 죽으니까 언제 죽어도 별수 없다는 결론이 나버린다고. 흔한 일이라는 말로 그냥 넘어가면 안 돼."

"결국 가게를 그만뒀어요. 하지만 그 후로도 당시의 괴로운 기억이 계속 남아 있었죠."

"시간이 흐르면 싫은 일도 잊힌다는 말이 가미노에게는 해당되지 않는구나." 정말 힘들겠다며 코코가 동정했다.

"정신 건강이 안 좋아져서 병원에 다니며 처방받은 약으로 어찌어찌 버텼는데, 돈이 다 떨어졌어요."

몸과 마음이 상하는 바람에 예금을 얇게 저며내듯 아껴 쓰면서 간신히 생활을 이어나가던 중 조금이라도 사회와 접점을 두려고 봉사활동에 참가했다가 교묘한 사기를 당해서 반년 만에 계좌의 돈을 거의 다 잃었다.

"아이고." 코코가 인상을 찌푸렸다.

"그 무렵에 이누이 씨를 만났어요."

온종일 땡볕 아래 서 있어야 하는 아르바이트를 마치고 녹초가 돼서 집으로 가는 길에 타르트 가게가 개업했다는 걸 알았다. 유리창 곁에 진열된, 과일이 듬뿍 올라간 타르트가 예뻐서 대체 어떻게 장식하는 건가 싶어 얼굴을 가까이 대고 빤히 들여다봤다. 그때 이누이가 "이봐, 그 케이크를 그렇게 먹고 싶어? 사줄까?" 하고 말을 걸었다. 당황해서 "아니요, 그냥 구경한 거예요." 하고 설명하는데도 당연히 변명으로 받아들인 듯 "괜찮으니까 같이 먹자." 하고 다가왔다.

"행동력이 있달까, 기회를 잘 포착한달까 아무튼 이누이답네. 그렇게 슬금슬금 남을 자기 손아귀로 끌어들이지."

가미노는 어떻게 반응해야 좋을지 몰라서 어색하게 웃고는 당혹스러운 심정을 솔직히 말했다. "제 앞에서는 나쁜 사람이 아니었는데요."

"정말로 나쁜 인간은 모두에게 그런 착각을 심어줘." 코코가 동정하듯 말했다. "이누이 밑에서 몇 년 일했지?"

"이 년요. 사무 작업을 했죠. 경리도요."

"이누이가 수상한 일을 한다는 건 알고 있었어?"

"처음에는 물론 몰랐어요." 거짓말이 아니었다. 다른 직장은 제대로 다닐 수 없는 상황이라 이누이가 일을 시켜준 건 고마웠다. 만약 법률을 지키지 않는 꺼림칙한 일에 관여한다는 사실을 알았다면 거절했을 것이다.

"뭐든지 잊어버리지 않는 가미노의 기억력에 대해 이누이는 알고 있었어?"

가미노는 고개를 끄덕였다. 일을 시작할 때 알려줬다. 자신의 체질이나 사정을 미리 말해두지 않으면 훗날 고용주에게 민폐를 끼칠 것 같았기 때문이다.

"기뻐했겠네."

"네?"

"이누이는 아무것도 하지 않고 남에게 시키는 걸 좋아하니까. 가미노의 기억력은 써먹을 방법이 많아. 예전에 이누이가 그랬거든. '난 나 말고 다른 인간을 몰래 도구라고 불러'라고. 너무 노골적인 표현이라 웃기더라."

확실히, 하고 가미노는 고개를 끄덕였다. 이누이는 이용할 수 있는 상대가 있으면 서슴없이 의지한다. 업무도 대부분 외주를 줘서 처리했다.

돌이켜보면 가미노와 밖을 돌아다닐 때도 거래처의 연락처를 물어보는 것은 물론이고, "가미노, 잘 기억해둬." 하며 자신의 일정을 말해주고 외우게끔 했다. 가끔 정치가와 식사하는 자리에 가미노를 데려가서 "그때, 그 사람이 뭐라고 했더라?" 하고 의사록을 들춰보듯 확인하기도 했다. 그런 의미에서는 가미노를 음성으로 조작하는 기억장치처럼 취급했을지도 모르겠다.

"뭐, 재미있는 생각이라도 났어?" 코코의 말에 가미노는 자신의 표정이 풀어졌음을 깨달았다.

"이누이 씨가 가끔 '나 오늘 점심 먹었던가?' 하고 물어보기도 했어요."

코코가 웃었다. "기억력이 아무리 좋아도 그걸 어떻게 알아? 그런 것까지 남에게 떠맡기다니."

"어디까지 진심이었는지 모르겠네요."

"섬뜩한 소문을 들은 적 있는데 말이야." 갑자기 코코의 표정이 쓰디쓴 약을 먹은 것처럼 바뀌었다.

가미노는 긴장했다. "무슨 소문인데요?"

"이 누이는 해부 마니아래. 못 들어봤어?"

"해부요?"

가미노의 반응을 보고 코코는 아차 싶은 표정을 지었다. 모른다면 굳이 화제로 삼을 일은 아니었다고 생각했으리라. "갈 곳 없는 젊은이를 유인해서 전신 마취한 후에 손질한다. 그런 소문이야."

"손질?"

"생선을 손질하는 것처럼."

가미노는 입에 손을 댄 채 잠시 아무 말도 못 했다. 물론 그런 소문은 처음 들었다. 도마에 얹힌 사람의 몸을 상상할 뻔했다. 무시무시한 장면이 자꾸 떠오를 것 같아서 허둥지둥 고개를 휘휘 내저었다.

"어디까지나 소문이지만."

"그렇겠죠." 대답한 순간, 가미노는 기억을 자극받았다.

이누이의 사무실에는 인간의 골격과 근육을 그림으로 설명한 책과 인체모형까지 있었다. 이누이는 자주 그 책을 꺼내서 구석구석 유심히 들여다봤다. 그건 그런 의미였었나.

코코의 표정이 침통한 이유를 가미노도 알아차렸다. 너도 붙잡히면 그렇게 될 가능성이 있다고 걱정하는 것이다. 온몸의 털이 곤두서고 배에 구멍이 뻥 뚫린 것처럼 한기가 느껴졌다. 고통도 없이 피부가 벗겨지는 자신의 모습을 상상하자 떨리는 숨결이 입에서 새어 나왔다.

여섯 명,
차도

SUV가 윈튼팰리스 호텔로 향하고 있었다.

"아스카, 이제 얼마나 남았어?"

"내비게이션의 도착 예정 시각을 믿는다면 십오 분쯤."

"거기에 이누이가 찾는 여자가 묵고 있다는 건가."

"이름이 뭬랬더라?"

"가미노잖아. 가미노 유카. 그 정도쯤은 기억해라, 가마쿠라."

"곧 갈게, 가미노 씨."

"어쩐지 재미있네."

"뭐가, 헤이안?"

"꼭꼭 숨어 있는 사람을 몰아붙여서 붙잡는 거, 재미있잖아."

SUV에는 여섯 명이 타고 있었다. 운전은 아스카가 맡았고 조수석에는 나라가 앉았다. 스물세 살인 두 사람은 여섯 명 중에서 제일 어리다. 부유한 집안에서 자랐고 둘 다 세 자매 중 막내며 국제학교에 다녔고 집에서 쫓겨나는 등 공통점이 많지만 차이점도 많다. 아스카는 마른 체형으로 모델 같다는 둥 미인이라는 둥 사탕발림을 늘어놓으며 접근한 남자의 눈을 이쑤시개로 찌른 적이 있다. 나라는 키가 백칠십오 센티미터로 여자치고는 큰 편이고 "나라 지방의 대불치고는 세로로 너무 길어." 하고 놀림당했을 때 볼펜으로 상대의 귀를 쑤신 적이 있다.

두 번째 줄에 앉은 가마쿠라는 스물여섯 살, 남자. 아스카처럼 '일반적으로 높이 평가받는' 외모라 남성 패션지의 모델로 발탁된 적도 있었다.

가마쿠라 옆에 앉은 헤이안은 스물여덟 살, 여자. 작은 몸집, 처진 눈, 말투 때문인지 '느긋하다' '머리 회전이 느리고 논리적인 판단에 약하다'라고 단정될 때가 많다고 자주 한탄한다. 실제 성격은 그와 정반대다. 성미가 급하고 머리 회전이 빠르며 매사를 합리적으로 결단해 군더더기 없이 과제를 처리하고 싶어 하는 성격이다.

세 번째 줄 왼쪽에 앉은 센고쿠는 서른 살. 미식축구 선수라고 해도 손색이 없을 만큼 덩치가 크고 가슴과 위팔 근육이 두드러진다. 감정을 겉으로 드러내지 않고 말수도 적다. 자기보다 몸집이 작은 사람에게 폭력을 휘두르는 걸 무엇보다 좋아한다.

센고쿠와 조금 띄어 앉은 사람이 서른다섯 살로 제일 나이가 많은 에도다. 원래 에도가 다른 다섯 명을 모아서 일을 시작했다. 그룹을 총괄하는 역할을 담당한다.

"에도 씨, 최근에 들었는데, 옛날에 업자 킬러라고 있었어?" 가마쿠라가 뒤를 돌아보며 에도에게 물었다.

"아, 나도 들은 적 있어. 꽤 예전 일이잖아."

"헤이안, 의외로 정보통이네. 난 몰라. 뭐야 그게?"

"내가 정보통이라기보다 나라가 너무 모르는 거지. 예전에 업자 킬러라는 자가 있었는데 엄청 강했대. 일 년도 안 돼서 스무 명인가 서른 명을 죽였다나."

"숫자가 어중간해서 수상한걸. 스무 명과 서른 명은 완전히 다르잖아. 게다가 일반인이 아닌 업자가 그렇게 당했다고?" 운전석의 아스카가 목소리를 높였다.

"십오 년 전이니까 내가 이 일을 하기 조금 전이로군."에도가
설명했다.

"난 초등학생이었어."

"나도."

가마쿠라와 나라에 이어 헤이안도 말을 꺼냈다. "그 사람 어
떻게 됐어? 남자야 여자야?"

"헤이안, 아주 흥미진진해 보이는걸."

"소문을 듣기로는 업자 다섯에게 포위당했는데, 모두 양팔을
못 쓰게 만들었다잖아. 흥미진진할 수밖에."

"양팔을 부러뜨렸다는 뜻?"

"양어깨를 탈구시킨다고 들었어."에도가 대답했다.

"우와, 뭐야 그게." 헤이안이 스포츠 선수의 신기록이라도 들
은 것처럼 기쁨과 호기심이 뒤섞인 목소리로 말했다.

"무슨 비결이라도 있는지, 순식간에 어깨관절을 빼서 못 움직
이게 하나 봐. 팔을 못 쓰게 한 후 때려죽였다는 모양이야."

나라와 가마쿠라가 환성 대신 휘파람과도 비슷한 목소리를
냈다. "양팔을 못 쓰면 엄청 답답하겠네. 저항 못 하는 상대를 마
음대로 괴롭히는 건가. 재미있겠다."

"나도 해보고 싶어."

"하지만 전부 전해 들은 이야기라 확실치는 않아. 푸시맨이라

고 들어봤지?"

"그, 목표물을 전철이나 차로 떠밀어서 죽이는 업자?"

"그것도 도시 전설이라는 이야기가 있거든. 사고로 죽었는데 업자에게 당했다고 소문이 났을 뿐이라는 거지. 그것처럼 당시 무슨 사정으로 업자가 죽었는데 업자 킬러에게 당했다는 말이 퍼졌을 뿐인지도 몰라."

"아니면 웬 부자가 직접 만든 무기로 나쁜 놈들에게 벌을 준 걸 수도 있고. 그런 영화도 있잖아." 아스카가 말했다.

"양어깨를 탈구시키고 죽이는 정의의 사도, 좋네. 다크 히어로 중의 다크 히어로야. 영화로 만들어도 우리 말고는 응원하는 사람이 없을지도 모르겠다." 나라가 말을 이어받았다.

"하지만 활동 기간은 일 년 정도야. 금방 사라졌지."

"그걸 활동이라고 표현해도 되나?" 센고쿠가 나직히 말을 흘렸다.

"우키요에* 화가 중에 없었나? 일 년도 채 활동하지 않았던 수수께끼의 화가가."

"샤라쿠 말이지? 샤라쿠의 정체는 무엇인가, 가설이 참 많지. 그 업자 킬러도 샤라쿠 같은 걸지도 몰라. 왜 일 년 만에 사라졌

---

* 일본 에도시대 서민 계층 사이에서 유행했던 목판화

을까?"

"일 년 만에 죽은 거 아닐까? 그래서 일 년 만에 활동이 끝나 버린 거지." 나라의 의문에 아스카가 답했다.

"죽은 척하고 몽골로 건너갔다든가." 헤이안이 말했다.

"나, 좋아해, 요시쓰네 전설*."

"그런데 최근에 다시 나타났다는 모양이야." 가마쿠라가 말했다. 애당초 그래서 화제로 꺼냈다면서.

"최근에 나타났다니, 누가?"

"업자가 살해당하고 있대."

"어디의 누구?"

"글쎄."

"뭐, 크게 술렁거리지는 않았으니 그렇게 대단한 업자는 아닐지도. 그리고 업자가 죽는 건 드문 일도 아니잖아. 위험한 의뢰가 많으니까."

"양어깨 관절이 빠졌다나 봐."

"어머나."

"어쩌면 업자 킬러가 다시 움직이기 시작한 것 아니냐고 의심

---

* 12세기 일본의 무장 미나모토노 요시쓰네가 몽골로 건너가 칭기즈칸이 되었다는 전설

하는 사람도 있었어."

"지금 시점에서는 뭐라고도 할 수 없겠군." 에도가 대답했다. "카피캣 같은 걸 수도 있으니까."

차가 급정지했다. 두 번째 줄에 앉은 가마쿠라가 푹 고꾸라지듯 운전석 등받이에 몸을 부딪혔다.

"뭐야, 아스카. 운전이 형편없네."

"앞차가 갑자기 섰어."

조수석의 나라는 딱히 신경 쓰는 기색도 없이 팔짱을 낀 채 무뚝뚝한 표정을 유지했다.

차가 다시 움직였다.

가마쿠라는 몸을 기울여 앞쪽에 시선을 주었다. 앞유리 너머로 검은 세단의 꽁무니가 보였다. 제동등이 켜지고 정지했다. 아스카가 브레이크를 밟았는지 SUV가 앞으로 쏠리면서 멈췄다.

오른쪽 차선으로 추월하려고 해도 앞차가 비스듬히 튀어나오는 형태로 방해했다.

"위협 운전의 본보기 같군."

"에도 씨, 이딴 운전에 휘둘리면 시간이 많이 걸릴 텐데. 그냥 박아도 돼?" 아스카가 차 안에 다 들리는 목소리로 말했다.

"그러게. 후딱 끝내고 가자."

그 후로는 딱히 의논한 것도 아닌데, 마치 의논한 것처럼 일이 진행됐다.

앞차가 아까처럼 급정지했다. 아까와 달랐던 점은 아스카가 브레이크를 바로 밟지 않았다는 것이다. 당연한 결과로 SUV는 앞차와 충돌했다.

쿵, 하고 앞차가 튕겨 나가듯이 밀려났다. 잠시 정적이 흐른 후, 문이 열리고 운전석과 조수석에서 젊은 남자 두 명이 내렸다.

여름철 해변에 어울릴 법한 티셔츠에 반바지 차림이었다. 단련된 근육이 소매 밑으로 훤히 드러났다.

"내가 갔다 올게." 가마쿠라는 오른쪽 문의 스위치를 눌러 슬라이드도어를 열고 차에서 내렸다. 거의 동시에 왼쪽에 앉은 헤이안도 내렸다.

"아이고, 뒷골이야. 갖다 박으면 어쩌자는 거예요. 물어내요."

두 청년은 실실 웃으면서 말했다. 가마쿠라는 이목구비가 단정하니 연애 영화에 나올 법한 미남 배우같이 느껴졌을 테고, 헤이안은 아담하니 귀여운 여자애로 보였는지 어린애를 상대하듯 여유 있는 태도였다.

"어휴, 죄송합니다. 갑자기 멈춰서 부딪혔네."

"하지만 바꿔 말하면 그쪽이 부딪쳤다고 볼 수도 있겠지."

가마쿠라와 헤이안이 예상 밖으로 태연자약하게 나와서인지 두 청년의 얼굴이 굳어졌다. 여유만만한 태도는 변함없이 유지한 채 위협에 가까운 말을 공격적으로 쏟아냈다.

그 직후에 소리가 났다. 두 청년이 내린 세단의 뒷유리가 깨졌다. 유리가 산산이 부서져서 도로에 파편이 떨어졌다.

어, 하고 청년들이 외마디를 내뱉었다. 대체 무슨 일이 일어난 건지 몰라서 약간 어리둥절해했다.

"요즘 차는 위협 운전을 하면 뒷유리가 깨지도록 만들잖아." 가마쿠라가 말했다.

"어이, 뭔 소리야?" 차가 부서져서 화났는지 두 청년이 씩씩대며 다가왔다.

가마쿠라는 당황하지 않고 뒷주머니에서 통을 꺼냈다. 그리고 가슴주머니에 넣어둔 작은 화살이 든 카트리지를 통 뒤쪽에 쑤셔 넣었다.

통을 입에 댔다.

아까 세단 뒷유리가 깨진 것도 헤이안이 바람총을 쐈기 때문이다. 차창을 깨기 위해 준비한 화살을 훅 불어서 날려 보낸 것이다.

가마쿠라는 가슴이 부풀어 오를 만큼 숨을 한껏 들이마신 후, 오므린 입술로 공기를 내뿜었다. 거리가 가까우니 빗나갈 리 없다. 노렸던 대로 남자의 목에 화살이 꽂혔다.

아, 따가워, 하고 소리치는가 싶더니 남자가 걸음을 멈췄다.

옆의 청년도 동물 같은 비명을 지르며 멈춰 섰다. 헤이안이 쏜 화살이 왼쪽 눈에 꽂혔다.

옆을 보자 헤이안이 정확하게 명중했다는 듯 자랑스러운 표정으로 엄지를 세웠다.

두 청년은 한두 발짝 더 다가왔다. 이내 움직임이 느려졌고 휘청거리다 쓰러졌다. 가마쿠라는 쪼그려 앉아 청년의 얼굴 가까이에 대고 설명했다.

"마비 효과가 있는 신경독을 발라놨어. 효과가 나타나면 몸이 움직이질 않아. 내 말은 들리지? 시력, 청력은 무사하고 의식도 멀쩡해."

가마쿠라는 남자를 질질 끌고 갔다. 그 모습을 보자 헤이안은 힘쓰는 일은 하기 싫으니 뒤처리는 맡기겠다는 듯 SUV로 돌아갔다.

"아이고, 무거워라. 정말 귀찮네." 가마쿠라는 낑낑대며 남자를 세단 조수석에 처박았다. 다른 청년도 질질 끌고 가서 운전석에 태운 후, 운전대 밑에 있는 주유구 레버를 당겼다.

"이제 이 차를 불태울 거야. 뜨거운 열기를 느긋하게 맛보도록 해. 위협 운전이 자주 인터넷을 뜨겁게 달구잖아? 이번에는 너희가 달궈질 차례야."

두 청년의 눈이 바쁘게 움직였다. 눈물마저 글썽이는 모습에 가마쿠라는 유쾌했다. 문을 닫고 주유구로 가서 캡을 빼내고 불을 붙일 준비를 했다.

무당벌레,
20층

원래 배달처로 추정되는 2016호로 가자 마침 얼굴이 둥그스름한 남자가 방에서 나오는 참이었다. 마주친 순간 '그림 속 인물'임을 알 수 있었다.

어설프게나마 다시 포장한 그림 액자를 고쳐 들자 그 남자가 "아아, 가져왔군." 하고 웃었다.

방을 착각하지 않았다면 원래는 이랬을 터였다. 정답을 보여주듯 그 후로도 일이 순조롭게 진행됐다.

그는 "마침 나가려던 참이었어." 하고 말하더니 나나오를 2016호로 맞아들였다. "딸이 선물을 보냈다기에 기대하고 있었지." 하고 고개를 끄덕인 후, 나나오가 건넨 그림을 확인하고 아주 기쁜 표정을 지었다. 2010호에서 있었던 일과는 정반대다. 처음부터 여기로 왔으면 얼마나 좋았을까. 방 번호를 착각한 자기 자신을 탓하지 않을 수 없었다. 만약 그랬다면 2010호 남자도 목숨을 잃지 않았다. 모두가 행복했다.

감사 인사를 받고, 그림과 나란히 선 남자의 모습을 사진에 담자 임무를 마쳤다는 만족감이 밀려왔다.

얼굴이 둥그스름한 남자가 다시 외출하려 하기에, 나나오도 함께 방을 나서기로 했다.

"아참, 그렇지. 깜박했군." 엘리베이터 홀에 도착했을 때 남자가 말을 꺼냈다. "아까 동업자에게 들은 이야기인데."

"뭡니까?"

"어떤 중개업자에게 앙심을 품은 업자가 오늘 밤에 원한을 풀려고 한다나 봐."

"앙심? 중개업자를 해코지하려 한다는 뜻?" 그게 어쨌는데?

"업자에게 원한을 산 사람이 아무래도 당신과 일하는 마리아 씨인 것 같아."

"마리아도 중개업자이기는 하죠." 마리아뿐만 아니라 중개업을 하는 사람과 실무를 맡는 업자 사이에 말썽이 생기는 사례는 적지 않다. "하지만 중개업자는 한둘이 아니잖아요."

"오늘 밤에 그 중개업자가 연극을 보러 간대. 옆자리에 앉아 있다가 빈틈을 노려 목숨을 빼앗을 작정이라나."

"아, 마리아가 표를 구했다고 했는데."

777

"아아, 역시. 분명 함정이야." 남자가 안타깝다는 듯 말했다. 거짓말을 하는 것처럼 보이지는 않았다. "딸이 생일 선물 배달을 마리아 씨에게 부탁했다기에 마침 잘됐다 싶어서 알려주려고 했지. 하마터면 깜박할 뻔했군. 마리아 씨에게 직접 알려주려고 해도 연락처를 모르고, 딸을 통해 전하려고 해도 전화를 받아야 말이지. 당신이 마리아 씨에게 알려주지 않겠나. 그 연극을 보러 가지 않으면 괜찮을 거야."

"아아, 그렇군요." 나나오는 고개를 끄덕였다. "미리 알려주면." 그걸로 문제 해결이다.

아래로 내려가는 엘리베이터가 도착했다. 나나오는 마리아에게 전화를 걸기로 하고, 남자만 올라탔다. "배달해줘서 고마워." 하고 감사를 표하는 둥그스름한 얼굴의 남자에게 나나오는 한 손을 들어서 답했다.

마리아는 전화를 받지 않았다. 하필이면 이렇게 중요할 때, 하고 나나오는 혀를 차고 싶어졌다. 메시지를 보내둘까 싶어 휴대전화 버튼을 누르는데 엘리베이터가 도착했다.

숙박객으로 보이는 남녀가 내리자 켕기는 구석이 없는데도 나나오는 반사적으로 휴대전화를 집어넣었다. 할 일은 다 끝났으니 빨리 현장을 떠나야 한다. 옛날에 업무 관계로 만난 남자 업자가 "끝냈으면 튀어." 하고 말했던 것이 기억났다. 아주 평범한 말인데도 매우 함축적인 의미가 있는 것처럼 말해서 인상에 남았다. 일을 마쳤으면 바로 돌아가라. 그런 의미라면 이해가 간다.

엘리베이터를 그냥 보내기가 아까워서 나나오는 닫히는 문을 비집어 열고 올라탔다. 메시지는 1층에 도착해서 보내면 된다. 1층에 도착하지 못하는 희한한 일이라도 발생하지 않는 한, 아무 문제 없다.

가미노,
1914호

"이누이 씨가 거래처 정보부터 경리 관련 내용, 연락처, 아무튼 온갖 걸 다 외우라고 시켰어요."

"이야, 이누이는 역시 현명하군." 코코가 감탄했다. "디지털 정보는 나같이 '달칵달칵 기술'로 침입하면 유출될 가능성이 있으니까. 만약 누군가의 머릿속에 들어 있다면 쉽게 빼앗을 수 없지."

"달칵달칵 기술이라니요?"

"아아, 왜, 키보드를 달칵달칵 두드려서 인터넷상의 정보를 조작하는 기술 말야."

"해킹요?" 가미노가 말하는 도중에 코코가 끼어들었다. "그렇게 부르니까 좀 부끄럽네. 나 같은 아줌마에게는 너무 멋진 이름이라서. 아무튼 디지털 정보는 유출과 수정에 취약해. 손글씨가 훨씬 안전한 시대가 올 거야. 지저분해서 읽기 힘든 글씨가 말이지. 그런데, 가미노. 비밀번호는 머릿속에 있어?"

"네?"

"중요한 비밀번호를 아니까 이누이에게 쫓기는 거잖아. 그렇게 말하지 않았던가?"

"네. 아마도."

"아마도?"

"뭐가 비밀번호인지 저는 몰라요."

"모른다고? 그럴 수가 있어? 문자열이 길다는 뜻?"

"워낙 많거든요." 가미노도 비밀번호 입력 화면을 실제로 본적은 없기에 상상으로 말하는 수밖에 없었다. "당신이 좋아하는 색깔은? 당신이 다닌 초등학교 이름은? 아마도 그런 식으로 질문에 대답하는 방식일 텐데요."

"그런 방식이 있지. 당신이 좋아하는 비밀번호는? 나중에는 그런 질문도 나올 것 같아."

"손으로 쓴 목록 같은 걸 외웠어요. 어마어마하게 많았죠."

"손글씨구나." 코코가 납득했다는 듯 고개를 끄덕였다.

"그 목록 중 몇 가지를 무작위로 질문하는 방식일 거예요."

"무작위?"

"수백 개나 되는 질문에 전부 대답할 수는 없으니까, 질문 네댓 개가 무작위로 나오는 모양이더라고요. 이누이 씨에게 그렇게 들었어요."

"어느 질문이 나올지 모르니까 결국 전부 외워야 한다는 말이네."

"처음에는 저한테 외우게 할 것 없이, 사진이나 영상으로 저장해두면 될 텐데 싶었거든요."

"그건 위험해. 의미 없는 짓이야."

"역시 그렇게 생각하세요?"

"당연하지. 비밀번호를 어딘가 보관하면 이번에는 그게 목표물이 돼. 사진으로 저장하면 그 사진이 유출될 가능성이 생기지. 도난당할 위험성과 유출될 위험성이 영원히 따라다녀. 기록은 그런 법이야. 가미노에게 암기시킨 이누이는 머리가 좋아."

"이누이 씨가 단단히 외우라고 한 뒤에 종이는 불태웠어요."

"철저하네."

"전부 써보라고 하면 시간은 걸리겠지만 할 수 있을 거예요."

해볼까요? 하고 코코를 바라보자 코코는 손사래를 쳤다. "됐어, 필요 없어. 그런 걸 가지고 있으면 날 쫓아다니겠지. 다들 가미노의 두뇌를 노리는 거나 마찬가지로. 아, 그런데 왜 도망친 거야?"

"네?"

"그냥 이누이 곁에 붙어 있는 편이 안전했을지도 몰라. 가미노에게 무슨 일이 생기면 비밀번호가 싹 날아가는 셈이니까."

"이누이 씨는 누군가에게 정보를 팔려고 했어요. 정보를 넘기고 나면 비밀번호도 모조리 삭제할 테니 안심하라는 말을 엿들었죠."

"비밀번호를 모조리 삭제한다는 건." 코코는 가미노의 머리를 가리켰다.

"말투로 보건대 분명 제 기억을 없애버리려는 분위기였어요."

"가미노의 기억은 못 지우잖아."

"살아 있는 한은요." 가미노는 얼굴을 찡그렸다.

"가미노가 기억하는 비밀번호를 사용한 후에 변경할 수는 없나? 비밀번호를 변경하면 가미노의 기억을 지우지 않아도 될 텐데."

"분명 비밀번호는 못 바꿀 거예요."

이누이는 '지울 수밖에 없다'라는 표현을 사용했다. 달리 방법이 없기 때문이리라.

"그래서 도망치기로 한 거구나."

"이누이 씨, 제 앞에서는 평소와 다름없는 느낌이었지만, 최근에 좀 이상해지기는 했어요."

"이상하다니?"

"바닥을 발로 쿵쿵 구르질 않나, 정서가 불안정해 보였죠."

"듣고 보니 달아나길 잘했네. 아까도 말했지만 이누이는 무슨 짓을 할지 모르는 인간이거든."

방금 들었던 이누이의 '섬뜩한 소문'을 떠올리지 않을 수 없었다.

알몸으로 누워 있는 인간의 피부를 이누이가 생선 비늘 제거하듯 칼등으로 문지르는 모습이 상상됐다. 누워 있는 그 여자가 자신이다. 온몸의 털이 곤두섰고 몸이 바들바들 떨렸다.

"경찰에 의지할 생각은 없었어?"

"이누이 씨는 경찰 관계자와도 친밀한 관계였거든요. 정치가가 부탁한 일도 많이 맡았고요."

"뭐, 그런가. 나도 이누이에게 일을 부탁하는 인간을 몇 명 알아. 경찰 고위층에도 있지. 아마 이누이에게 크든 작든 뭔가 부탁한 적 없는 국회의원은 없을지도 모르겠네."

"정말로 갈 곳이 없어서 일주일간 숙소를 여기저기 옮겨 다녔는데, 이누이 씨가 고용한 사람이 언제 어디서 나타날지 걱정돼서 죽을 맛이더라고요. 그러다 결국 코코 씨에게 연락한 거고요. 코코 씨, 저를 도와주시겠어요?"

"물론이지." 코코는 듬직하게 대답했다. "내가 누구야? 가미노를 도주시키기 위해 찾아온 아줌마라고. 안심하고 살 수 있게 해줄게."

코코가 다가와서 가미노의 몸을 탁탁 두드렸다. 무시무시한 상상 때문에 오돌토돌 돋은 닭살을 털어내듯이.

그러고 나서 코코는 태블릿PC를 다시 조작했다. "어제 전화로도 확인했는데, 짐에 GPS 장치 같은 건 안 달려 있지? 만약을 위해 나도 확인하게 짐을 보여줘."

아, 네, 하고 가미노는 캐리어를 놓아둔 곳으로 향했다.

그러자 "아참, 있지." 하고 코코의 목소리가 쫓아오듯 들렸다.

"뭔데요?"

"이 방에 오기 전에 호텔을 돌아다니면서 시간을 때웠는데 말이야."

가미노는 캐리어를 끌고 돌아오면서 "일찍 오셨어도 됐는데." 하고 미안한 기분으로 말했다.

"일단 호텔을 여기저기 관찰하고 싶었거든. 프런트 직원의 동향과 숙박객들도 조금이나마 더 살펴보고 싶었고. 2층이 레스토랑 층이고 3층이 연회장이더군. 호기심 넘치는 아줌마입니다, 라는 표정으로 돌아다녔어."

"어땠나요?"

"딱히 특이한 구석은 없었어. 다만 유명인이 있더라고. 레스토랑에 들어가는 모습을 봤지."

"유명인요?"

"요모기 장관. 정치가였지만 지금은 정보국 장관이야."

"아아, 알아요." 가미노는 고개를 크게 끄덕였다. "물론."이라는 말도 덧붙이고 싶어졌다. 잊어버릴 리 없다. "그 사람이 이 호텔에?"

"레스토랑에. 요리의 맛도 국가에 중요한 정보입니다. 정보국 장관쯤 되면 그런 핑계로 고급 레스토랑에 가기도 하려나."

"요모기 씨가 여기에." 가미노는 목소리가 높아지는 것을 알아차렸다.

"팬이야?"

"그런 건 아니고요." 가미노는 부정하고 나서 굳이 말할 필요는 없나 싶어 입을 다물었다. 하지만 '끌어안고 있지 마' 하고 코코가 눈빛으로 재촉하는 것처럼 느껴져서 "십오 년 전 일인데, 쾌속 열차에서 살상 사건이 벌어진 거 아세요?" 하고 말을 꺼냈다.

"그야 알지. 모르는 사람이 드물걸? 요모기의 얼굴을 보면 다들 떠오르지 않을까?"

"그렇겠죠."

"그 사건 후에 정치가가 초등학생의 장래희망 중 하나가 되지는 않을까 걱정됐다니까. 워낙 이미지가 개선돼서."

"좋은 일이잖아요." 가미노는 웃었다. "그나저나 그때 요모기 씨는 정말로 대단했어요. 다들 도망치느라 바쁜 가운데 비서와 함께 범인 앞을 막아섰죠."

"직접 본 것처럼 말하네."

"직접 봤어요."

"뭐?"

"그 열차에서요."

"가미노, 현장에 있었어?" 코코의 눈이 동그래졌다.

"네, 그 차량에요. 당시 중학생이었죠."

"어머나 세상에."

날뛰는 범인의 고함 소리와 칼에 찔린 사람의 비명, 바닥을 뒤덮은 그림물감 같은 피, 피를 밟고 미끄러져 얼굴을 바닥에 찧은 회사원, "살려줘요." 하고 손을 앞으로 내미는 여자, 아이를 보호하려는 아버지 그리고 무엇보다도 범인의 얼굴, '이렇게라도 하지 않으면 꽉 막힌 인생을 어찌할 도리가 없다'라는 듯 필사적인 표정으로 칼을 휘두르는 그 얼굴, 그런 광경들이 가미노의 머릿속에 선명하게 되살아났다. 잊히는 건 물론이고 희미해지지도 않는다.

잊어버리다니, 어떻게?

차가운 바람이 쓸고 지나간 것처럼 등골이 오싹해서 몸이 떨렸다.

"힘들었겠다, 가미노. 지금은 지금대로 또 고생이고. 어쩐지 인생이 불행한 쪽으로 치우쳤네."

"그런 의미에서는 요모기 씨도 많이 치우친 셈이죠." 가미노는 말을 그만둘 수가 없었다. 쾌속 열차에서 살상 사건이 벌어진 후, 요모기 사네아쓰가 국회의원이 된 것을 보고 놀랐지만 응원하는 마음도 있었다. "삼 년 전, 부인과 아이를 잃었을 때는 상관없는 저도 충격을 받았어요."

"운전자가 술에 취해 차를 몰고 돌진했지. 그것도 정말 최악이었어. 확실히 요모기에게도 너무한 인생이 주어졌군. 그 밖에도 여러 가지 일이 있는 모양이고."

"그 밖에도 여러 가지?" 무슨 이야기인지 바로는 알아듣지 못했다.

"요모기 장관을 눈엣가시처럼 여기는 인간이 많거든. 최근에도 요모기를 제거하기 위해 고용된 사람이 있느니 없느니 그런 소리가 자주 들려."

"그럴 수가."

"어쩌면 요모기도 살아갈 활력을 얻기 위해 이 호텔에 왔으려나? 죽고 싶은 마음이 사라지는 호화로운 윈튼팰리스에."

"그럴지도 모르겠네요." 가미노는 진심으로 그러길 바랐다.

"뭐, 그런 것보다 지금은 가미노의 일이 중요하지."

"아, 네." 가미노는 흠칫했다. 남 걱정할 때가 아니다.

수술대같이 무미건조한 침대에 눕혀져 이누이를 올려다보는 광경이 떠오를 듯했다. 이누이가 희희낙락한 표정으로 메스를 쥐고 있다. 가미노는 얼른 머리를 흔들어서 그 장면을 떨쳐냈다.

"그렇지 참." 가미노가 겁먹은 걸 알아차렸는지 코코가 경쾌한 목소리로 말했다. "일단 경호원도 고용해놨어."

"경호원?" 어디에 있나, 하고 살피듯 가미노는 실내를 이리저리 둘러봤다.

"아줌마 혼자면 불안하잖아. 알고 지내는 업자에게 닥치는 대로 부탁했지. 가미노가 워낙 급하게 의뢰해서 시간은 별로 없었지만."

"죄송해요."

"그래도 말해보길 잘했어. 그럭저럭 믿을 만한 업자 두 명이 나서줬거든. 아싸." 코코가 귀엽게 손뼉을 쳤다.

경호원이 두 명이라고 생각하자 마음이 조금 든든하긴 했다. 물론 인건비만큼 높은 비용이 없다는 것 정도는 가미노도 알고 있었다. 코코에게 주기로 한 보수로 충당이 될까, 하는 걱정이 머리를 스쳐서 솔직히 말했다.

"걱정하지 마. 마른 수건을 쥐어짜지는 않을 테니까. 그 두 업자는 돈에 별로 연연하지 않아."

돈에 연연하지 않는 업자가 과연 있을까 싶어 가미노는 고개를 꼬았다.

"좀 걱정되는 점은."

"뭔데요?"

"경호원을 맡아주기로 한 두 사람에게 연락이 없다는 거야."

여섯 명,
차도

아스카가 운전하는 차에 에도의 목소리가 울려 퍼졌다.

"연락이 왔어. 이누이야."

"늦는다고 화내려나." 헤이안이 웃었다.

"스피커폰으로 통화할게." 에도가 말한 직후에 "지금 어디야?" 하고 이누이의 목소리가 들렸다. 평소와 다름없이 경박한 말투였다.

"호텔로 향하는 중이야. 아스카, 얼마나 남았지?"

"십 분."

"십 분 후에 윈튼팰리스 호텔에 도착해. 가미노 유카가 있는 방 번호를 알려줘."

"나도 몰라. 그쪽에서 알아내."

"여전히 무람없는 말투로군."

"일본어는 정중하게 말할수록 길어져. 상대를 높여줘야 할지 말지도 판단해야 하고. 효율적이지 못하잖아."

"호텔은 20층이고, 층마다 방이 스무 개는 돼."

"여섯 명이니까 분담하면 빠르겠지."

"출입구는 몇 군데인데?"

"1층 로비 정면에 정문이 있어. 그리고 1층 동서쪽에 뒷문이 하나씩. 지하 주차장도 있지만 객실 층에서 직통으로는 못 가. 1층에서 엘리베이터를 내려서 지하로 가는 엘리베이터로 갈아타야 하지. 어때, 문제없지?"

주문하는 쪽은 마음 편해서 좋겠네, 하고 가마쿠라가 짜증 섞인 목소리를 내뱉었다. "뭘 보고 문제없다고 판단하는 거야?"

"이 잡듯이 구석구석 뒤지는 작전은 효율이 안 좋은데." 에도가 투덜거렸다.

"그 호텔, 엘리베이터에서 본인이 머무는 층의 버튼만 누를 수 있는 건 아니겠지?" 나라가 물었다.

"윈튼팰리스는 괜찮아. 아무 층에나 갈 수 있어." 이누이가 대답했다.

"그럼 몰래 공짜로 시설을 이용할 수도 있겠네."

"쩨쩨하게 굴어서 딱딱한 인상을 주기보다, 나중에 다시 방문하기를 바라는 편이 낫다고 여기는 건지도 모르지."

"그런데 그 여자가 윈튼팰리스에 있는 줄은 어떻게 알았어?"

"사람을 찾는다는 전단지를 여기저기 뿌린 게 유효했지. 역시 예로부터 전해져 내려오는 방식이 믿을 만하다니까. '발견하면 연락 주십시오' 하고 나눠주며 다녔더니 연락이 왔어. 택시기사와 피자 배달부 등등 여러 명한테. 가미노가 호텔에 들어가는 모습을 봤다나 봐."

"걔, 재수가 없네."

"윈튼팰리스 호텔에 드나드는 업자 중에 협력해줄 사람도 구했어."

"협력?"

"도쿄 도내에 있는 호텔의 시스템 유지 보수를 담당하는 남자지. 빚에 쪼들려서 푼돈이라도 벌기 위해 일을 맡아 주니까 나도 자주 부탁해. 교섭했더니 선뜻 하겠다더라고. 방범 카메라 시스템을 사용하기로 했어."

"과연 남을 도구처럼 사용하는 인간, 이누이다워." 아스카가 중얼거리듯이 말했다.

"그 이미지를 정착시키기 위해 얼마나 고생했는지." 이누이가 웃었다. "가미노를 붙잡으면 연락해. 전화든 메시지든 상관없어. 당장은 아니더라도 꼭 연락 줄게. 그리고."

"그리고?"

"가미노 유카의 털끝 하나도 건드리지 말고 데려와."

"어머." 아스카가 웃었다. "웬일로 온순한 소리를 다 하네."

"너답지 않군." 하고 가마쿠라도 놀렸다.

"머리와 입을 쓸 수 있는 상태라는 뜻이겠지." 에도가 추측했다. 요컨대 그 여자에게서 중요한 정보만 알아내고 싶은 것 아니겠느냐고.

"뭐, 그런 셈이야." 이누이는 모호하게 대답했다. "숙박객에게 불똥이 튀는 방식도 피하도록 해. 소란이 벌어지면 거래하기 힘들어질뿐더러 경찰이 오면 다들 성가시잖아."

"무슨 거래인데?" 에도가 물었지만 이누이는 대답하지 않았다. "머리와 입만 쓸 수 있으면 되는 거겠지?"

"다른 신체 부위도 없으면 안 돼. 머리와 입뿐이면 움직이질 않잖아."

아스카는 이누이의 말을 들으며 예전에 에도가 했던 이야기를 떠올렸다.

'놈은 사람을 생선 손질하듯 해부하는 게 취미래. 일전에 기쁜 표정으로 말하더군. 나라면 그 재미를 공유할 수 있겠다고 생각했는지도 모르지만, 그딴 걸 어떻게 이해해? 우리는 남이 괴로워하는 광경을 좋아할 뿐이야. 마취해서 의식 없는 인간을 해부하는 게 뭐가 즐겁다는 건지, 원.'

정말 기분 나쁜 취미다 싶어 아스카도 진저리를 쳤다.

무당벌레,
20층

엘리베이터에 올라탄 나나오는 1층 버튼을 눌렀다.

이대로 아무 일도 없기를. 액정 화면에 표시되는 층수를 바라보며 나나오는 속으로 빌었다. 목소리가 살짝 나왔는지도 모른다. 1층에 도착하자마자 마리아에게 위험을 알리는 메시지를 보내고, 회전문을 통과해 호텔 밖으로 나가서 지하철역으로 향한다. 그거면 된다. 기술적으로 어려운 작업은 전혀 없다. 누구라도 어렵지 않게 해낼 수 있을 것이다.

엘리베이터가 너무 느릿느릿 내려가는 것 같아서 조바심이 났다.

"호사다마라고 했어, 조심해." 그런 말을 들었던 기억이 머리를 스쳤다. 여러 업자가 모여서 일했을 때였다.

"호사다마? 난 일이 잘 안 풀릴 때, 그러니까 호사가 아닐 때도 허방다리를 밟고는 해. 어쩌면 좋을까."

비유가 아니라 말 그대로 어두운 동굴 속을, 산에 가로로 뚫린 커다란 굴을 나아가야 하는 일이었는데, 즉석에서 짝을 이룬 업자 풍뎅이는 "그만큼 운에 버림을 받았다면 경계해도 소용없겠군. 반대로 여유만만한 척하면 어떨까? '아아, 어차피 이렇게 될 줄 알고 있었어' 하는 식으로. 그러면 상대도 의욕이 떨어져서 생각을 바꿀지도 모르지." 하고 말했다.

"의욕이 떨어지고, 생각을 바꾸다니 대체 그 상대가 누군데?"

"인간에게 행운과 불운을 내려주는 누군가겠지." 풍뎅이는 말하고 나서 시시한 소리를 했군, 하며 얼굴을 찌푸렸다. "달에는 뭉게구름, 꽃에는 바람."

"그건 또 무슨 소리야?"

"달이 예쁘게 떴다 싶으면 구름이 모여들고, 벚꽃을 즐기고 있으면 바람이 불어 꽃을 떨어뜨린다. 호사다마와 같은 뜻이야. 무당벌레, 넌 늘 구름이 끼어 있고 늘 바람이 불어. 그렇지?"

"바로 그래."

"둘 중 하나겠지. 지금은 글렀더라도 언젠가는 아름다운 달과 벚꽃이 나타날 것이라 기대하거나, 구름과 바람도 나쁘지 않다고 여기거나."

둘 다 싫다, 괴롭다고 나나오가 대답한 후 "행운을 내려주는 녀석의 분배 방법을 확인하러 가고 싶어." 하고 말을 잇자 풍뎅이는 웃었다.

유능한 업자였는데 요즘은 이름이 전혀 들리지 않는다는 생각이 문득 떠올랐다. 결혼한 몸이라는 소문은 들었다. 진위는 불분명하지만 만약 그렇다면 어떤 남편이자 어떤 아버지일지 상상해보고 싶어졌다.

엘리베이터가 멈추는 소리가 났다. 1층이기를, 하고 기도하는 마음으로 층수를 확인하니 11층이었다.

아직? 나나오는 한숨을 내쉬었다. 이렇게 고급 호텔이니 엘리베이터도 나름대로 신형이라 느리지 않을 것이다. 마음이 초조해서 시간 감각이 어그러진 것이리라.

문이 열리자 키가 훤칠하니 호리호리한 남자가 올라탔다.

어, 하고 놀란 것도 잠깐, 나나오는 그 남자와 엇갈려 엘리베이터에서 내렸다. 남자가 엘리베이터에 타는 순간 안면이 있는 사람임을 깨달았기 때문이다. 키가 크고, 호리호리하고, 머리는 타고난 건지 미용실에 간 건지 곱슬곱슬하다. 나나오의 머릿속에서 굳어진 이미지에 따르면 음악가 같은 외모로 보였다. 파란색 정장 차림에 넥타이는 매지 않았다.

누구더라?

기억을 더듬었다. 일로 만난 상대, 의뢰인이나 마리아의 지인, 근처 주민, 머릿속에 기억의 카탈로그를 한 장씩 펼쳤다. 잠시 후 '소다'라는 이름이 떠올랐다. 삼 년쯤 전에 업무차 함께 행동한 적이 있었다.

폭발물을 능수능란하게 다루는 업자였을 것이다.

"콜라와 소다 이인조. 탄산음료 듀오지." 마리아는 그렇게 설명했다.

"탄산음료는 팍 터지잖아. 폭발물 관련 업무에 빗대서 그렇게 이름을 지은 건가." 나나오가 번쩍 떠오른 생각을 말하자 마리아는 관심 없다는 듯 "글쎄." 하고 대답했다. "소문에 따르면 업계에서도 특이한 경력을 자랑한대."

"경력이 어떻기에?" 이 업계에 있는 사람들은 다들 경력이 특이하다. 오히려 경력이 특이하지 않은 사람이 특이하게 보이기까지 한다.

"원래는 해외에서 폭발물을 처리하는 회사를 차렸대. 벤처기업이라고 할까. 묘하게 수요가 있던 그 회사를 대형 IT기업이 매수했다나 봐."

"폭발물 처리와 대형 IT기업이 무슨 상관인지 나로서는 이해가 안 되는데."

"수백억을 받고 넘겼다 그랬던가."

"그렇게 많이?"

"깜짝 놀랐지? 부럽다. 그 무렵에 콜라는 사십 대 중반이었고, 소다는 막 서른 줄에 들어섰대. 갑자기 큰돈이 생겨서 둘 다 흥청망청 써댔지. 비싼 손목시계를 여러 개 사질 않나, 비싼 차를 줄 세워놓질 않나, 졸부 행각의 극치를 달렸다나. 하지만 역시 사람은 일을 하고 싶어지는 법인지, 언제부터인가 이쪽 업계에서 일을 받았대."

"흐음."

"인생은 정말 제각각이라니까."

"그 탄산음료 듀오는 우수해?"

"콜라는 회사에서 인정받는 간부처럼 야무져 보이는 반면, 소다는 순박하달까, 세상 물정을 잘 모른달까, 뭐든지 곧이곧대로 받아들이는 성격인가 봐. 예술가 같아 보이는 외모 때문에 생각이 깊을 거라고 다들 멋대로 상상하는데, 실은 하나도 안 깊대. 야무진 콜라와 단순한 소다 의형제인 셈이지."

"단순하다고?"

"잘은 몰라도 돈 때문에 힘들어하는 사람이 있으면 선뜻 돈을 빌려주고, 난치병에 걸린 아이나 멸종 위기 동물을 돕기 위해서도 돈을 쾌척하는 모양이야."

"그야 나쁜 일은 아닌데."

"척 보기에도 수상쩍은 인간들에게도 홀딱 속는 게 문제지. 꽃가루 알레르기에 걸린 장수풍뎅이를 구하자! 라는 호소에 넘어간다든가."

"뭐, 진위는 알 수 없지."

나나오는 소다와 삼 년쯤 전에 함께 일했다. "콜라는 다른 용건으로 못 온다니까 소다와 같이 해." 하고 마리아에게 그렇게 지시받았다.

"잘 속아 넘어가는 인간이라면서. 불안한걸."

"걱정하지 마. 간단하고 안전한 일이니까." 마리아는 여느 때처럼 그렇게 말했는데, 웬일로 정말 간단하고 안전한 일이었다.

힘들고 위험해진 건 일이 거의 끝난 후였다. 소다가 폭발물을 설치하러 간 사이에 나나오는 혼자 시간을 보내야 했는데, 마침 근처에서 작은 축제가 열렸기에 노점에서 닭꼬치구이를 몇 개

샀다. 차 안에서 먹고 있으니 소다가 돌아와서 "일을 마치고 먹는 닭꼬치구이는 최고지." 하고 눈을 반짝거리는 바람에 몇 개 건넸다.

문제는 닭꼬치구이가 설익었다는 것이었다. 노점 주인이 실수로 바싹 익히지 않은 것이리라. 두말할 필요도 없이 설익은 닭고기는 캄필로박터균이 남아 있어 몸에 좋지 않다. 잠복 기간이 의외로 길어서 나나오는 닷새 후에야 증상이 나타났다.

전형적인 식중독 증상에 시달려 며칠 앓아누웠다.

그로부터 얼마 후 소다도 식중독 증상 때문에 봉변을 당했다는 사실을 마리아에게 '업계의 비화'로 전해 들었다.

"식중독에 걸렸는데도 처리해야 할 업무가 있어서 고생했던 모양이야. 폭발물을 다루려면 섬세함이 필수인데 말이지."

하루의 절반을 화장실에서 보낸 경험을 돌이켜보건대, 업무를 처리하려 애쓴 소다가 위대하게 느껴졌다.

"결국 일이 잘 안 풀렸지. 의도치 않게 폭발이 일어나서 소다는 중태. 의뢰인은 잔뜩 화가 났고, 콜라도 몹시 당황했어. 소문이 쫙 퍼졌다고."

"그것참 미안한 짓을 했군." 자신이 준 닭꼬치구이가 설마 그런 불행을 불러올 줄은 몰랐다. "소다가 날 원망하지 않으면 좋겠는데."

"기도하는 수밖에."

설마 바로 그 소다가 엘리베이터에 올라탈 줄이야.

너무 불운하다고 한탄하고 싶었지만, 이 정도 불운에는 익숙하지 않느냐고 스스로를 타일렀다. 더 나아가 안면이 있다는 사실을 깨닫고 엘리베이터에서 얼른 내린 건 훌륭한 선택이었다.

소다가 탄 엘리베이터가 아래로 내려가기를 기다리면 된다. 시간을 좀 보내고 엘리베이터를 다시 부르면 그만이다. 아니면 비상계단을 사용해도 된다.

복도에서 서쪽 방향으로 향했다. 문득 뒤를 돌아보자 이미 닫혔어야 할 엘리베이터 문이 열려 있었다.

소다가 버튼을 눌러 문을 열어둔 채 가만히 이쪽을 바라봤다.

하늘을 나는 물체를 보고 '설마 유에프오는 아니겠지' 하고 의심하며 유심히 관찰하는 듯한 표정이었다. 그러다 나나오와 눈이 마주친 순간, '역시 그렇구나!' 하고 소리칠 것처럼 엘리베이터에서 냅다 뛰쳐나왔다.

뛰어서 달아날까 했지만 소동이 커지면 사태가 더 골치 아파진다. 다가오는 소다를 멈춰 세우려고 "잠깐만 있어 봐." 하며 손을 내밀어도 소용없었다.

"있어 보라니까. 너무 소란을 피우지 않는 게 좋아." 나나오는 목소리를 낮췄다. "폭력 반대. 내 설명을 들으면 이해할 거야."

나나오보다 키가 큰 소다는 길쭉한 양팔을 뻗어서 나나오의 목을 붙잡으려고 했다. 조금 전 2010호에서도 비슷한 방법으로 공격당할 뻔했다. 지금까지 남의 목을 분질러온 응보를 받는 날인가.

나나오는 펄쩍 뛰어올라 옆쪽 벽을 박차고 소다의 뒤편으로 돌아갔다. 안경이 떨어지는 것 따위에 신경 쓸 여유는 없었다. 뒤에서 몸을 누르면서 상대의 목에 팔을 감았다. 목을 부러뜨리는 방법을 선택하지 않은 건, 시체가 늘어나면 더 성가셔질 것이라고 재빨리 판단했기 때문이다.

빨리 끝내야 했다. 언제 객실에서 숙박객이 나올지 모른다. 죽을힘을 다해 목을 꽉 조르자 소다는 정신을 잃었다.

그 직후에 엘리베이터가 도착하는 소리가 들렸다. 허둥지둥 소다의 자세를 바로잡고 어깨동무를 하듯 부축했다. 엘리베이터에서 다섯 명이 내렸다. 이십 대로 보이는 남자 다섯 명은 화기애애하고 활발한 분위기로 이야기를 나누며 나나오와 소다 곁을 지나쳤다. 그리고 "그럼 좀 이따가 보자." "저녁때 봐." 하고 즐겁게 인사를 나누더니 앞쪽에 있는 방 두 개로 나뉘어서 들어갔다.

도쿄에서도 손꼽히는 고급 호텔에 투숙하다니, 유복한 젊은 이들이라고 멍하니 생각했다.

숨을 내쉬고 몸을 움직였다. 찜찜한 감촉이 발밑에서 느껴졌다. 휴대전화가 밟혀서 부서지는 듯한 소리가 났다. 확인하자 떨어진 휴대전화를 밟고 있었다. 줍기도 전에 깨진 화면이 눈에 들어왔다.

가미노,
1914호

"저는 어쩌면 좋을까요?" 가미노가 물었다. "뭘 하면 되죠?"

코코는 무슨 연주라도 하듯 태블릿PC를 조작했다. "일단 차라도 마시면서 쉬어."

태평한 소리를 하기에 웃기지도 않는 농담인 줄 알았는데, 아무래도 진심이었는지 "내 가방에 인스턴트 허브티 있으니까 물 끓여서 마셔. 캐모마일이든 라벤더든 마음에 드는 걸로." 하고 덧붙여 말했다. "가미노가 제일 먼저 해야 하는 일은 마음을 안정시키는 거야."

차를 마셔봤자 소용없어요, 하고 가미노가 대꾸할 줄 알았다는 듯 코코는 "작은 병에 아로마 오일이 들어 있으니까 냄새를 맡든가. 뭐, 긴장이 완전히 풀리지는 않겠지만." 하고 선수를 쳐서 말했다. "이대로 신경을 곤두세우고 있다고 해서 상황이 변하는 건 아니잖아. 걱정거리와 불안을 머리에서 떼어낼 수는 없으니, 따뜻한 음료를 마시거나 따끈한 물에 목욕해서 몸부터 속이는 것도 한 가지 방법이야. 아무것도 없다면 심호흡을 해도 되고."

"심호흡요?"

"심호흡이나 스트레칭이 의외로 효과가 있거든."

가미노는 몸을 일으켜 코코의 가방에서 허브티 티백을 꺼냈다. 물은 전기 포트에 끓여뒀다.

선 채로 허브티를 우린 컵에 입을 댔다.

"일단 이 호텔의 방범 카메라 시스템에 접속해서 가미노가 찍힌 영상을 확인할게. 가미노의 흔적은 최대한 지우는 편이 안전할 테니까. 이누이는 여기저기 연줄이 많잖아. 뭔가 사소한 일을 계기로 어디 있는지 들통날 수도 있어."

탁자에 놓아둔 태블릿PC로 '달칵달칵 기술'을 사용한 지 십 분도 채 지나기 전에 "연결됐다." 하고 코코가 나직이 말했다. "아니나 다를까 보안 시스템이 최신형이라 쉽지는 않았지만 어찌어찌 해냈어. 음, 관리용 화면을 여기에 띄울게."

코코가 태블릿PC를 가미노 쪽으로 돌렸다. 수많이 분할된 화면마다 다른 영상이 비쳤다. 소매점에서 도난 장면을 파악하기 위해 사용하는 화면과 흡사해서 낯설지는 않았다. 시간이 흐르자 분할된 화면의 영상이 바뀌었다.

"각 층의 복도, 엘리베이터 홀 천장, 엘리베이터 내부, 로비와 프런트. 정면 출입구 주변, 지하 주차장." 코코가 도쿄의 행정 구역이라도 읊듯 카메라가 설치된 장소를 하나하나 말했다. "여기를 누르면 영상이 바뀌는군. 계속 띄워두고 싶은 영상은 고정할 수도 있고." 하고 기능을 확인했다.

"이건 현재, 바로 이 시간의 영상인가요?"

"실시간으로 영상을 보여주면서 녹화 파일도 저장해. 녹화 파일을 뒤져서 가미노가 도착한 당시의 영상을 찾아내야겠어." 코코가 태블릿PC를 다시 자기 앞으로 끌어당기고 키보드를 두드렸다. "어디 보자, 어제 몇 시에 체크인했어?"

"오후 3시경에요."

체크인 시간이 되자마자 절차를 밟았다. 프런트 옆에 있는 단말기를 사용했기에 호텔 직원과 얼굴을 마주칠 필요도 없었다.

"그럼 어제 오후 3시 전후의 방범 카메라 데이터를 확인하면 되려나. 한 시간마다 파일이 분할 저장되는 것 같아. 녹화 영상을 재생하면서 확인해야 하니까 시간이 걸리더라도, 조금만 기다려. 그나저나 가미노는 이 호텔에 며칠 더 머무르는 게 좋겠어. 그사이에 가미노가 살 곳과 당장 필요한 생활비를 준비해둘게. 전자 결제로 사용할 수 있는 포인트도 듬뿍 충전해둘 테니까 당분간은 생활에 걱정이 없겠지."

"그런 것도 가능한가요?"

"데이터를 조작하면 대개는 가능해. 예를 들어 가미노가 유명한 양과자점에서 일하고 싶다면, 경력을 날조할 수도 있어."

"경력도요?"

"가미노를 채용하지 않으면 아깝다고 느껴질 만한 경력을 인터넷상에 만들어내는 거지. 채용하는 쪽이 인터넷을 검색해서 조사하면 게임 끝."

과연 그렇게 잘될지 의심스러운 한편으로, 세상은 그런 식으로 돌아가는 게 아닐까 싶기도 했다. "저기, 얼굴은 바꾸지 않아도 될까요?"

"얼굴? 성형한다는 뜻?"

"인생을 다시 시작하려면 그런 것도 고려해야 하지 않을까 해서요."

이누이가 얼굴 가죽을 벗겨내는 장면을 상상할 뻔해서 가미노는 부랴부랴 머릿속을 비웠다. 무서운 장면을 떠올리면 안 된다. 일단 머릿속에 그린 그림은 기억에서 지우려도 지울 수가 없다.

"화장이나 가발로도 인상은 바꿀 수 있고, 방범 카메라에 찍혀도 영상으로는 구분이 잘 안 돼. 그러니 서둘러 바꾸지는 않아도 될 거야. 물론 남에게 들통날까 봐 겁난다든가, 얼굴을 아는 사람과 마주칠 가능성이 크다면 성형수술을 하는 게 속 편하겠지만. 그거야 뭐, 알아서 판단해야겠지. 수술할 거면 적당한 병원을 소개해줄 테니까 잘 생각해봐. 다만 나로서는 우선도가 낮다고 봐."

태블릿PC에 연결한 접이식 키보드를 두드리는 코코는 집에서 빨래를 개는 어머니가 떠오를 만큼 온화한 분위기를 자아냈다. 가미노는 지난 보름 동안 느꼈던 긴장감이 조금씩 풀리는 기분이었다. 어깨에서 힘이 빠지고 나서야 몸이 내내 굳어 있었다는 사실을 깨달았다. 가미노는 자기 어깨를 한쪽씩 주물렀다.

가미노, 어깨 뭉친 거 아니야?

이누이가 갑자기 어깨를 주물렀을 때가 떠올랐다. 갑작스러운 신체 접촉에 움찔했다. 그래도 원래부터 엉큼한 면모가 없었던 사람인지라 불쾌하지는 않았고 마사지 솜씨도 뛰어났다.

감사 인사를 하자 "나, 도수 치료랑 마사지를 공부하는 중이야. 나이 든 정치가나 기업가에게 효과 만점이거든. 마사지로 피로를 풀어주고 친밀감도 높이는 거지." 하고 이누이는 농담인지 진담인지 모를 소리를 하더니 즐겁게 웃었다.

이누이가 사람을 해부한다는 소문이 진짜라면 인간의 신체 구조에 대해서도 해박하지 않을까. 문득 그런 생각이 들었다.

잠시 후 코코가 "가미노, 여기 나오네." 하고 말했다. "방범 카메라 녹화 영상에. 어제 오후 3시 18분. 19층 엘리베이터 홀에 있는 카메라에 찍힌 거야. 체크인한 후 엘리베이터를 타고 올라온 장면이겠지."

가미노는 일어서서 코코 옆으로 갔다. 탁자에 놓인 태블릿PC를 들여다보자 천장에 설치된 듯한 카메라에 찍힌 영상이 떠 있었다. 뉴스에 자료로 나오는 흑백 영상 같을 거라는 상상과 달리 선명한 컬러 영상이었다.

영상 속에 자신이 있었다. 평소 거울에 비친 모습을 정면에서만 봐서 그런지 비스듬한 각도에서 찍힌 모습을 보자 신선한 한편으로 위화감도 느껴졌다.

왜 이 사람은 이렇게 된 걸까.

제삼자의 인생을 바라보는 듯한 기분으로 가미노는 자기 자신을 바라봤다.

나름대로 성실하게 살아왔다고 생각했다. 그러나 '잊어버리지 못하고 모조리 기억한다'는 체질에 휘둘려 몸이 상했고 인생을 제대로 걷지 못한 탓에, 건실함과는 거리가 먼 일을 하는 이누이 밑에서 일할 수밖에 없었다. 그 결과 이렇게 됐다.

나쁜 짓을 하고 싶었던 것도, 태만하게 굴고 싶었던 것도 아닌데.

친구 하나 만들지 못하고, 오늘이나 내일이나 변함없는 하루가 계속된다. 그렇듯 좋은 일이 거의 없는 인생은 받아들일 수 있다. 하지만 무서운 일을 당하기는 절대로 싫다.

영상 속의 자기 모습을 바라보고 있으니 동정심이 왈칵 솟구쳐서 "힘내." 하고 격려를 보냈다.

코코가 키보드를 누르자 영상이 재생됐다. 화면 속 가미노는 복도 쪽으로 걸어가다 사라졌다.

"이다음에 이 방에 들어온 거로군. 그 후로는 방에서 안 나갔지?"

"네."

"그럼, 이 파일은 삭제할게." 키보드를 달칵달칵 누르던 코코가 "아." 하고 소리쳤다.

"왜 그러세요?"

"여기." 코코가 재생 중인 방범 카메라 영상을 가리켰다. 엘리베이터 홀에 호텔 유니폼을 입은 남자가 비쳤다.

"이 직원, 복도 쪽에서 나왔거든. 가미노, 이 직원이랑 마주쳤어?"

물론 기억해요, 하고 가미노는 고개를 끄덕였다. 잊어버리다니, 어떻게?

"엘리베이터를 내려서 방으로 향할 때 이분과 마주쳤어요. 뭔가에 걸렸는지 비틀거리다 넘어지기에 '괜찮으세요?' 하고 말을 걸었죠. 다나베라고 적힌 가슴의 명찰도 봤고요."

코코가 영상을 되감고 다시 재생했다. 물론 화면만 봐서는 복도에서 무슨 일이 있었는지 파악할 수 없었다. 코코는 눈에 들어오지 않는 복도에서 무슨 일이 일어나고 있는지도 보인다는 듯 화면을 가만히 들여다봤다. 엘리베이터 앞으로 온 포터*는 넘어졌을 때 다쳤는지 허리를 문질렀다.

"그 외에 다른 이야기는?"

물론 잊어버리지 않았다. "'1914호는 어느 쪽인가요?' 하고 물어봤어요. 복도 벽에 붙은 안내 표시판을 제대로 확인하지 않아서 자신이 없었거든요." 하고 대답한 후 목소리를 흘리듯 물어보았다. "그거, 혹시 실수였나요?"

무섭기도 하고 현기증이 나서 어질어질했다. 무엇보다 왜 나쁜 일만 겹치나 싶어 놀랐다. 아무에게도 피해를 주지 않도록 착실하게 살아왔을 뿐인데.

---

* 호텔에서 투숙객의 짐을 보관하고 운반하는 업무를 담당하는 직원

코코는 한순간 입을 다물었다가 "뭐, 괜찮을 거야." 하며 가미노의 어깨를 탁탁 두드렸다. "그렇게 걱정스러운 표정을 짓고 있으면 재앙신 같은 게 찾아와. '불렀습니까?' 하고 말이야. 웃도록 해."

가미노는 억지로라도 웃어보려 했지만 잘 되지 않았다.

요모기,

2층 레스토랑

"연어미큐이[*], 프랑스산 캐비어입니다. 꽃상추브레이제[**]와 함께 드시기 바랍니다." 흰색 셔츠에 검은색 나비넥타이를 매고 검은색 조끼를 입은 웨이터가 이케오 미쓰루 앞에 접시를 내려놓았다.

윈튼팰리스 호텔 2층, 프렌치 레스토랑이다. 가게에는 '재료

- 고기나 생선 등을 반쯤 익혀서 내는 프랑스 요리의 조리법
- 재료를 기름에 살짝 구운 후 육수나 와인을 조금 넣고 뚜껑을 덮은 상태로 조리는 요리법

본연의 맛을 추구합니다. 일본의 마음과 프랑스의 조리법이 어우러진 최고의 요리' 운운하는 설명이 적혀 있었다. 기자라는 직업상 취재 상대와 함께 식사하는 일이 종종 있어도 이렇게 고급스러움이 넘치는 프렌치 레스토랑에 오면 역시 긴장감을 떨칠 수 없다. 하물며 앞에 앉은 상대도 상대다.

"이케오 씨는 석 달 전부터 정치부랬나요? 생소한 얼굴인데." 앞에 앉은 요모기 장관이 말했다.

"아, 네. 그 전까지는 스포츠부에 있었습니다."

"'뉴스넷'은 영향력이 대단해서 옛날부터 이름을 날린 중앙지보다 많이 읽히잖아요."

"글쎄요, 과연." 이케오는 말끝을 흐리듯이 대답했다.

실제로 자신이 일하는 웹사이트 '뉴스넷'의 영향력이 해마다 커지는 것을 실감하기는 했다. 예전 직장 동료나 친구와 이야기할 때 반응이 확실히 달라졌다.

"인터넷 뉴스로 충분하다는 여론 때문에 종이 신문 발행 부수가 줄어들기는 했죠. 그래도 인터넷의 정보에는 가짜가 섞이기 마련이니까요. 역시 꼼꼼하게 제대로 취재한 기사가 없으면 겁나는 것도 사실입니다. 그렇다고 이제 와서 종이 매체가 중심에 서는 세상은 상상이 안 되는군요. 속도가 압도적으로 다르니까요. 그런 의미에서 이케오 씨 회사처럼 공신력 있는 인터넷 뉴스

사이트가 생긴 건, 사실 온 국민에게 고마운 일이에요. 나는 정치가들이 이케오 씨에게 좀 더 취재를 받아야 한다고 봅니다."

요모기 장관이 '나는'이라고 말하는 모습과 싹싹한 말투가 너무나 소탈해서 이케오는 정보기관의 장관과 일대일로 마주 앉아 있다는 사실을 잊어버릴 뻔했다. 지금도 근력 운동을 꾸준히 한다는 말을 증명하듯, 럭비 경험자인 이케오에게도 뒤지지 않을 만큼 체격이 탄탄했다. 이리저리 변하는 표정은 순수함이 남은 청년 같아 보였다.

"이야, 실은 장관님이 국회의원에 처음으로 당선되셨을 때 저도 한 표 던졌습니다." 이케오는 준비해온 첫 번째 화제를 꺼냈다. "당시 본가가 그 지역구였거든요. 열여덟 살이라 저도 첫 투표였죠."

요모기 장관의 마음을 사기에 딱 좋을 것이라고 계산한 화제였다.

"어, 정말인가요?"

기대한 대로 요모기 장관은 이쪽이 던진 미끼를 덥석 물었다.

"그때는 얼마나 놀랐는지 모릅니다. 저희 반 친구도 그 사건이 벌어진 열차를 타고 다녔거든요."

도쿄 도내를 달리는 열차에서 한 남자가 칼을 휘두르는 사건이 발생했다. 주부 한 명과 어린아이를 데리고 있던 남성이 사망했고, 부상자는 십수 명에 이르렀다. 그 열차에는 당시 마흔 살이었던 요모기 사네아쓰와 그보다 열 살쯤 어린 비서 사토도 타고 있었다.

요모기와 사토는 범인을 제압하는 과정에서 칼에 맞아 부상을 입었다.

"장관님이 아니었다면 피해자가 더 많이 나왔을 겁니다."

"그때 사토가 의식 불명의 중태에 빠져서 출마를 포기할까 했었죠." 요모기 장관은 그렇게 말하고 옆쪽을 바라봤다. 바로 옆 탁자에서 사토가 같은 코스 요리를 먹고 있었다.

이케오는 셋이서 같이 먹자고 제안했다. 착실함으로 똘똘 뭉친 우등생처럼 보이는 사토는 "둘이서 감싸듯이 앉으면 기자님을 압박하는 것 같은 느낌도 들고, 저는 연중무휴라고 할 만큼 장관님과 늘 붙어 지내니까 좀 질렸습니다." 하고 안경 너머로 농담처럼 말했다. 그러더니 "국회의원을 그만두시면 저도 잘릴 줄 알았는데 말이에요." 하고 웃었다.

십오 년 전 사건 때, 중태에 빠진 사토가 의식을 되찾았다는 소식이 전해지자 눈물을 흘린 요모기의 모습이 목격됐다. 두 사람의 관계를 멋대로 상상한 스토리가 만들어졌고, 그 스토리가 인터넷 밈으로 사회에 퍼지자 그 또한 국민에게 친근감을 안겨줬다.

"정치가가 되신 후에도 장관님은 기대를 저버리지 않으셨죠. 정말 투표하길 잘했다 싶었습니다. 투표의 효용성을 느낀 덕분에 저는 그 후로도 선거 때마다 꼭 투표하러 갑니다."

실제로는 마음이 내키면 투표하러 가거나 대개는 가지 않았다. 선거 전후로 기자 일이 바쁘기도 하고, 그 이상으로 '투표를 아예 안 하는 인간도 많은데 한 표 보태봤자 무슨 소용이냐'라는 기분이 컸기 때문이다.

"이케오 씨, 오늘 나를 비행기 태우려고 취재하러 나온 겁니까? 우리 사토에게 부탁받았어요?" 웃음과 함께 눈이 가늘어진 요모기는 마치 고등학생 같아 보이기도 했다.

"그런 건 아닙니다." 이케오는 손을 크게 내저으며 부정했다. 물론 치켜세우는데 좋아하지 않는 인간이 없는 것도 사실이다. 특히 정치가는 치켜세워주면 아주 좋아한다. "왜, 장관님께서는 고령자에게만 관심을 주는 정치를 바꾸려고 하셨지 않습니까. 그것도 든든하게 느껴졌습니다."

"사십 대까지만 선거권을 부여하는 건 어떻겠느냐고 말했더니 어마어마한 비난이 쏟아졌죠."

"그랬죠."

요모기는 눈초리에 주름을 잡았다. "쉰 살이 되면 선거권을 박탈하는 제도를 시험 삼아 상상해보십시오, 라고 말했을 뿐인데도요. 헌법을 뭐로 보는 거냐, 보통 선거와 평등 선거의 의의를 모르는 거냐, 세대 갈등을 부추기는 거냐고 사방팔방에서 뭇매를 때렸어요. 그중에서도 '그런 제도를 실시하면 노인이 외면당하는 것 아니냐' 하고 화를 낸 고령자가 많았던 게 신기하더군요. 그렇게 말하는 사람이야말로 젊은이와 고령자가 적대 관계라고 믿는 건지도 모르죠. 젊은이도 고령자가 행복하게 살기를 바랄 텐데 말이에요. 애당초 나는 그저 일종의 사고실험으로서 정치가들이 생각해보기를 바랐을 뿐입니다. 사십 대까지만 투표하는 사회가 되면 어떤 정치를 하려고 고민할 것인가. 그걸 생각해보면 자신이 얼마나 선거만을 위해 행동했는지 깨닫지 않을까 싶었는데, 반발만 샀어요."

"저출산 고령화가 계속 진행되면 젊은이가 모조리 투표하러 가도 고령자의 표심을 당해내지 못하는 게 사실이기는 하죠."

요모기는 목소리를 조금 낮추더니 "이런 소리를 하니까 눈엣가시로 여겨지는 거겠죠. 인간뿐만 아니라 이 세상 모든 생물은 태곳적부터 '기득권을 빼앗길 것 같으면 필사적으로 저항한다'는 특성을 타고났는지도 모르겠습니다." 하고 쓴웃음을 지었다. "국회의원을 그만두길 잘했어요."

"다른 방향에서 일본을 바꾸려고 마음먹으신 겁니까?" 이케오가 묻자 요모기가 속내는 보여줄 수 없다는 듯 양손을 펼치는 시늉을 했다.

웨이터가 다가와서 이케오 앞의 빈 접시를 들고 물러갔다.

여섯 명,
1층

윈튼팰리스 호텔 지하 주차장에 차를 대고 내렸다. 일단 가마쿠라가 프런트로 향했다. 택배업자 유니폼을 걸치고 어울리지 않는 안경도 썼다. 옆구리에 낀 골판지 상자에는 대형 인터넷 쇼핑몰의 이름과 주소가 인쇄된 송장을 붙여놓았다. 배달지는 윈튼팰리스 호텔이고 받는 사람은 '가미노 유카 님'이다.

나머지 다섯 명은 각자 거리를 두고 대기했다. 마이크가 내장돼 있어 휴대용 단말기에 접속하지 않고도 음성을 송수신할 수 있는 방식의 귀걸이형 이어폰으로 서로 대화가 가능하다.

"가마쿠라, 들리나, 감없구랴." 헤이안은 나라와 함께 로비의 벽 근처에 서서 태평하게 썰렁한 소리를 늘어놓았다. 둘 다 색깔만 다른 바지 정장 차림이었다. 불신감을 주지 않고 의심받지 않기 위해 정장은 유효한 수단이다. 게다가 호주머니가 많아서 바람총과 화살을 숨기기에도 좋다.

프런트에 서 있던 정장 차림의 남자 직원은 가마쿠라가 다가가자 '빙그레'라는 표현이 딱 들어맞는 웃음을 지으며 인사한 후, "무엇을 도와드릴까요?" 하고 예의 바르게 물었다.

가마쿠라는 사람을 만나면 바로 평가에 들어간다. 외모가 자신보다 뛰어난가, 자신에게 이점이 있는 인물인가, 고자세로 나가야 할까, 저자세로 나가야 할까를 무의식적으로 따져본다. 상대가 여성이면 유혹할 수 있을까 하는 가능성도 헤아려본다.

외모가 잘나서 정말 행운이야. 가마쿠라와 아스카가 자주 하는 말이다. 농담조이기는 하지만 진심에서 우러난 말이었다. 사실 가마쿠라는 잘생긴 얼굴과 큰 키, 뛰어난 운동 능력을 '행운'이 아니라 자신의 실력이라고 생각했다.

"그닥 연습하지 않아도 웬만한 운동은 다 잘하고, 옛날부터 여자애들이 사랑에 빠진 눈으로 쳐다봤지. 결국 생긴 게 시원찮고 신체 능력도 평범한 사람이 죽어라 애써본들, 나보다 행복해질 수는 없어. 그 우월감은 아는 사람만 알지."

"그쪽은 인생이라는 길을 걸어가지만, 이쪽은 차를 몰고 가는 거나 마찬가지야. 뭐랄까, 너무 미안하다니까."

"정말로 미안해?"

"아니. 그렇게 타고난 걸 어떻게 하라고? 전생에 착하게 살았던 보답이겠지."

가마쿠라와 아스카는 종종 그런 대화를 나눴다.

"이분께 배달하러 왔는데요. 여기 묵고 계신가요?" 가마쿠라는 들고 온 골판지 상자를 프런트에 올려놓았다.

"잠깐만 기다리세요." 이십 대로 보이는 그 직원은 또 빙그레 웃더니 가까이 있던 숙박 시스템을 조작했다.

가마쿠라는 이미 이 직원을 얕보고 있었다. 자신에게 위협이 되지 않는, 어떻게든 할 수 있는 인간이다. 더 나아가 체격과 얼굴을 보건대, 인생의 모든 측면에서 자신이 뛰어나다. 자신이 누릴 수 있는 이런저런 일들을 이 남자는 경험하지 못하고 죽을 것이라 생각하자 머릿속에서 쾌락 호르몬이 분비되는 것을 느꼈다.

잠시 후 직원이 고개를 들었다.

"죄송합니다. 가미노 씨라는 분은 안 계신 것 같은데요."

"어, 안 계신다는 건 지금 없다는 뜻인가요? 아니면 체크인 자체를 안 했다는 뜻?"

"체크인을 안 하신 것 같습니다."

"아아, 그렇군요."

가명으로 체크인했으리라.

가마쿠라는 감사 인사를 한 후, 골판지 상자를 들고 프런트를 떠났다. 방금 그 대화는 이어폰을 통해 다른 동료들에게도 전달됐다.

"가마쿠라, 차에 가서 옷 갈아입고 와." 에도의 목소리가 들렸다. 알았어, 하고 대답한 후 지하 주차장으로 가기 위해 엘리베이터로 향했다.

"이제 내 차례인가." 아스카도 정장 차림이다. 진짜 얼굴이 상대의 기억에 남으면 바람직하지 않으므로 안경을 꼈다. 프런트 끄트머리에 서 있는 포터를 점찍었다. 커다란 카트에 담긴 캐리어 여러 개를 안쪽으로 옮기고 돌아온 참이다. 아스카는 재빨리 다가가서 "저어, 바쁘신데 죄송합니다만." 하고 말을 걸었다.

포터는 허리를 쭉 펴고 공손하게 "네." 하고 대답했다.

"실은 이 호텔에 숙박 중인 동생을 찾고 있어요."

아스카도 가마쿠라처럼 남을 평가한다. 외모가 자신보다 뛰어난가, 자신에게 이점이 있는 인물인가, 이쪽 외모에 상대가 어떤 인상을 품는가, 강하게 나가야 할까, 상냥하게 대해야 할까 계산한다.

원기둥 모양 모자를 쓰고 짧은 재킷을 입은 날씬한 포터는 자세도 바르다. 교사의 가르침을 잘 지키는 초등학생처럼 착실하게 생겼다.

"저희 가족 일로 귀찮게 해서 죄송합니다. 실은 동생이 집을 나갔거든요. 그런데 여기 머물고 있다고 동생 친구에게 들었어요. 하지만 연락은 안 되고요. 이대로 가다가는 호텔에도 피해가 생길 것 같으니 돈만이라도 전해줬으면 하는데요. 방을 알려주시거나, 불러내주실 수는 없을까요?"

애가 동생이에요, 하고 아스카는 휴대전화로 가미노의 사진을 보여줬다.

"참 힘드신 상황이군요. 확인해볼 테니 잠시만 기다려주시겠습니까."

포터는 아스카를 동정했는지 머리를 꾸벅 숙이고 프런트 안쪽으로 사라졌다.

"참 착하기도 하셔라." 아스카는 이어폰 마이크에 들리도록 중얼거렸다.

"아스카, 너랑 비교해서 안 착한 사람이 어디 있겠어." 센고쿠의 목소리를 아스카는 무시했다.

과연 그 포터는 어떻게 대응할까. 솜씨를 한번 보자는 마음으로 기다리다 보니, 포터가 넥타이를 맨 여성을 데리고 돌아왔다.

명찰을 보자 '지배인 하라 아카네'라고 적혀 있었다.

"지배인, 하라 아카네 씨." 아스카는 동료들에게 정보를 주기 위해 소리 내어 말했다.

"동생을 찾으신다고요? 무슨 사정인지 저한테 한 번 더 말씀해주시겠습니까?" 상대를 안심시키는 웃음을 지으면서도 똑 부러지는 태도라, 제대로 된 호텔의 지배인은 제대로 된 사람이로구나, 하고 아스카는 감탄했다. 이번에도 자신과 비교했다. 얼굴과 몸매 등 '보이는 부분'에서는 이쪽이 압도적으로 앞선다. 분명 이 지배인은 이성에게 구애를 받아본 적이 없으리라. 가엾게도, 하고 아스카는 속으로 웃었다.

휴대전화에 띄운 사진을 지배인에게도 보여줬다. 아까 지어낸 가짜 이름도 댔다.

"동생이 이 호텔에 있다는 말을 듣고 찾아왔는데 방이 어딘지 몰라서요. 동생은 이렇게 훌륭한 호텔의 숙박비를 낼 만한 돈이 없을 거예요. 정말로 숙박하고 있는지, 만약 그렇다면 어느 방에 있는지 알려주시면 안 될까요?"

과연 고급 호텔의 지배인답다고 해야 할까, 하라는 "그것참 걱정이 크시겠군요." 하고 걱정에 공감하는 표정을 지었다. 아스카는 그 얼굴이 마음에 들지 않아서 후려갈기고 싶은 마음을 꾹 억눌렀다.

"숙박 정보는 알려드리기 쉽지 않은 부분이 있어서요." 하라가 죄송하다는 듯 말을 이었다.

"동생 이름과 제 전화번호를 알려드릴 테니 만약 무슨 일 있으면 연락 주시겠어요?"

하라는 "알겠습니다." 하고 고개를 크게 끄덕이더니 어디선가 종이와 펜을 꺼내서 내밀었다.

지어낸 동생의 성명에 들어맞는 한자를 즉석에서 떠올려 종이에 썼다. 전화번호도 적었다. 그리고 휴대전화를 쳐들어 강조하듯 가미노의 사진을 한 번 더 보여줬다.

알겠습니다, 하고 하라는 다시 말했다. 과연 어디까지 진심으로 받아들였을까. 실패했다 싶어 조금 후회했다. 기왕이면 '동생은 돈이 그렇게 많지 않다'라고 하지 말고 '동생의 지병'이나 '다른 손님에게 민폐를 끼칠 우려'를 운운하며 위험성이 높아 보이는 거짓말을 했어야 호텔도 긴장감을 품고 적극적으로 대응에 나설 가능성이 컸다.

이제 와서 그런 요소를 덧붙이는 건 부자연스럽다. 아스카는 감사 인사를 하고 물러났다.

"실례합니다." 동료들과 합류하기 위해 라운지로 향하려는데 누군가 말을 걸었다. 돌아보자 아까 그 포터가 서 있었다.

의심받았나 싶어 대처할 준비를 했지만 영국 근위병처럼 허리를 꼿꼿이 편 포터는 "동생분은 저희 호텔에 계실 거예요." 하고 목소리를 조금 낮춰서 말했다. 주변을 조금 신경 쓰는 눈치였다. 명찰에는 '다나베'라고 적혀 있었다.

아스카는 표정으로 이야기를 재촉했다.

"어제 19층 손님의 짐을 옮기고 돌아오다 복도에서 넘어졌는데요." 포터는 마치 크나큰 실수라도 저질렀다는 듯이 말했다. 부끄러운지 귀가 빨개졌다. "그때 엘리베이터 쪽에서 오신 분이 아까 사진으로 보여주신 동생이셨어요. 친절하게 말을 걸어주셔서 기억합니다."

"정말요!" 아스카는 입가에 손을 대고 엄청난 기적과 맞닥뜨려 감동한 척했다.

그 얼굴을 보고 포터의 뺨이 조금 붉어졌다. 상대가, 특히 남성이 아스카의 얼굴에 마음을 빼앗겨 넋 놓고 바라보는 것은 자주 있는 일이었다.

포터는 얼버무려 넘기듯 "저희 호텔로서는 개인 정보를 엄격하게 관리해야 하므로 융통성이 부족할 수밖에 없습니다." 하고 말했다. "다만 손님은 나쁜 분으로 보이지 않으니, 어디까지나 저 개인이 정보를 제공하는 걸로 받아들여주세요."

"감사합니다." 기쁜 나머지 펄쩍 뛰어오르는 사람이 진짜로 있는지는 몰라도 아스카는 그렇게 했다. 그리고 양손을 모으고 절하듯 고개를 깊이 숙였다. 당신이야말로 구원의 천사, 수호신, 백마를 탄 왕자님이라고 속으로 외침으로써 고마워하는 태도에 걸맞은 표정도 만들어냈다.

예상한 대로 더 큰 감사를 바라는 듯 포터가 "1914호입니다." 하고 눈을 반짝였다. "동생분이 통로 어느 쪽인지 물어보셨어요. 제1차 세계대전이 발발한 년도와 똑같아서 묘하게 기억에 남았죠."

아스카는 눈물을 더 글썽이려고 노력했다. 너무 과장된 연기라 수상쩍게 여기지는 않을까 싶은 우려는 괜한 걱정이었다.

"도움이 됐다면 다행입니다."

친절함을 발휘하겠답시고 일부러 와서 알려주다니, '어리숙하다'라는 말이 어울리는 그 순박하고 선량한 태도에 아스카는 웃음을 참느라 혼났다.

위기에 처한 사람을 구해준 용사처럼 늠름하게 떠나가는 포터의 뒷모습을 바라보며 "들었어?" 하고 아스카는 말했다.

"1914호."

"포터의 귀감이로군."

"그럼 에도 씨, 어떻게 할까? 각자 할 일을 정하자."

"제1차 세계대전이라니."

담요,
이틀 전 다른 호텔

사일로에서 일을 마친 베개와 담요는 호텔 비발디 도쿄의 청소원용 엘리베이터를 타고 지하 1층까지 내려가서 주차장으로 나갔다. 안쪽에 주차한 대형 밴까지 카트를 밀고 가서 시체를 밴에 실었다. 차체에는 존재하지 않는 청소 회사의 이름과 로고가 그려져 있다.

두 사람이 이런 일을 하게 될 수밖에 없었던 경위를 돌아보면 다음과 같다.

베개와 담요 둘 다 고등학교 시절에는 농구 연습에 전념하며 하루하루를 보냈다. 둘은 죽어라 연습해서 수비와 삼 점 슛 실력을 닦았다. 하지만 일 학년 때 관중석에서 한탄한 대로 경기에 나설 기회를 좀처럼 얻지 못했다. 베개는 그때마다 투덜거렸고 담요도 "맞는 말이야." 하고 맞장구를 쳤다. 그래도 도중에 내팽개치지 않고 삼 학년까지 버티다가 졸업했다.

베개는 호텔 직원이 되기 위해, 담요는 시스템 엔지니어가 되기 위해 각각 전문대에 진학해서 관계가 소원해졌다. 그러다 취직한 후 우연히 지하철 의자에 나란히 앉았다.

오랜만의 재회가 반가워서 바로 지하철에서 내려 근처 술집에 들어간 후에야 둘 다 술을 못한다는 사실을 알았다. "그럼 카페에 갈 걸 그랬네." 하고 서로 툴툴대면서도 이 또한 의미 있는 공통점이라고 생각했다. 시기는 달랐어도 둘 다 부모님이 돌아가셨고, 먼 친척 외에 다른 가족은 없는 처지도 똑같다는 걸 알자 유대감이 더욱 강해졌다.

"도저히 이해가 안 되는 일이 있는데 좀 들어봐." 한탄하듯 말하는 베개는 고등학교 시절과 변함없었다.

"싫지만 들어줄게."

"얼마 전에 우리 호텔에서 일하는 선배가 모태솔로라고 다른 직원에게 놀림당했거든."

"종종 있는 일이지."

"연애를 못 해봤다고 해서 왜 무시당해야 해? 나도 연애해본 적 없지만, 무슨 나쁜 짓을 한 것도 아니고 그냥 평범하게 살아왔을 뿐인걸. 왜 죄지은 것처럼 말하는 걸까. 마치 지금까지 아이스크림을 먹어본 적 없느냐는 듯한 눈으로 보더라니까."

"그렇게 맛있는 걸 안 먹어봤어? 그런 느낌이려나. 나도 연애해본 적은 없지만, '그래서 뭐 어쩌라고?'라는 식으로 생각하기는 해. 아무튼 이성에게 인정받을 매력이 없는 사람이라고 여기는 거겠지?"

"매력이 없어서 연애를 못 한 건지 어떻게 알아? 그보다도 연애를 한다고 해서 매력이 있는 건지도 의문이야. 그저 요령이 좋았을 뿐인지도 모르잖아. 결국 연애 기술이 있는 사람이 잘 사귈 뿐이라고. 그런데 모태솔로인 그 선배도 창피하다는 표정을 짓지 뭐야. 정말 왜 그러는지 모르겠더라. 그래서 나도 지금까지 연애해본 적 없다고 밝혔더니 놀리던 직원이 또 호기심 어린 눈으로 쳐다봤어."

"나도 비슷한 경험 있어."

"고등학생 때도 그런 애가 있었지. 대학생 남자 친구가 있답시고 어깨로 바람을 가르며 당당히 걸어 다니던 애가."

"바람을 가르지는 않았을지도."

"어쨌든 왜 연애를 해야 충실한 인생이라는 인식이 사람들의 머릿속에 박힌 걸까. 연인이 폭력을 행사할 가능성도 있잖아. 인기 있는 인간이 제일이라는 풍조는 왜 생긴 거지?"

"나한테 물어봐도 모르지."

"잘 생각해보면 경험이 풍부한 연상 입장에서는 유리하겠네."

"뭐가?"

"연애 경험이 없는 사람이 무시당하는 풍조가 있다면, 젊은 사람은 빨리 그런 상태에서 벗어나고 싶겠지? 그런 심리를 파고든다고 할까. 자, 빨리 경험해두는 편이 좋아, 하고 유혹하는 거지. 아, 알았다. 인간도 동물이라는 측면에서는 자손을 남기는 게 중요하니까, 본능과 관계있는 걸까. 연애를 부추겨서 아이를 낳기 쉽게 만드는 구조랄까, 세뇌랄까."

"자본주의 때문이야, 분명."

"응?" 예상치 못한 말이 날아들어서인지 베개는 어리둥절한 표정을 지었다.

"인간은 남보다 우위에 서기 위해 노력하는 생물이라고 생각해. 그런 심리를 이용한달까, 조장하는 것이 자본주의지. 예쁜 옷, 멋진 집, 홀딱 반할 법한 외모, 큰 키, 큰 가슴 등등 우월감과 열등감을 조장하는 상품이나 서비스뿐이잖아. 그러니까 '연애를 안 해봤다니!' 하고 놀리는 것도 근본을 따져보면 자본주의가 눈을 번뜩이고 있는 탓인지도 몰라. 인간들을 부추겨서 빨리 돈을 쓰게 해야 한다면서."

"자본주의에 눈이 있어?" 베개는 진지한 얼굴로 물어본 후 말을 이었다. "하긴 난 평생 이대로 지내도 상관없다, 모두 그렇게 생각한다면 최소한의 필요한 물건밖에 팔리지 않을지도 모르겠네."

"난 딱히 가지고 싶은 거 없는데."

"나도."

"뭐, 점점 변하기는 하는 셈인가. 남에게 인기를 끌기 위해서가 아니더라도 사람들이 돈을 쓰게 됐으니까. 애니메이션 상품이나 게임이라거나."

술집을 나서서 역으로 돌아갔을 때 그 일이 벌어졌다. 뒤에서 다가온 남자가 베개에게 부딪쳤다. 베개는 균형을 잃고 튕겨 나가듯 넘어졌다. 남자는 거들떠보지도 않고 멀어졌다.

"에이 씨, 뭐야 저거." 화가 난 담요는 베개가 다치지 않은 걸 확인하고 남자를 쫓아갔다. 베개도 따라왔다.

몇 살인지 종잡을 수 없는 남자는 체격이 좋았다. 밤늦은 시간대임에도 나름대로 붐비는 플랫폼을 성큼성큼 나아가며 몇 명과 부딪쳤다.

"자기보다 작은 사람만 노리는 것 같은데." 베개가 종종걸음을 치며 말했다.

"그것도 우연히 부딪친 건지, 일부러 그런 건지 모르도록. 교활해."

부딪힌 사람은 일단 놀란 후에 따지려 하지만, 남자는 아무 일도 없었다는 듯 지나가버린다. 어쩔 수 없이 다들 제자리에서 불만을 삭이는 듯했다.

결국 베개와 담요도 남자를 따라잡지 못하고 놓쳤다.

며칠 후 인터넷 뉴스를 보고 담요는 깜짝 놀랐다. 역 계단에서 여성이 사망했다는 기사였다. 누군가와 부딪혀 넘어질 뻔한 임신부를 근처에 있던 중년 여성이 부축하려다 균형을 잃고 뒤로 자빠졌다고 한다.

얼마 후 베개에게 연락이 왔다. "그 충돌남이지? 방범 카메라 영상에 모자이크를 넣었다고 해도, 틀림없어. 요전번 그 역과도 가깝고."

"내 생각도 그래."

"이거, 처벌을 얼마나 받을까?"

"응?"

"가령 남자가 붙잡힌들 임신부와 부딪친 거잖아. 도미노처럼 연쇄 반응이 일어났다고는 해도, 다른 여자가 죽은 일에는 직접 관련이 없다고 주장하면 어쩌지?"

"그럴 수도 있겠네."

"그렇지?"

"과연 이 남자가 붙잡힐지도 의문이야."

"아아, 최악이네."

두 사람 사이에서 충돌남 이야기가 또 나온 것은 그로부터 며칠 후였다. 그야말로 두 사람의 인생 진로가 확 뒤틀리는 운명의 날이었다.

일단 베개에게 휴대전화로 연락이 왔다. 오후 10시가 지난 시간이라 담요는 집에 있었고, 베개는 직장인 호텔에 있었다.

"찾아냈어. 용서할 수 없어서, 저질러버렸어."

베개의 말이 무슨 뜻인지 당최 감이 오지 않았다. 제일 먼저 떠올랐던 건 기원전 로마의 장군 카이사르가 승전보를 전하는 편지에 썼던 간결한 문구, '왔노라. 보았노라. 이겼노라'였다.

자기가 일하는 호텔에 충돌남이 손님으로 왔다고 베개가 설명했다.

"하지만 그때는 뒤에서 부딪치고 지나가서 얼굴을 제대로 못 봤잖아." 담요가 의문을 제기하자 베개는 "제 입으로 말하더라. 자랑스럽게." 하고 어두운 목소리로 답했다.

"본인이 직접 말했어?"

"복도에서 딱 마주쳐서 무심코 말을 걸었거든."

"혹시 충돌남이시냐고?"

"그랬더니 부정하기는커녕 당당히 인정했어. 자기 때문에 사람이 죽었다고 자랑스럽게 떠들었지. 경찰에 신고하겠다고 했더니 체포돼도 꿀릴 것 없다며 웃더라."

"꿀릴 게 없지는 않을 텐데."

"나, 너무 열 받아서 용서할 수가 없었어."

용서할 수 없어서 저질러버렸다. 베개가 처음에 했던 말이 떠올랐다. "뭘 저질렀는데?"

"밤에 마스터키로 그놈의 방에 들어가서."

"위험하잖아."

"잠든 놈의 얼굴을 베개로 힘껏 눌렀지."

담요는 한순간 숨을 삼켰다. 가슴이 꽉 죄어들었다. 베개가 저지른 일이 무서웠다기보다 그렇듯 무서운 짓을 저지를 수밖에 없었던 베개를 동정하는 마음 때문이었다.

베개가 그런 짓을 하지 말았으면 좋겠다.

"위험하잖아." 하고 담요는 한 번 더 말했다.

"마구 날뛰어서 튕겨나갔어. 얻어맞기도 했고."

"저런. 괜찮아?"

"응. 내가 나보다 몸집이 훨씬 큰 선수를 상대로 얼마나 많이 수비하고 드리블을 했는지 놈은 모르니까. 방심은 무엇보다도 큰 적이지."

"지금 어디야?"

"그놈 방."

그 시점에서 담요는 상황을 이해했다. 충돌남의 방에서 여유 있게 통화하고 있다는 건 충돌남이 더는 위협하지 않는다는 뜻이다. 다시 말해 충돌남이 덤벼들 우려가 완전히 사라졌음을 의미한다.

"당장 갈게." 담요는 집을 뛰쳐나갔다.

그 후가 문제다. 그 후로 베개와 담요는 원래 일상으로는 돌아갈 수 없는, 흉흉한 인생에 발을 들여놓게 됐다.

청소 회사 이름이 적힌 밴에 올라타 담요가 시동을 걸자, 베개의 휴대전화로 연락이 왔다. "이누이야. 호랑이도 제 말 하면 온다더니."

담요는 고개를 끄덕였다. 415호에서 업무를 처리하기 전에 이누이를 화제로 삼았었다.

베개가 스피커폰 기능을 켜자 "안녕, 일을 부탁하고 싶은데." 하고 쾌활함과 경박함이 섞인 목소리가 들렸다.

"우리가 이제 당신 하청업자가 아니라는 건 알지?"

"물론. 내가 너희의 은인이라는 것도 알겠지?" 휴대전화 너머에서 이누이가 웃었다.

"은혜를 입은 만큼 일해줬잖아. 당신도 수긍했을 텐데."

예전에 베개와 담요는 이누이가 맡긴 일을 많이 처리해줬다. 전부 그다지 위험하지 않았고 어려운 일도 아니었다.

불만은 많지 않았다. 다만 어떤 소문을 듣고서 거리를 두고 싶어졌다.

이누이는 사람을 해부하는 것이 취미라는 소문이다.

어디선가 입수한 사람을 마취해 의식을 빼앗은 후 해부한다. 무슨 목적이 있어서가 아니라 순전히 '재미'로. 생선을 손질하듯 사람을 손질한다는 표현도 들었다. 담요와 베개는 "해부당하고 나면 아무리 후회해도 소용없어." "군자는 위험한 일에 다가가지 않는다고 했지." "긁지 않으면 부스럼도 안 생겨." "외양간은 소를 잃기 전에 고쳐야 하고." 등의 말로 상의해 이누이에게서 멀어지기로 했다.

"하청이 아니라 정식 의뢰야. 갑작스럽기는 하지만."

"여자를 찾아달라는 거야?" 담요는 선수를 쳐서 속을 떠봤다.

"윈튼팰리스 호텔로 가줘." 이누이가 말했다.

무당벌레,
1121호

무당벌레, 착각하지 마. 원망하지 않는다니까? 그럴 리가 있나. 그 반대야.

소파에 앉은 소다가 한숨을 쉬며 말했다. 나나오는 그 앞에서 촉각을 곤두세운 채 혹시 모를 소다의 공격에 대비했다.

복도에서 기절한 소다를 어떻게 할지 나나오는 고민했다. 다행히 소다의 호주머니에 카드키가 들어 있었다. 시험 삼아 끝에서부터 문에 카드를 대어보자 두 번째 방인 1121호에서 반응이 있었다.

소다를 질질 끌며 방으로 들어가서 소파에 눕혔다.

내버려두고 도망치려다가 만약을 위해 묶어놓는 편이 낫겠다 싶어 끈을 찾는데 소다가 정신을 차렸다. 나나오는 혀를 차는 동시에 덤벼들려고 했다.

그러자 소다가 "스톱, 스톱. 왜 그래? 더럽게 난폭하네." 하고 손을 내밀어 제지했다. 그러고는 얼굴을 찡그리며 왼손으로 자기 오른쪽 발목을 잡더니 "아야야." 하고 앓는 소리를 냈다. 나나오가 모르는 사이에 발목을 삔 모양이다.

"뼈는 괜찮아?" 하고 묻자 소다는 "글쎄." 하고 이맛살을 찌푸렸다. "축구였다면 페널티킥감이었어."

"페널티 지역에 들어갔다면."

"들어갔을걸? 그나저나 진짜 깜짝 놀랐네. 무당벌레가 그렇게 거칠게 나올 줄이야."

"공격했으니까 그렇지. 죽일 작정이었잖아."

"내가? 왜? 원망할 리가 있나. 그 반대라면 모를까."

궁지에 몰렸을 때 상대를 방심시키고 단숨에 상황을 역전시키는 건 나나오를 비롯한 업자들이라면 누구나 떠올리는 방법이므로, 씐 것이 떨어져 나간 듯한 소다의 얼굴을 봐도 연기 한번 잘한다는 생각이 들 뿐이었다. "반대라니? 캄필로박터균 이야기하는 거 맞아?"

"물론 처음에는 원망했어."

"일부러 그런 건 아니었어. 설마 닭꼬치구이가 설익었을 줄은 몰랐다고. 아무튼 업무 중에 봉변을 당했다는 소문은 들었어."

"배가 폭발할 것 같아서 전전긍긍했는데, 폭탄이 폭발했지." 소다는 고개를 살짝 기울였다. 목부터 등 쪽으로 화상 흉터가 있었다. "콜라 씨에게도 혼났어. 입원도 했고."

캄필로박터균 감염으로 발생하는 식중독은 두 번째 이후로 길랑바레 증후군을 유발할 가능성이 있다는 내용의 인터넷 기사를 읽었던 것이 기억났다.

"덕분에 몸을 추스르기 위해 요양하는 동안 많은 생각을 할 수 있었지. 콜라 씨의 말을 빌려서 표현하자면, 나 자신을 되돌아봤어."

"남에게 빌려야 할 정도의 표현은 아닌데."

"요양할 때 처음으로 집중해서 책을 읽었지. 자기계발 계열로 분류되는 책을 이것저것.『자신만의 길을 나아가라』라는 제목의 책과『남을 위해 살아라』라는 제목의 책이 있어서 고민했는데, 읽어보니 이해가 됐어. 자신만의 길을 나아가면서 남을 위해 살면 되는 거야."

"그게 가능하다면."

"나랑 콜라 씨가 부자라는 건 알아?"

"마리아에게 들었어. 스스로 부자라 칭하다니, 보기 드문 사례 같은데."

"그야 나랑 콜라 씨는 졸부니까. 유서 있는 부자는 결코 대놓고 과시하지 않을 테고, 애당초 자기가 부자라는 생각도 없지 않을까. 우리야 뭐, 갑자기 돈이 들어왔으니까."

"스스로를 객관적으로 보는군."

"돈은 일정 수준보다 많아지면 달리 쓸 길이 없더라고. 그걸 알았지."

"나도 빨리 그 대사를 하고 싶어서 연습하고 있기는 해."

"비싼 시계와 비싼 운동화를 잔뜩 사고, 고급차로 줄도 세워 봤어. 하지만 그렇게 만족스럽지는 않더라고. 알아? 아무리 꾸미고 외출한들 시계는 좌우 손목에 하나씩, 운동화는 한 켤레, 차도 한 번에 한 대밖에 못 타. 많이 가지고 있어봤자 의미 없지. 돈이 생겨서 좋아하는 걸 샀는데도 사용할 기회가 없는 거야."

"좌우에 하나씩 손목시계를 차고 있나?"

소다는 웃으면서 "이제 그만뒀어. 시간이 두 배로 흐를 것만 같아서." 하고 소맷자락을 걷었다. 왼쪽 손목에 세로로 길쭉한 사각형 모양 시계를 차고 있었다. 이 숫자 디자인이 마음에 들어, 하고 소다는 기쁜 표정으로 설명했다.

"가격은 안 물어볼게."

"특별 주문품이라 가격도 특별하지."

"『비싼 시계는 남에게 줘라』라는 제목의 책은 안 읽어봤어?"

"아마 안 읽었을 거야." 소다는 진지한 얼굴로 대답했다. "아무튼 남에게 도움이 되고 싶다는 마음을 먹었더니 갑자기 일에도 의욕이 생기더라고. 그래서 그 계기를 마련해준 설익은 닭꼬치구이와 그걸 내게 준 무당벌레에게는 오히려 감사할 따름이야."

"아까는 내 목을 조르려고 했잖아. 남을 위해 살려던 거 아니었어?"

"감사 인사를 하고 싶었을 뿐이야." 소다는 뜻밖이라는 표정으로 대답했다.

"그렇게는 안 보였는데."

"이런 곳에서 무당벌레와 만나 감정이 북받친 탓인지도 모르지. 어린애가 너무 들떠서 이상한 행동을 하는 것과 비슷해. 평소 콜라 씨도 날 보고 어린애 같다고 자주 그러거든. 처리할 업무도 있고 해서 급한 마음에 빨리 인사해야 한다고 서두른 탓도 있겠지."

"업무? 여기 일하러 왔어?"

그제야 나나오는 중요한 문제가 생각났다.

마리아다.

극장 지정석에서 누군가가 노리고 있다고 마리아에게 알려야 한다. 물론 마리아도 업계에서 오래 일했고, '편하게 중개만 하는 역할'을 맡았다고는 해도 일반인보다는 위험에 대비하는 마음가짐으로 생활할 테니, 무슨 공격을 당해도 회피할 가능성은 있다.

다만 나나오는 그렇게까지 마리아의 실력을 높이 평가하지도 않았다. 실무 담당에게 일을 떠맡기고 본인은 '휴식'하느라 바쁜 사람이 예상치 못한 말썽에 적절하게 대응할 수 있을 것 같지는 않았다.

위험이 도사리고 있다는 걸 알려야 한다.

그렇지만 휴대전화가 망가졌다. 초조해서 나나오는 자신도 모르게 무릎을 달달 떨었다.

"야단났네. 콜라 씨에게 혼나겠어." 소다는 인상을 찌푸리다가 바로 "아, 그렇지." 하고 목소리를 높였다. "무당벌레, 부탁 좀 들어줄래?"

"부탁?"

"원래 콜라 씨 방에 가려고 했거든. 실은 콜라 씨에게 연락이 올 때까지 여기서 기다릴 예정이었는데, 연락이 와야 말이지. 이쪽에서 메시지를 보내고 전화를 걸어도 응답이 없고. 그래서 어떻게 된 건지 궁금해. 대신 좀 갔다 와줘."

"직접 가면 되잖아."

그러자 소다는 안타깝다는 듯 자기 발목을 가리켰다. "아파서 당장은 못 움직이겠어."

"정말로?"

"콜라 씨에게 혼날 것 같은 예감이 들어. 언제나 시간을 칼같이 지키는 콜라 씨가 연락을 하지 않다니, 무슨 일이 있었는지도 모르지. 그리고 무슨 일이 있으면 나한테도 더 엄격하게 굴거든. 다리가 아파서 잘 움직이지 못하면 분명 혼낼 거야."

"나도 혼나고 싶지는 않아. 다치게 한 건 미안해. 하지만 나도 바빠서 말이야."

"더구나 요즘 업자 킬러 이야기도 들리잖아. 콜라 씨가 어떻게 된 건 아닐까 걱정도 돼."

"업자 킬러라니?"

"무당벌레, 업계 사정에 좀 더 관심을 가지는 편이 좋겠네."

"노력해볼게."

"업자가 몇 명 살해당했어. 양어깨의 관절이 빠진 채로."

나나오는 자기 오른쪽 어깨와 왼쪽 어깨를 번갈아 바라봤다.

"옛날에도 있었대. 콜라 씨한테 들었어. 두 팔을 못 쓰게 한 후에 고문한다나 봐. 악질이지. 저항할 수 없는 상대를 괴롭히는 거니까."

"옛날의 그 업자 킬러가 활동을 재개했다는 건가."

"동일인물인지, 후계자인지도 현재로서는 불분명해."

"패션도 정기적으로 붐이 돌아오니까, 뭐." 나나오는 대충 넘어가듯 대꾸하고 떠나기로 했다. 소다를 등 뒤에 남겨두고 방의 출입구로 걸어갔다.

옆에 놓인 캐리어가 눈에 들어왔다. 옷가지가 난잡하게 튀어나와 있을 줄 알았는데, 가지각색의 작은 장신구 같은 것이 잔뜩 들어 있었다. 시선을 돌린 후, 대체 이건 뭘까 싶어 바로 다시 봤다.

"부적이야." 소다가 알려줬다. 나나오가 무엇에 관심을 보였는지 뒤쪽에서 파악한 것이리라. "자기계발서를 읽는데 신이나 부처에게 흥미를 갖는 것도 좋다는 내용이 있더라고. 신이나 부처에게 의지하지 말라는 책도 있었지만."

"공부가 되는군."

"그 후로 신사나 절을 돌아다니는 취미가 생겼지. 가는 곳곳마다 휴대용 부적과 신단용 부적을 모았어. 이건 돈이 있다고 해서 살 수 있는 물건이 아니야. 직접 거기까지 가서 입수한 거라고."

가지각색이라고는 해도 대부분 크기와 모양이 비슷했다. 아무튼 휴대용 부적이 수없이 많았다. 신사나 절에서 만든 부적일까. 신단용 부적도 있었다. "사서 모은 건가?"

"무당벌레, 부적은 사고팔고 하는 물건이 아니야. 내려주시고 받들어 모시는 거지."

"으음, 서로 상충되지는 않나?"

"상충되다니?"

"다양한 곳의 부적을 가지고 있으면 서로 싸운달까, 간섭하지 않을까 싶어서."

"신과 부처가 왜 싸우겠어? 부적은 좋아. 말 그대로 보호받는 기분이 들지. 게다가 시계나 운동화와 달리 잔뜩 가지고 외출할 수 있잖아."

"그렇군." 수긍은 되지 않아도 나나오는 일단 대답했다.

"무당벌레, 코코라고 알아?"

"코코?" 눈눈, 코코, 입입?

"도주업자나 해킹 아줌마라고 불리는 사람이야."

찰리 파커의 곡 중에 '코코'가 있었지, 하고 나나오는 생각했다. 그렇다면 도너 리라는 사람도 있을까. 소니 롤린스의 곡인 올레오가 있어도 이상할 것 없다.

"코코가 지금 이 호텔에 있어. 누군가를 도주시키기 위해. 콜라 씨와 나는 그 사람의 경호원으로 고용된 거야."

"경호원? 폭발물 전문가 아니었나?" 나나오는 소다를 가리켰다.

"어제서야 코코에게 의뢰를 받았어. 덧붙여 보수도 그렇게 높

지 않고. 갑작스러운 데다 보수도 짠 일을 맡을 업자는 많지 않
겠지. 우리는 마침 다른 일이 취소돼서 시간이 있었던 데다 돈
에 연연하지 않거든. 경호 정도야 물론 해줄 수 있어. 보통 사람
보다는 훨씬 몸을 잘 쓰고, 내 입으로 말하기는 부끄러운데 업
자들 사이에서도 유능한 편이니까. 그래서 곤란에 처한 코코를
도와주기로 한 거야."

"다 신지도 못할 만큼 운동화도 많이 가지고 있고."

"맞아." 소다는 진지한 얼굴로 고개를 끄덕이더니 자기 운동
화를 가리켰다. 정장 차림에 하이컷* 운동화를 신으니 어색해 보
였지만, 활동성을 우선했으리라. 처음 보는 디자인이었다. 비싸
고, 구하기 힘든 희귀 아이템이라는 것은 상상이 갔다. "한정품
이야. 뭐, 그건 제쳐놓고, 어제부터 콜라 씨와 함께 이 호텔에 묵
었어."

"일부러 전날에?"

"현장도 확인할 수 있고, 여차할 때 마음대로 사용할 수 있는
방이 있으면 편하잖아. 짐도 놔둘 수 있고."

"돈이 남아돈다면 내 휴대전화도 좀 사줘."

"휴대전화가 없어?"

———————

•   발목 부분까지 올라오는 길이의 신발

777   **119**

"아까 부서졌어." 나나오는 켜질 낌새가 전혀 없는 휴대전화를 호주머니에서 꺼내서 보여줬다.

"심각하네. 물건은 소중히 다뤄야지."

누구 때문에 이렇게 된 거냐고 나나오는 따지려다 참았다. 몰아세워봤자 이득은 전혀 없다. "뭐, 늘 업무 때만 쓰고 버리니까 중요한 정보는 들어 있지 않지만, 마리아와 연락이 안 돼."

시간을 확인했다. 앞으로 한 시간이면 마리아가 보러 가는 연극이 시작된다. 객석에 앉은 마리아가 옆자리 사람이 휘두른 흉기에 맞아 덧없이 목숨을 잃는 장면이 떠올라 나나오는 기분이 찜찜해졌다.

"내 휴대전화 빌려줄까?"

"아니, 연락처를 몰라." 통화용 전화번호도, 메일 주소도 망가진 휴대전화에만 들어 있다. 외우지는 않았다. 인터넷에 검색한들 나올 리도 없다.

극장 앞에서 마리아를 붙잡는 것이 현실적인 대처 방안이리라. 즉, 빨리 이 호텔에서 나가야 한다.

조바심이 나서 안절부절못하는 와중에 한편으로 침착하게 행동하면 된다고 내면에서 달래듯이 말하는 목소리도 들렸다. 호텔에서 나가는 건 어렵지 않다. 숙박객이라면 누구나 하는 일이다. 섣불리 일을 복잡하게 만들지 말고, 소다와 표면상으로 이야기를 잘 마무리하고 떠나면 된다. 예전에 신칸센 역에서 내리지조차 못했던 일은 그만 떠올리자.

"그런데 무슨 이야기였지? 콜라에게 연락이 오지 않는다고 그랬나." 일단 이야기를 원래대로 되돌렸다.

"코코와 협의한 것도 콜라 씨거든. 나 혼자서는 아무것도 못해. 연락이 안 돼서 콜라 씨가 있는 2010호에 가려고 했지. 그러다 무당벌레, 너랑 만난 거고."

"음, 몇 호라고?" 잘못 들었기를 바라는 마음에서 물어봤으므로 "2010호"라는 대답이 돌아왔을 때도 나나오는 그렇게 놀라지 않았다.

2010호실에는 이미 다녀왔다. 하지만 말할 수 없었다. 물론 2016호를 2010호로 착각하는 바람에 거기 있던 인물이 목숨을 잃는 장면을 목격했다는 사실도 말 못 한다.

몰래 목을 조르려 했을 때부터 일반인은 아니라고 생각했는데, 역시 업자였나. 듣고 보니 소다가 차고 있는 것과 비슷하고 고급스러워 보이는 손목시계를 차고 있었다.

"나 대신 잠깐 다녀오면 안 될까?" 소다가 다시 부탁했다.

나나오는 고개를 저었다.

"아, 실수했다."

"무슨 실수?"

"자기계발서에서 봤어. 남의 행동을 촉구하는 방법이라는 내용이었지. 해달라고 부탁하기보다 하지 말라고 금지하는 편이 효과적이래."

"이야."

"그러니까 무당벌레, 2010호에는 제발 가지 마. 부탁이야."

"아아, 그래. 알았어. 안 갈게."

이상하네, 하고 소다가 의아하다는 듯 고개를 갸웃했다.

"뭐, 됐다. 가볼게."

"정말이야?" 소다가 눈을 반짝였다.

"응, 내가 대신 2010호에 다녀올게. 그 후에는 거기 있는 콜라의 지시에 따르면 되겠지."

물론 2010호에 갈 생각은 없었다. 불쑥 죄책감이 고개를 쳐드는 느낌이었다. '거짓말도 방편'이라고 속으로 몇 번이나 중얼거림으로써 뚜껑을 덮었다.

얼른 여기서 나가고 싶었다. 방에서 나가서 호텔 밖으로 사라지고 싶었다. 나나오는 오직 그 마음뿐이었다.

마리아가 극장에서 습격당하는 것도 저지하고 싶었다. 무엇보다 이 호텔 자체에서 불길한 기운이 느껴져서 한시라도 빨리 빠져나가야 한다는 생각이 강해졌다.

"고마워. 콜라 씨한테는 내 대타라고 설명하면 돼. 가끔 연락해서 상황을 알려주면 고맙겠어."

나나오의 휴대전화가 부서졌다는 사실을 소다는 잊어버린 듯했다. 좋은 징조다. "여유가 있으면 되도록 연락할게."

"고마워. 무당벌레, 너 정말 착하구나."

"그런 말을 들을 정도는 아니야."

"예전에 어떤 절의 주지스님이 가르쳐줬어. 세상에는 운과 불운이 있는데."

"불운밖에 없는 줄 알았는데."

"행운을 붙잡기는 힘들어. 다만 잃기는 쉽지. 은혜를 모르는 인간이 되면 돼. 남에게 받은 은혜를 잊어버리는 인간한테서는 운이 달아난대."

"명심할게."

나나오는 뛰어가고 싶은 마음을 꾹 참고, 느긋해 보이도록 유의하며 방을 나섰다. 나서자마자 걸음이 빨라졌다.

가미노,

1914호

코코는 동그란 탁자에 놓아둔 태블릿PC를 손끝으로 두드리며 이 호텔에 온 후로 가미노가 촬영된 방범 카메라 영상을 삭제하는 작업을 계속 진행했다. "전부 지우면 아무래도 의심받겠지." 하고 지울 파일과 남겨둘 파일을 골라냈다. 시간은 있으니까 천천히 하겠다는 말과 함께. 가미노는 그 모습을 바라봤다.

잠시 후 "어머." 하고 코코가 목소리를 높였다. 가미노는 무슨 일인가 싶어 일어섰다.

"왜 그러세요?"

"좀 불길한걸."

"불길하다니요?"

"아는 얼굴이 있어."

"지인인가요?"

"우연이면 좋겠는데."

코코가 태블릿PC 화면을 가미노 쪽으로 돌렸다. "방범 카메라 영상을 확인하다 발견했어. 자, 이건 로비 쪽 천장에 설치된 방범 카메라 영상. 녹화가 아니라 실시간 영상이야."

로비 근처 벽에 정장을 입은 여자가 두 명 서 있었다. 한 명은 자그마했고, 한 명은 키가 크고 덩치도 좋았다.

"이 두 사람, 아세요?"

"여기에는 두 명만 보이지만 다른 곳에 동료가 있을 가능성이 커. 애들 떼거리로 다니거든. 육인조야. 여기 보이는 건 나라와 헤이안. 큰 쪽이 나라. 나라 지방의 대불은 큼지막하잖아, 그렇게 외워둬."

무엇이든 다 기억하는 가미노에게는 불필요한 정보였다. "무슨 팀인데요?"

"불지."

"분다고요? 관악기?"

"바람총. 이렇게." 코코는 말아 쥔 오른손을 입에 대고 입바람을 훅 불었다. "가느다란 통 속에 바늘 같은 화살을 넣고 훅 불어서 쏘는 거야. 자기들이 만든 특별한 통이겠지. 정말 한순간에 목이나 얼굴에 꽂혀서 겁난다니까."

가미노는 반사적으로 방어하듯 손으로 목을 만졌다.

"상대를 잠재우거나 죽이거나 하는 식으로 화살도 여러 종류가 있는가 봐. 다양한 맛을 즐길 수 있다고 광고하고 싶은 건지도 모르지."

"죽이다니." 아주 무시무시한 소리를 아주 가볍게 말한다.

"참 좋은 아이디어야."

"뭐가요?"

"일본에서 총은 소지하기가 힘들고, 칼은 상대에게 다가가야 하잖아. 그에 비해 바람총은 그렇게 크지 않아서 숨기기도 버리기도 쉽지."

"코코 씨, 만나보신 적 있으세요? 안다고 하셨잖아요."

"한 번 같이 일해봤어. 딱 한 번이었는데 어찌나 메스껍던지. 몸서리가 다 나네."

"몸이 안 좋으셨어요?"

코코는 고개를 저었다. "혐오감 때문에. 죄책감도 들었고. 그여섯 명은 외모가 잘났어, 이른바 미남미녀. 요즘은 겉모습으로만 판단하면 욕을 먹긴 해도, 빼어난 외모 덕분에 특권 계층에 있는 것 같은 기분 아닐까. 사실 이러니저러니 해도 빼어난 외모는 특권이야. 게다가 그 여섯은 남을 낮잡아 보지. 다른 사람을 벌레처럼 여기지 않으려나."

"에이." 농담인가 싶어 웃고 싶어도 코코의 말투는 진지했다.

"벌레의 날개를 떼거나 다리를 뜯어내듯 남을 주저 없이 괴롭히지. 그것도 즐기면서."

가미노는 바람총을 부는 남녀혼성 팀을 상상해보려 했지만 잘되지 않았다.

"함께 일했던 그날은 최악의 기억이야. 술판을 벌이는 대학생

들처럼 시끌벅적 요란스럽게 화살을 쏴댔지. 고통이 오래가도록 잘 노려서 말이야. 속이 메스껍더라고. 같이 있다가는 나까지 천벌을 받을 것 같아서 얼른 돌아왔어. 그런 인간이 있다는 사실이 암담하게 느껴지더군. 게다가 여섯 명이 몰려다니잖아."

"그렇게 악랄할 수가."

가미노는 양손으로 머리를 끌어안았다. 남의 고통에 기쁨을 느끼는 인간이 있다는 사실을 받아들이기 힘들었다. 동시에 이누이에 관한 무서운 이야기도 떠올리지 않을 수 없었다. 양쪽 다 '타인의 불행'을 자신의 인생과 아무 상관도 없다고 여길뿐더러 그것을 쾌락의 원천으로 확신한다는 점에서는 똑같았다.

"그, 그 사람들이 여기에, 호텔 로비에 온 게 저랑 관련 있을까요?"

"글쎄. 이누이가 육인조에게 가미노를 붙잡아 오라고 의뢰했을 가능성을 아예 부정할 수는 없겠지. 이누이는 인맥이 넓으니까 어디선가 정보를 얻었더라도 이상할 건 없어. 가미노, 그렇게 무서운 표정 짓지 마. 아무튼 당장 여기서 나가자."

"네?"

"며칠 더 머무르라고 했지만, 이렇게 된 이상 여유를 부릴 시간은 없어. 저 육인조가 만약 가미노를 노리고 왔다면 최악이야. 선수, 선수를 쳐야 해. 지금 우리에게 단 하나 유리한 점이 있는데, 뭔지 알아?"

"뭔데요?"

"육인조가 왔다는 걸 이미 알아차렸다는 점. 저쪽은 그걸 모르잖아. 가미노가 호텔에서 태평스럽게 지낸다고 여길걸."

가미노는 진지한 표정으로 고개를 끄덕였다. 바람총이라는 무기는 숙박객과 직원이 많은 호텔에서 사용하기에도 적합하리라는 생각이 들었다.

여섯 명,
1층

가미노가 1914호에 투숙했다는 정보를 얻은 여섯 명은 의논했다. 한데 뭉쳐 있으면 시선을 끄니까 각자 떨어져서 마이크가 내장된 이어폰으로 통신했다. 가마쿠라는 지하 주차장의 SUV로 가서 택배업자 유니폼을 벗고 정장으로 갈아입었다.

여섯 명 모두 그 방에 갈 필요는 없다고 에도는 판단했다. 줄줄이 이동하면 눈에 띈다.

"가미노 유카는 일반인이잖아? 게다가 우리가 찾아올 줄은 꿈

에도 모를 테니 나 혼자 가도 충분하겠지." 아스카가 말했다. "벨을 누르면 분명 무슨 일이냐면서 고개를 내밀 거야."

"본인이 도주 중이라는 자각은 있을걸. 경계해서 나오지 않을지도 모르잖아."

"헤이안, 걱정도 팔자다."

"앞일을 내다보는 능력이 탁월한 거지."

"그나저나 에도 씨, 그거 가져왔지?" 아스카가 물었다. "문 부수는 거."

뭘 말하는지 가마쿠라도 알아들었다. 카드키를 사용하는 문을 열기 위한 도구다. 특정한 자기장을 발생시켜 카드키를 인식하는 센서 부분을 파괴한다. 카드키를 사용하는 국내 호텔의 팔십 퍼센트는 그 도구가 통한다.

"만나서 줄게."

"좋아, 그럼 가자. 얼른 일 끝내고 집에 가야겠다." 가마쿠라가 보기에는 엘리베이터로 19층에 올라가기만 하면 끝나는 일처럼 느껴졌다.

"그런데 때마침 가미노 유카가 내려오면 어쩌지? 엘리베이터는 호텔 한가운데 넉 대나 있어. 엇갈릴 수도 있잖아." 아스카가 말했다.

"그렇게 따지면 비상계단으로 내려올 가능성도 있겠지." 센고쿠가 끼어들었다.

"그럼 비상계단을 올라가면 되잖아? 만약 상대가 내려오면 붙잡을 수 있어."

"나라, 제정신으로 하는 소리니? 난 19층까지 걸어서 올라가기 싫어."

"여섯 명이 다양한 경로로 올라갈까? 그럼 여자가 어디로 내려오든 누군가 붙잡겠지."

"19층에 가는 건 아스카와 가마쿠라. 그렇게 하자." 에도가 결정했다.

"이유가 뭔데?" 나라가 불만스럽게 물었다. 자기가 가고 싶었던 것이리라.

"나라와 센고쿠는 덩치가 커서 눈에 좀 띄어."

"겉모습으로 판단하지 마."

"겉모습으로 판단해야 할 때야. 어쨌든 아스카와 가마쿠라가 엘리베이터를 타고 가."

"난?"

"헤이안은 1층 엘리베이터 홀을 감시해. 가미노 유카가 내려오지 않는지 지켜봐. 나라와 센고쿠는 1층 복도에서 비상계단 문을 감시해. 동쪽과 서쪽으로 나뉘어서. 그럼 만약 가미노 유카가 비상계단으로 내려와도 붙잡을 수 있겠지. 난 프런트에 가서 이누이가 말했던 협력자를 찾을게. 호텔 내부의 방범 시스템을 사용하게 해준다고 했으니까. 이의 있나?"

"프런트에는 내가 가는 편이 낫겠어." 헤이안이 말했다. "에도 씨보다는 나를 덜 경계할 것 같아."

"그건 그래. 헤이안, 부탁한다."

엘리베이터가 19층에 도착하자 가마쿠라는 아스카와 함께 내렸다.

"호텔은 왜 조금 침침한 걸까." 아스카가 말했다. "분위기 조성 때문에?"

"휘황찬란하게 밝아도 눈만 피곤하잖아. 보통은 자러 오는 숙박 시설이니까 이 정도가 적당하겠지."

"그리고 쥐 죽은 듯이 조용해."

"원래 그런 법이야." 가마쿠라는 정장 안주머니에서 도구를 꺼냈다. 바람총이다. "얼른 끝내자."

"일 마치고 데이트랬나? 뭐, 그렇게 서두르지 않아도 금방 끝날 거야. 1914호에 가서 여자만 붙잡으면 되니까. 그나저나 기분 좋네."

"뭐가?"

"내게 방 번호를 알려준 포터는 분명 착한 사람이야. 여동생을 찾는 언니에게 도움을 주고 싶다는 마음에서 정보를 줬으니

777   131

까. 분명 남에게 친절하게 대하라고 부모에게 배웠겠지. 그 친절한 마음이 결과적으로 가미노 유카를 곤경에 빠뜨리다니, 얼마나 재미있어? 성실한 사람 때문에 성실한 사람이 낭패를 보다니 아이러니해. 그것도 나처럼 불성실한 인간에게 당하다니."

"그런 소릴 하면 가엾잖아. 성실하고 착하게 살아가는 것밖에 인생을 공략할 방법이 없는 인간들이 대다수인걸."

"어디 보자, 1914호는 이쪽이네." 아스카는 복도에 달린 안내 화살표를 확인하고 검지로 왼쪽을 가리켰다.

"아참. 그 여자가 방에 있으면 어떻게 할까?" 가마쿠라가 이어폰 마이크에 대고 물었다.

"도망치지 못하도록 방에 얌전히 붙잡아놔." 에도의 목소리가 들렸다. "그사이에 우리도 그 방으로 갈게. 저항하면 폭력을 사용해도 돼. 가미노 유카를 붙잡을 것, 머리와 입은 무사해야 할 것. 이누이의 요구 조건은 그 두 가지니까."

"머리와 입이라. 뭔가 정보를 알아내고 싶은 걸까." 아스카가 고개를 끄덕였다. "그리고 경찰이 출동할 만한 사태도 피해야겠지?"

"호텔에 경찰이 출동하면 우리도 곤란해. 최대한 눈에 띄지 않도록 할 것. 수시로 상황을 알려줘."

가마쿠라는 아스카와 나란히 복도를 나아갔다. 천장에 같은 간격으로 줄지은 조명이 침침한 복도를 비췄다. 복도 왼쪽에는 방문이 다섯 개, 오른쪽에는 여섯 개 늘어서 있었다. 카펫과 벽이 소리를 흡수하는지 아주 조용했다.

"뭘 쓸래?" 아스카가 나지막한 목소리로 물었다.

사용할 화살 종류에는 전신 마취를 한 것처럼 상대의 의식을 빼앗는 것도 있고, 심한 통증을 유발하는 것, 구토하다 죽게 하는 것도 있었다.

"잠재우는 게 무난하겠지만, 머리와 입을 사용해야 한다면 좀 망설여지는데."

"화살을 쓰지 않고 제압하면 되겠네."

가마쿠라는 지금까지 헤아릴 수 없을 만큼 수많은 여자와 사귀어왔다. 정확하게는 헤아릴 마음조차 없었다. 그런 그가 무엇보다 좋아하는 일은 "나한테 왜 이러는 거야?" 하고 절망한 표정으로 무너져내리는 여자의 모습을 지켜보는 것이다. 배신당한 인간이 배신한 인간에게 보여주는 반응은 최고의 오락이다. 가미노와 안면은 없어도 '기대를 배신당한 얼굴'을 즐길 수는 있으리라.

가미노,
1914호

코코가 1914호의 동그란 탁자에 놓아둔 접이식 키보드로 달칵달칵 기술을 사용하는 모습을 가미노는 가만히 바라봤다. 표정이 너무 심각했는지 코코는 희미한 웃음을 지으며 밝은 목소리로 말했다. "내가, 달칵달칵 기술에 뛰어나다고 했지만, 10년 전까지는 컴퓨터를 어떻게 사용하는지도 몰랐어."

"네?"

"자판을 외우는 것부터 컴퓨터 공부를 시작했지."

컴퓨터 공부라고 해도 거기서부터 해킹 기술까지는 한마디로 하늘과 땅 차이다.

"우리 아들이 투수인데."

"투수? 야구 말씀이세요?" 갑자기 무슨 이야기일까.

"응, 프로야구 투수야."

"프로요? 누구인데요?"

"그야 기밀이지."

처음에는 농담으로 하는 소리인 줄 알았다. 그러다 코코가 절대로 누구인지 밝히지 않기에 가미노는 '정말일까?' 하고 의심했다.

"아무튼 야구 게임이 있잖아. 가정용 게임기나 휴대전화로 할 수 있는."

"아아, 네."

"당연히 우리 아들 팀으로 그 게임을 해봤지. 물론 우리 아들을 선발 투수로 기용해서. 그런 게임에서는 선수별로 능력치를 설정해놓는데, 확인해보고 깜짝 놀랐다니까. 우리 아들의 제구력이 E였어. A가 제일 좋고 E가 제일 별로였을 거야. 아무튼 제구력을 빵점 취급하더라고."

"실제로는 그렇지 않나요?"

"아무리 그래도 E 수준은 아니야. 뭐, 제구력이 좋다고 할 정도는 아니었고, 볼넷도 많았지만 그래도 D는 줘야지."

주관적인 문제 아닌가, 하고 가미노는 말하고 싶었다. "그래서요?"

"그 게임을 잘 아는 사람에게 물어보니, 데이터베이스에 선수별로 등록된 설정을 참조한다더라고. 당시는 데이터베이스가 뭔지도 몰랐다니까. 어쨌든 우리 아들의 제구력을 E로 만드는 수치가 어디 들어 있는지는 알아낸 셈이지."

"어, 설마."

"그럼 데이터베이스를 수정하면 되는 거 아닌가? 그렇게 생각한 게 계기였어. 근처에 '컴퓨터 교실'이라고 간판을 내건 학원이 있었는데, 나 같은 아줌마를 상대로도 가르쳐줬어. 거기서 초보 단계를 배우고 나서 책을 사서 독학했지. 뭐, 아들을 위한 일이라고 생각하자 힘이 솟더라고. 그리고 원래부터 소질도 있었는지 프로그래밍에 점점 빠져들었어. 집념이지, 집념. 시간도 있었고. 밤낮 가리지 않고 인터넷에서 정보를 조사하다 딥웹까지 들어갔다니까. 역시 공부는 언제 시작해도 늦지 않는 법이야."

대체 어디까지 진실인지 알쏭달쏭했다. 긴장감을 풀기 위해 지어낸 이야기일지도 모른다. 투수라는 아들의 게임 속 능력치를 변경했는지도 물어보지 못했다.

"그 후로도 기껏 이런 기술을 익혔으니 남에게 도움이 되고 싶다는 마음으로 일을 맡다 보니, 점점 찾는 사람이 많아지더라고. 나중에는 남편이 진 빚을 갚기 위해 위험한 일도 돕게 됐어. 정말 무서운 게, 일단 발을 들여놓으니까 빠져나갈 수가 없더라. 깜짝 놀랄 만큼 지독한 현장도 경험했지. 인생은 정말 험난하다니까."

아들의 명예를 위해서라는 이유가 그나마 미담처럼 느껴질 정도였다. 거기서부터 어쩌다 인생의 재출발을 돕는 도주 컨설턴트 같은 일을 시작하게 됐는지는 짐작도 가지 않았다.

"기억력이 장난 아니게 좋다면 가미노도 컴퓨터 관련 일을 잘하겠는걸. 암호 해독 쪽에 소질 있는 거 아니야?"

글쎄요, 하고 가미노는 기운 없이 대답했다. "암호를 푸는 다양한 패턴을 기억할 수는 있을지 몰라도, 그걸 사용하는 데도 번쩍이는 재치가 필요하겠죠. 저한테 그런 능력은 없어요."

"그렇구나."

"이누이 씨도 실망했죠. 암호 해독이라고 해봤자 세로 읽기를 알아보는 정도가 한계라서요."

"세로 읽기? 아아, 문장의 첫 글자를 따서 읽으면 다른 문장이 나오는 그거?"

"돼지 목에 진주 목걸이를 걸어준 꼴이라고 이누이 씨가 비웃었죠. 못 써먹겠다면서요."

"써먹는다느니 못 써먹는다느니 무슨 말을 그따위로 하는 거람. 사람을 도구로 여기니까 그런 말이 나오는 거야."

확실히, 하고 가미노는 웃었다. 그러다 문득 이누이에게 그렇게 불쾌한 대접을 받지는 않았다고 생각했다.

그렇게 말하자 코코는 동정하는 표정을 지으며 어깨를 으쓱했다.

결국 너도 중요한 비밀번호를 외우고 있다가 처분당할 예정이었잖아. 폭력을 행사하는 남편을 두고 나쁜 사람은 아니에요, 하고 두둔하는 피해자나 마찬가지야.

그렇게 말하고 싶은 것이리라.

"겉만 봐서는 속을 알 수 없는 법이야." 코코가 말을 이었다. "예를 들어 어떤 남자가 귀여운 고양이 사진을 찍었어. 몇 번이나 셔터를 눌렀지. 그 모습만 보면 그저 고양이를 좋아하는 사람 같겠지?"

"아닌가요?"

"다가가서 물어보자 남자는 눈을 반짝이며 말했어. '플래시를 터뜨리면 눈이 망가지지 않으려나' 하고 말이야."

가미노는 얼굴이 일그러지는 걸 느꼈다. "그게 무슨 뜻인가요?"

"카메라 플래시로 누군가를 공격할 수 있겠다는 아이디어가 번뜩인 것 같아."

"그럴 수가."

"그렇지? 싱글싱글 웃으며 고양이 사진을 찍는 남자도 내면이 새까말 수 있는 거야. 한 가지 덧붙이자면."

"뭔데요?"

"그 남자가 바로 이누이야."

"앗."

"고양이 사진을 찍는 걸 보고 말을 걸었더니 그렇게 대답했어. 그때는 농담이겠거니 하고 흘려들었는데, 나중에 그 무시무시한 소문을 듣고 나니 아무래도 농담 같지가 않더라고."

가미노는 말문이 막혔다.

이누이 밑에서 일했던 나날은 행복하다고 할 정도는 아니었다. 물론 지금까지 고단하게 살아온 인생에 비하면 상당히 평온한 시간이었다. 이누이와 이야기를 나누다가 킥, 웃는 순간도 있었다. 법에 저촉되는 일을 한다는 건 알고 있었다. 그렇다고는 해도 악한 사람은 아니라고 느낀 적도 적지 않았다. 이제는 그런 판단도 뒤집어졌다.

순전히 이런 일뿐이라고 가미노는 속으로 중얼거렸다. 사라져버리고 싶다고 침울해하는 한편으로, 또 다른 자신이 될 대로 되라는 듯 악을 쓰는 목소리도 들렸다. 이대로 사라지기는 억울하잖아.

여섯 명,
19층

가마쿠라와 아스카가 서 있는 복도는 벽이 베이지색인지 갈색인지, 하여튼 중후함이 감도는 색깔이었다. 좌우에 객실 문이 줄지었다. 조명이 희미하게 빛났다.

목소리는 물론, 숨 쉬는 소리조차 크게 느껴질 만큼 고요했다.

777

"이누이에게 메시지가 왔어." 에도의 목소리가 이어폰에서 들렸다.

가마쿠라는 아스카와 얼굴을 마주 보고 걸음을 멈췄다.

"뭐래?"

"상황이 어떻느냐고 물어보던데."

"손가락이나 빨면서 기다리라고 전해줘." 아스카가 놀리듯이 말했다.

"일 마치고 나면 알아서 연락을 줄 텐데, 뭘 그리 서두르는 거야?"

"거래 시간이 다가왔는지도 모르지." 에도가 대꾸했다.

분명 이누이가 지난번에 통화할 때 '거래'라는 말을 꺼냈다고 가마쿠라는 생각했다.

"아스카, 가마쿠라, 그럼 가미노 유카를 확보해."

"끝나면 연락할게."

"부디 죽이지는 말고."

가마쿠라는 아스카와 다시 눈빛을 교환한 후 복도를 나아갔다. 1914호의 문 앞에 다다르자 뒷주머니에서 조금 두툼한 카드를 꺼냈다. 표면에 작은 구멍이 뚫린 카드를 문의 센서 부분에 갖다 대고 엄지로 카드 옆면의 스위치를 눌렀다. 몇 초 후에 소리가 들렸다. 필사적으로 자신을 지키려 하는 인간의 약점을 찔러 굴욕과 패배감을 맛보여주며 함락시킬 때의 쾌감이 가마쿠라를 흥분시켰다. 카드에서 발생한 자기장이 센서를 망가뜨렸다.

카드를 뒷주머니에 넣고 정장 안주머니에서 바람총을 꺼냈다. 속에 이미 화살을 넣어뒀다. 상대의 뇌 활동을 저하시켜 잠든 것에 가까운 상태로 만드는 약물을 칠한 화살이다. 아스카도 바람총을 꺼냈다.

문손잡이를 내리고 문을 천천히 밀었다. 사람이 눈에 들어오는 순간 바로 바람총을 쏠 작정이었다. 아스카가 먼저 들어갔다. 위험을 무릅쓰고 앞장선 것은 아니다. 그저 자기가 먼저 사냥감을 붙잡고 싶어서 그렇다.

1914호는 방 두 개가 연결된 널찍한 객실이었다.

앞쪽의 거실에는 동그란 탁자와 소파가 있었다. 바람총을 입에 대고 숨을 들이마신 채 앞으로 나아갔다.

소파나 커튼 뒤쪽처럼 눈에 보이지 않는 곳에 사람이 없는지 신경을 곤두세우며 침실로 들어갔다.

아스카가 바람총을 입에 댄 채 사람이 숨을 만한 공간을 찾아 세면실이 있는 곳으로 향했다. 가마쿠라는 재빨리 바닥에 엎드려 침대 아래를 확인했다. 실내를 한 차례 둘러봤지만 가미노는 없었다.

바람총을 입에서 떼고 침대 옆에 놓인 캐리어를 침대에 내던 졌다. "여자는 없어. 짐은 있고." 하고 이어폰 마이크에 대고 보고했다.

캐리어에 자물쇠가 달려 있지 않아서 아스카가 내용물을 확인했다.

"외출한 걸까?" 에도가 물었다. "아니면 한발 늦었나."

"어떻게 할까?"

"가마쿠라와 아스카는 거기서 잠시 대기하다가 혹시 가미노 유카가 방에 돌아오면 확보해."

"알았어."

"호텔 카메라를 확인하고 싶은데. 헤이안, 카메라 영상은 볼 수 있을 것 같아?"

가미노,

1914호

"야단났네." 코코가 탄식했다. 야구 게임 이야기를 했을 때와는 딴판으로 어두운 목소리였다.

"야단났다니요?" 가미노는 위장이 꽉 조여드는 기분이었다. "뭐가요?"

"그 육인조 말이야. 1층 엘리베이터 홀에 두 명이 있어. 화사하게 생긴 걸 보니 가마쿠라와 아스카겠네."

"설마, 여기로 올라오려는 걸까요?"

"포터하고 마주쳤으니까."

"제가 말한 방 번호를 그 직원이 저들에게 알려줬다는 건가요?" 개인 정보를 엄격하게 취급하는 시대다. 호텔 직원이 고객의 방을 함부로 남에게 알려줄 것 같지는 않았다.

코코는 안타깝다는 듯 설레설레 고개를 내저었다. "방법은 있어. 척 보기에도 수상한 사람에게는 알려주지 않겠지. 그러면 이런저런 이유를 갖다 붙여서 경계심을 풀면 돼. 그럼 알려줄 가능성이 조금이나마 생길 테니까. 나 같으면 손자를 찾아서 돌아다니는 척할 거야. 정말로 난처한 상황인 것처럼 보이면 친절한 마음으로 알려주는 사람도 있을걸? 서버에 침입하는 것처럼, 사람의 마음에 침입해서 이용하는 거지."

"그렇지만."

"유비무환이라고 하잖아."

"저기, 경호원은 어떻게 됐나요?" 코코가 고용했다는 업자 말이다. 도망치기 위해서라도 빨리 합류하는 편이 좋지 않을까 걱정됐다.

코코가 인상을 찌푸리는 모습을 보고 가미노는 배 속이 조금 쓰렸다.

"다른 방에서 대기 중일 거야. 합류하라고 메시지를 보낸 지 꽤 됐는데 읽었다는 표시도 안 뜨네." 코코가 휴대전화를 만지작거렸다. 전화를 거는 듯했는데 이내 연결될 낌새가 없는지 잠시 후, "안 돼. 역시 안 받아." 하고 말을 툭 내뱉었다.

"잠든 걸까요?"

"믿을 만한 업자야. 2010호에 있을 텐데, 어쩌면 무슨 일이라도 생겼나."

어쩌죠, 하고 가미노는 걱정스레 물어보는 것이 고작이었다.

"놈들이 올라오기 전에 호텔을 빠져나가는 게 좋을지도 모르겠어. 가미노, 지금 당장 갈 수 있어?"

가미노는 "아, 네." 하고 고개를 끄덕였다. 긴급한 사태라고 머리가 이해하기 전에 몸이 먼저 반응해 심장이 빨리 뛰었다. 심장 박동에 장단이라도 맞추듯 다리도 덜덜 떨렸다.

"저어." 무의식중에 말이 나왔다. "저어, 무사히 도망칠 수 있을까요?"

코코의 일솜씨에 불안을 느낀 것은 아니다. '죽음'이 느닷없이 현실미를 띠고 몸 안쪽을 기어오르는 듯한 느낌에 겁이 난 탓이다. 이 호텔에서 인생이 끝날 가능성에 대해 생각하고 싶지 않았다.

"괜찮아." 코코가 웃음을 지었다. "가미노는 이 호텔을 빠져나가서 앞으로도 멋진 인생을 즐길 수 있을 테니 걱정 붙들어 매. 도망친다기보다는 다시 시작하는 거지. 또 양과자점에서 일해도 되고, 지금부터 변호사를 목표로 삼아도 돼. 난 그러기 위해 온 거야."

단순한 반응일지도 몰라도 목구멍까지 올라온 '죽음'이 기척을 감추고 '안도감'이 가슴에 퍼져나갔다. "저기, 저요."

"왜?"

"만약 무사히 달아난다면."

"응."

"친구를 사귀고 싶어요." 자기 입에서 나온 말에 가미노 본인이 더 놀랐다. 정말로 친구를 사귀고 싶었던 건지는 확실치 않다. 그저 '친구를 사귀고 싶다'라는 말을 해보고 싶었을 뿐인 것도 같았다.

코코의 눈이 가늘어졌다. "그거 좋네."

복도로 나갔다. 가미노의 짐은 작은 가방 하나였다.

"달려야 할 수도 있으니까 캐리어는 놓고 갈 거야. 꼭 필요한 것들만 챙겨."

코코도 가방을 메고 복도를 빠르게 걸어가면서 태블릿PC를 들여다봤다.

사정을 모르는 사람에게는 여행을 온 어머니와 딸로 보일까.

코코는 거침없이 나아갔다.

엘리베이터 홀에 도착하자 하강 버튼을 눌렀다. 바로 안쪽 한 대에서 소리가 나고 문 위의 램프가 켜졌다. 그 위치의 엘리베이터가 도착한다는 신호다.

태블릿PC를 가만히 들여다보는 코코 옆에서 가미노는 엘리베이터가 도착하기를 기다렸다. 좀처럼 올라오지 않았다. 가미노는 그 자리에서 발을 동동 굴렀다. 빨리빨리, 하고 빌며 엘리베이터 문이 열리기만을 기다렸다.

제발, 지금까지 그렇게 복 받으며 살아오지는 못했으니까 한 번쯤은 행운을 내려주셔도 되잖아요. 속으로 그렇게 호소했다.

빨리 엘리베이터가 도착하기를.

"가미노, 안 되겠어."

"왜요?" 그쪽으로 고개를 돌리자 태블릿PC를 들여다보던 코코가 어깨를 움츠렸다.

"육인조 중 두 명이 엘리베이터를 탔어. 저쪽이 더 빨라. 곧 올라올 거야." 코코는 태블릿PC에 시선을 고정한 채 말했다. "비상계단으로 가자."

코코는 복도로 돌아가서 동쪽을 향해 걸었다. 가미노도 보이지 않는 줄에 묶여 끌려가듯 뒤따라갔다. 복도 끄트머리의 계단실 문에 다다랐다.

코코는 "안으로 들어가면 조용히 해야 해." 하며 문손잡이를 잡고 천천히 문을 밀었다. "소리가 울려 퍼질지도 모르니까."

계단실은 복도보다 더 선뜩한 기운이 감돌았다. 비상계단이 마치 호텔을 지탱하는 뼈처럼 뻗어 있었다. 코코는 발소리가 날까 봐 두려운지 신중하게 천천히 발을 내디디며 아래로 내려갔다. 발을 들었다가 내려놓을 때마다 소리가 작게 울렸다. 두 사람이 있다는 사실을 건물의 벽과 바닥이 합심해서 알려주려는 것만 같았다.

조급해하지 마. 천천히. 하지만 서둘러야 해. 가미노는 속으로 중얼거리며 한 발짝씩 내려갔다.

"일단 1층까지 내려가자."

1층에 도착하면? 뒷문 같은 게 있을까요? 물어보고 싶어도 목소리를 내기가 꺼려졌다.

태블릿PC에 시선을 집중한 탓인지, 앞장선 코코가 4층 정도 내려갔을 때 발을 헛디디더니 비틀거렸다. 신발과 금속이 부딪치는 소리가 울려 퍼졌고 목소리가 나올 뻔했다.

손으로 입을 틀어막고 코코와 눈을 마주쳤다. 코코도 놀란 표정이었다. 이내 문제가 없다는 것을 알려주기 위해서인지 고개를 살짝 끄덕였다.

코코가 걸음을 멈춘 채 태블릿PC를 유심히 들여다봤다. "역시 그 두 사람, 19층에서 내렸네. 19층 엘리베이터 홀의 카메라에 잡혔어."

"저를 찾으러 온 거군요." 발밑이 쑥 빠져서 바닥으로 떨어질 것 같은 기분이었다. 자신과는 무관하기를 간절히 바랐다. 하지만 우연히 19층에 왔다고 보기는 힘들다. "방도 알고 왔겠죠?"

"아무튼 이 사이에 빨리 내려가자."

네, 하고 대답하면서도 목소리는 나오지 않았다. 가미노는 "이 사이에, 이 사이에." 하고 중얼거리며 걸음을 서둘렀다.

계단을 내려가다 몇 번이나 넘어질 뻔했다. 자신의 발소리에 마음이 급해져서 몸을 자꾸 앞으로 내민 탓이다.

4층 층계참 부근에서 코코가 다시 멈췄다. 피곤한 게 아닐까 싶은 순간 "일단 아래쪽 상황이 어떤지 확인해야지." 하며 태블릿PC를 들여다봤다.

숨이 조금 찼다. 가미노는 허리에 손을 짚고 잠시 호흡을 가다듬었다.

"아, 한 명이 이쪽으로 온다."

"네?"

"1층 카메라에 비치던 남자가 문을 열었어."

"문이라니요?"

"이 계단 아래쪽." 코코가 손가락으로 아래를 가리키며 속삭였다. "육인조 중 한 명인 센고쿠야."

가미노는 갑자기 발목을 꽉 붙잡힌 것처럼 더럭 겁이 나서 주저앉을 뻔했다.

"이 계단으로 올라온다는 말씀이세요?" 가미노도 목소리를 낮췄다.

"그럴지도 몰라. 센고쿠는 덩치가 크고 격투기 선수 같은 인상이야. 봐." 코코가 화면을 이쪽에 보여줬다. "여섯 명 중에서도 특히 질이 안 좋지. 뭐든지 부숴버리거든."

"부순다고요?"

"인간의 몸도 포함해서."

가미노는 과장이 아니라 정말로 그 자리에서 졸도할 뻔했다. 정확하게 말하면 공포에서 벗어나기 위해 의식을 잃고 싶었다.

1층 계단실 문을 연 남자가 순식간에 비상계단을 두세 단씩 펄쩍펄쩍 뛰어 올라오는 장면이 머릿속에 그려졌다. 회오리바람처럼 난폭하게 덤벼들어 가미노의 머리를 붙잡고 사지를 찢어버리는 장면도.

코코는 고개를 들고 검지로 위쪽을 찌르는 듯한 동작을 하며

"아래쪽도 위험해. 난감하네. 일단 위로 돌아가자." 하고 숨결을 내뱉듯 속삭이는 목소리로 말했다.

하지만 19층에도 있는데요, 하고 이의를 제기하고 싶어졌다. 위고 아래고 다 위험하다니, 완전히 사면초가 신세 아닌가.

"한 층 위, 5층 복도로 일단 후퇴."

가미노는 고개를 끄덕이고 계단을 올랐다. 긴장과 초조함으로 다리가 떨려서 고작 한 층 올라가는데도 몇 번이나 고꾸라질 뻔했다. 소리를 낸 순간 밑에서 남자의 얼굴이 쑥 튀어나와서 물어뜯지는 않을까 싶어, 경고 벨 울리듯 빨라진 심상 박동 때문에 다리가 더 꼬일 것만 같았다.

5층에 도착해 소리가 나지 않도록 조심스레 계단실 문을 여닫았다. 복도로 나온 순간, 답답함에서 해방됐다는 기분에 숨을 푹 내쉬었다.

이제 어떻게 해야 할까.

물어보고 싶어도 목소리가 나오지 않았다. 코코는 성큼성큼 걸어가다 엘리베이터 홀 근처에 멈춰 서서 가미노의 얼굴을 보고 말했다. "걱정하지 마. 19층에 있는 아스카와 가마쿠라, 비상계단을 올라오는 센고쿠, 셋 다 우리가 5층에 있는 줄 몰라. 그런 만큼 우리가 우위에 있는 셈이지. 당장 5층으로 몰려오지는 않을 테니까."

공포와 걱정으로 안색이 흙빛이었는지도 모르겠다. 자신을 안심시켜주기 위해 하는 말임을 알고 가미노는 네, 하고 대답했다.

"직원용 엘리베이터를 타는 방법도 있어." 코코가 복도 벽에 설치된 직원 전용이라고 적힌 문을 가리켰다. 문 안쪽에 직원용 엘리베이터가 있는 것이리라.

"사용할 수 있나요?"

"직원용 IC카드가 있어야 해."

그럼 안 되겠네요, 하고 가미노는 어깨를 축 늘어뜨렸다.

"경호원이 준비해 왔을 거야."

"IC카드를요?"

"아아, 이번 일을 위해 만반의 준비를 다 했는데."

코코는 그 자리에 쪼그려 앉아 태블릿PC를 조작했다.

그 직후에 엘리베이터가 도착하는 소리가 났다. 느닷없이 총구를 이마에 들이댄 것처럼 놀라서 비명을 지를 뻔했다. 코코도 태블릿PC를 겨드랑이에 끼고 일어서서 복도 벽에 등을 댔다.

아이들의 목소리가 들리는가 싶더니 숙박객으로 보이는 가족이 엘리베이터에서 내렸다. 젊은 부모와 어린아이 두 명이 가미노와 코코 옆을 지나치면서 "안녕하세요." 하고 인사했다. 겨우 인사를 받아준 가미노와 달리 코코는 자연스럽게 인사를 받아줬다.

"방에 들어가서 차분히 작업하는 편이 좋겠어."

"그건 그렇지만." 1914호에 돌아갈 수는 없다.

코코는 "어디로 할까." 하고 흥얼거리며 쪼그려 앉은 자세로 약간 불편하게 태블릿PC를 조작했다. 잠시 후 "좋아, 525호로 하자." 하고 말했다.

무슨 소리인지 곧장 이해가 되지 않았다. 호텔 관리 시스템을 살펴봤다는 걸 뒤늦게 알아차렸다.

"525호실이 비었으니까 숙박 정보를 넣을게."

"뭐라고요?" 한순간 무슨 소리를 하는 건가 싶었다.

"두 명이 어제부터 2박 3일간 숙박하는 걸로 해야겠다."

"숙박한다고요?"

"데이터상으로는. 실제로 예약한 것도 아니고 돈도 내지 않았지만, 데이터베이스에 숫자를 입력하면 숙박하고 있는 걸로 나오지."

"그렇군요." 하지만 데이터상 525호의 숙박객으로 위장하더라도 방 열쇠가 없다. 열쇠가 없으면 방에 못 들어간다.

"열쇠는 걱정할 필요 없어. 프런트에 전화해서 카드키가 없어졌으니 가져다 달라고 하면 되니까. 데이터상으로는 숙박객이니 아무 문제도 없지. 이렇게 훌륭한 호텔의 직원은 곤란한 상황에 빠진 고객에게 친절하거든."

가미노는 당황해서 쩔쩔맬 뿐 아무것도 하지 못하고 우두커니 서 있는 자신과 달리, 타개책을 차례차례 찾아내는 코코를 바라봤다.

여섯 명,
프런트 뒤쪽

"어, 지금 겨우 모니터링 화면 앞에 왔어. 프런트 뒤쪽 직원실." 헤이안은 화면을 보면서 말했다. 예상했던 것보다 더 널찍했다. 탁자가 놓여 있고 비품을 보충하기 위해서인지 물품 선반도 늘어서 있었다.

모니터링 화면 구석에 '27'이라고 적혀 있으니 27인치이리라. 아홉 개로 분할된 각 화면에 호텔의 방범 카메라 영상이 비쳤다.

옆에서 기척이 느껴졌다. 화살을 쏘기 위해 바람총을 꺼내려다 이내 이누이에게 협력하는 남자임을 알아차렸다.

남자는 헤이안 앞쪽에 있는 터치 패드에 손가락을 얹고 화면의 커서를 움직이며 "여기를 누를 때마다 표시가 바뀌어." 하고 설명했다.

"아, 그렇군요. 굉장하다." 헤이안이 손뼉을 치고 밝은 얼굴로 감사를 표하자 남자는 콧구멍을 벌름거리며 "저쪽에서 기다릴 테니 또 필요한 게 있으면 말해." 하고 물러갔다.

방금 나눈 대화가 들렸는지 에도가 "이누이가 말했던 협력자인가, 용역업체 사람?" 하고 물었다.

"응. 정말 간단했어." 헤이안은 목소리를 살짝 낮추었다.

이누이가 제시한 사례금을 노리고 온 남자는 익숙한 태도로 호텔 직원에게 말을 걸더니 구체적인 설명은 하지 않고 어디까지나 유지 관리의 일환이라며 헤이안을 프런트 뒤쪽 직원실로 데려갔다. 그리고 방범 카메라 영상 앞에서 "마음대로 실컷 봐." 하고 마치 한턱이라도 내는 것처럼 의기양양하게 말했다.

"어때? 가미노 유카의 모습이 잡히는 곳이 있어?" 에도가 물었다.

"잠깐만 있어 봐, 아직 사용법을 잘 몰라서. 한 번에 아홉 군데가 표시되고, 차례대로 바뀌는 거구나. 어디 보자." 헤이안은 중얼거리며 손가락으로 터치 패드를 두드려 화면 표시를 변경했다. "각 층의 엘리베이터 홀에 카메라가 있을 거야. 복도에도 설치돼 있어. 레스토랑 앞과 로비. 아아, 에도 씨도 보이네."

화면 속 에도가 카메라를 찾아 허공을 두리번거리는 모습이 보였다.

"가미노 유카는 아직 체크아웃 안 했지?" 아직 19층 방에 있는 가마쿠라가 끼어들어서 물었다.

"조사해봤는데 아직 안 한 것 같아. 방에 없다면 엘리베이터로 내려가는 중이거나, 아니면 비상계단?"

"비상계단에는 센고쿠와 나라를 보냈어." 에도의 말이 끝나자마자 그 두 사람의 목소리가 이어졌다.

"지금 계단을 올라가는 중이야."

"나도 계단 앞. 19층까지 가기는 귀찮지만 일단 올라가보는 편이 낫겠지?"

"가봐."

"체크아웃하지 않고 외출했을 가능성도 있잖아? 우리가 오기 전에." 나라가 말했다.

"그럼 일이 귀찮아지는데." 계단을 올라가느라 그런지 센고쿠의 목소리는 규칙적으로 흔들렸다.

"그렇더라도 언젠가는 여기로 돌아오겠지." 아스카가 말했다.

그 직후, 헤이안은 직전의 영상에서 사람을 발견했다. "아."

"헤이안, 왜?"

방금 봤던 카메라 영상을 다시 띄우기 위해 헤이안은 터치 패드를 만지작거렸다. "비상계단 카메라에 사람이 잡혔어. 여자였던 것 같은데 바로 영상이 바뀌어버렸네. 왜 이렇게 안 나와? 이거 사용하기 더럽게 불편하네."

"계단 어딘가에서 카메라에 잡혔다면 그대로 내려가는 중일 테니, 비상계단 카메라를 1층부터 확인하면 어딘가에 나오지 않을까? 되감기 같은 걸 하면서."

"남한테 시키기만 하는 사람이 꼭 쉽게 말한다니까." 헤이안은 투덜거리면서 표시 조건을 바꾸는 메뉴를 찾아내 비상계단 구역으로 범위를 좁혔다. 1층부터 9층까지 동서쪽 비상계단, 비슷해 보이는 구도의 영상이 화면을 채웠다.

"그런데." 계단을 올라가는 발소리를 내면서 센고쿠가 말했다. "비상계단으로 내려간다는 건 엘리베이터는 위험하다고 판단했다는 뜻이잖아. 즉, 우리가 왔다는 걸 눈치챘다는 뜻인가?"

"그럴 수도 있겠지."

"우리 정보를 입수한 걸까, 아니면 육감이 발동한 걸까."

"방에 캐리어를 내버려두고 갔을 정도니까, 급하게 도망치기로 한 걸지도 몰라." 가마쿠라가 말했다.

"가미노 유카는 방심하지 않았다는 건가."

그렇다고 해도 별반 달라진 점은 없다고 헤이안은 생각했다. 기습에는 실패했는지 몰라도 여섯 명이 몰아붙이면 붙잡기는 어렵지 않으리라. 오히려 이미 위험을 감지하고 경계했는데도 무력감을 맛보게 될 테니, 그건 그것대로 사냥하는 재미가 커진다.

"센고쿠, 나라. 일단 멈춰서 귀를 기울여 봐. 비상계단을 사용한다면 발소리가 들릴 수도 있어."

"알았어."

"그렇겠네."

가령 아주 조심스럽게 비상계단을 내려오더라도 결국은 센고쿠나 나라와 마주친다.

"언제든지 바람총을 쏠 수 있도록 준비해둬."

에도가 지시를 내렸을 때 헤이안은 눈앞의 화면에 얼굴을 바짝 갖다 댔다. 사냥감을 발견하자 본능적으로 환희가 느껴졌다. "찾았다. 녹화 정보를 뒤져봤는데, 조금 전에 둘이서 비상계단을 내려가는 모습이 찍혔어."

"둘?"

"응. 한 명 더 있어." 가미노 앞에 몸집이 작은 여자가 비쳤다. "아아, 왜, 그 아줌마 있잖아. 빅선 아줌마."

"빅선이라니?" 아스카가 의아해하는 투로 말했다.

"해커 아줌마니까 그렇겠지. 빅선(big sun), 큰 해, 해커." 헤이안이 대답하기 전에 나라가 말장난을 풀어서 설명했다.

"코코? 그 아줌마도 일을 계속하는가 보군." 에도가 말했다. "나이도 나이라서 금방 그만둘 줄 알았는데. 가미노 유카가 의뢰했나."

"도주업자에게 의뢰해서 달아날 작정이라니."

"그 아줌마가 우수하기는 한데." 헤이안은 태블릿PC를 든 화면 속 코코에게 동정심 어린 시선을 던졌다. "지금 상황에서는 별 도움이 안 되겠는걸."

정보전이 중시되는 현대사회에서는 정보 조작과 가짜 뉴스를 통해 남보다 우위에 설 수 있다. 그런 의미에서 코코의 기술은 다양한 상황에서 힘을 발휘할지 몰라도 실제로 적과 마주했을 때는 몸으로 맞붙어서 결판을 내는 수밖에 없다. 제아무리 해킹 실력이 뛰어난들, 두들겨 맞거나 손발을 묶이면 속수무책이다. 그런 점에서 빅선 아줌마는 평범한 아줌마에 불과하다.

무당벌레,
11층

나나오는 소다가 남아 있는 1121호 문을 닫았다. 자물쇠가 잠기는 소리가 들리자 바쁜 걸음으로 복도를 걸어서 쏜살같이 엘리베이터로 향했다.

마리아에게 연락해야 한다.

휴대전화는 망가졌다. 극장에 직접 가는 수밖에 없나. 늦지 않게 갈 수 있을까. 수많은 생각이 머리를 스쳤다.

아무튼 빨리 이 호텔에서 벗어나고 싶었다.

엘리베이터 홀에 도착하자 엘리베이터 네 대는 묵비권을 행사할 각오를 굳힌 듯 조용하니 문이 열릴 낌새가 전혀 없었다. 나나오는 하강 버튼을 눌렀다.

소다에게는 미안하지만 위층에 갈 마음은 없었다.

북동쪽 엘리베이터에서 소리가 나고 문 위의 램프가 켜졌다. 그 앞에 서자 잠시 후 문이 열렸다. 또 성가신 사람이 나타나지는 않을까 경계했는데 다행히 아무도 없었다. 얼른 올라타서 1층 버튼을 눌렀다. 그리고 '알지? 이대로 아무 일도 없이 내려보내 줘'라는 마음을 새겨넣듯 닫힘 버튼을 연속해서 눌렀다.

엘리베이터가 내려가자 나나오는 드디어 한숨 돌렸다. 카운트다운 하듯 하나씩 작아지는 층수 표시를 가만히 쳐다봤다.

이대로, 이대로, 부디 아무 일도 없기를.

엘리베이터의 하강 속도가 느려졌다. 1층에 도착하려면 좀 더 있어야 하지 않나 싶었다. 나나오는 그 느낌을 착각으로 받아들이기로 했다.

도중에 멈출 리 없다.

그렇게 믿으려 하면 할수록 분명 속도가 느려졌다.

아까 소다가 그랬듯이, 무슨 인연이 있는 사람과 또 마주치는 것 아닐까. 그런 어처구니없는 일이 또 일어나겠느냐는 생각보다 분명 그렇게 될 것이라는 체념이 더 강했다.

나나오는 허리 가방에 손을 넣었다. 불의의 사태에 대비하기 위해서였다. 근접 격투가 벌어진다면 도구에 의지하기보다 맨손으로 상대하는 편이 순조로울 것 같았다. 그러나 쓸데없는 싸움은 되도록 피하고 싶었으므로 호신용 고추 스프레이를 꺼냈다.

문이 열렸다. 바로 상대에게 뿌릴 수 있도록 스프레이를 오른손에 감추고 마음의 준비를 했다. 아는 사람이거나 위험해 보이는 사람이라면 망설임 없이 스프레이를 뿌릴 작정이었다.

예상과 달리 열린 문 밖에는 모르는 여자가 서 있었다. 물론 성별에 관계없이 위험한 사람은 위험하다. 방심을 늦추지 않고 행동거지를 확인했다. 위험한 낌새는 느껴지지 않았다. 별 특징 없이 착실해 보이는 여자였다.

여자는 엘리베이터 버튼 패널 앞에 섰다. 모르는 사람이라서 안도했다. 탈것이 도중에 멈출 때마다 아는 사람이 올라탈 리 없다.

호텔에서 나갈 수 있다. 빨리 마리아에게 위험하다고 알려줘야 한다. 알릴 방법을 찾는 것보다 일단 이 호텔을 떠나는 것이

급선무다.

문득 엘리베이터가 움직이지 않는 것을 알아차렸다.

방금 올라탄 여자가 '열림' 버튼을 누르고 있었다.

"저기요." 나나오는 말을 걸었다. 문을 닫아달라고 부탁해야 할까. 그 후에야 사람을 기다리는 것 아닐까 짐작이 갔다. 늦게 오는 누군가를 위해 엘리베이터를 붙잡아두고 있는 건지도 모른다.

그렇다면 여기서 내리는 편이 낫다. 걸음을 내디디려는데 여자가 "실례합니다. 무당벌레 씨 맞으시죠?" 하고 물었다.

온몸으로 혀를 차는 듯한 기분에 빠졌다. 역시 이렇게 되는 건가. 아니다, 이건 어떻게 된 일이지? 나나오가 혼란스러워하는데도 아랑곳없이 여자는 말을 이었다.

"어, 저는 가미노 유카라고 해요. 도망치는 중인데 붙잡힐 것 같아서요. 좀 도와주시지 않겠어요?"

나나오는 여자를 빤히 바라봤다. 이해가 안 되는 점이 너무 많았다.

어떻게 나를 아는 걸까. 왜 도와줘야 하는 걸까.

"미안하지만 바빠서. 여기서 나가야 해. 일단 버튼에서 손 좀 치워주겠어?" 이야기는 아래로 내려가는 사이에 들으면 되지 않느냐고 나나오는 말하고 싶었다. 그 순간 "아래에 도착하기 전에 이야기를 들어주셨으면 해서요." 하고 여자가 선수 치듯 말했다. "부탁드립니다."

"나랑 같이 있으면 될 일도 안 돼. 다른 사람한테 부탁하는 게 좋을 거야." 빠른 말투로 열심히 설명했다.

"지금까지 다른 분이 도망치는 걸 도와주셨어요. 그런 일을 전문으로 하시는 분요." 이쪽 말을 전혀 안 듣는다. 여자 눈에 눈물이 고였다. "저기, 코코 씨라고 아세요?"

"코코 씨?" 어디선가 들어본 것 같은데, 곧장 기억이 나지 않았다.

"저를 도망시켜주려고 하셨는데요." 여자는 할 말을 찾는 듯했다. 달리 적절한 표현이 떠오르지 않았는지 "아까 살해당하셨어요." 하고 말을 이었다.

나나오는 인상을 찌푸렸다. 살해 운운은 불길하기 짝이 없는 말이다. 일반인이 가볍게 입에 담아서는 안 된다. 그런데 아까 넘어지셨어요, 라고 설명하는 듯한 말투 아닌가.

"도와주세요." 여자는 애원하듯 다시 나나오를 쳐다봤다.

나나오는 버튼을 꼭 누른 손가락을, 거기에 목숨을 맡긴 듯 절실함이 배어나는 손끝을 그저 바라봤다.

그때 엘리베이터 밖에서 다른 사람의 기척이 느껴졌다.

요모기,

2층 레스토랑

"푸아그라테린*, 오렌지소스입니다." 웨이터가 접시를 내려놓고 요리에 대해 설명했다.

앞에 앉은 요모기 장관은 우아한 손놀림으로 포크를 들고 소스가 묻은 테린을 입에 넣었다. 이케오도 접시를 달그락거리며 나이프와 포크를 사용했다.

"이케오 씨, 미래를 짊어질 젊은 세대를 위해 국가 구조를 바꿔나가는 건 정말 힘든 일입니다."

"현실적인 말씀이시군요."

요모기 장관은 소년처럼 웃었다. "이유는 단순해요."

"뭔가요?"

"누구도 손해를 보고 싶어 하지 않기 때문입니다."

이케오는 자신의 표정이 풀어지는 것을 알았다. 그야 그렇겠죠, 하고 대답하고 싶었다.

"젊은 사람도 언젠가는 나이를 먹죠. 즉, 고령자가 손해를 보

• 육류, 생선, 채소 등을 갈아서 만든 고기 페이스트리를 직사각형 모양의 용기에 눌러 담아서 만든 프랑스 전통 요리

는 구조를 만들면 자기도 나중에 손해를 보게 돼요. 장수한다면 요. 반면에 절대로 젊어질 수는 없으니까 젊은이가 고생하는 구조를 만들면 자기는 점점 100퍼센트 안전권에 가까워지죠. 누구든 본인이 손해를 보는 일에는 찬성하고 싶지 않을 거예요."

"그렇군요."

알 듯 말 듯한 이야기임에도 이케오는 알아들은 척 고개를 끄덕였다.

"국가의 법률과 구조를 바꾸려 해도 국민 전체가 이득을 봄으로써 수긍하는 경우는 없습니다. 누군가는 반드시 손해를 봐요."

"그렇겠죠."

"귀찮으니까 바꾸기 싫다는 사람도 많고요. 마음은 알겠지만요. 어떻게든 이뤄내야 하는 개혁도 누군가는 반대합니다. 그리고 설명하라고 독촉해요."

"설명요?"

"설명해라! 설명이 부족하다! 툭하면 그렇게 나오죠. 그렇다고 '여러분은 손해를 보겠지만 국가의 미래에는 필요한 일입니다' 하고 설명한들 이해해주지는 않습니다. 언론은 분노하고, 야당이 더욱 목소리를 높이죠. 결과적으로 욕먹지 않기 위한 설명을 준비해야 합니다. 참 에너지를 낭비하는 짓이라고 내내 생각해왔어요. 손해를 보는 사람의 손해를 조금이라도 줄이기 위해,

또는 줄인 것처럼 보여주기 위해 이것저것 변경하면 결국 규칙이나 절차가 번잡해져서 비용이 늘어납니다. 구제 조치를 마련하면 제도가 복잡해지니까요. 기껏 바꾸려 했는데 바꾸기 위해 여기저기 배려한 결과, 구멍이 숭숭 뚫린 제도와 부채만 남아요. 맥이 탁 풀리죠. 내가 국회의원이었을 때, 맥이 얼마나 많이 빠졌는지 모릅니다."

심각하지 않은 말투인 데다 감정도 담겨 있지 않은 것처럼 보여서 요모기 장관이 얼마나 진지하게 말하고 있는지는 파악할 수 없었다.

"다만." 요모기 장관이 말을 이었다. "꼭 절망적이지만은 않습니다. 이 문제도 최근에는 개선되고 있으니까요."

"어떤 문제 말씀이십니까?"

"설명하는 문제요. 이제는 인공지능이 설명해주지 않습니까."

확실히 인사문과 설명서, 결혼식 축사나 면접 질문도 인공지능이 작성해주는 사례가 늘어났다. 몇 년 전까지는 문장이 어색하고 상식에 비춰볼 때 실소가 나올 법한 내용도 여기저기 눈에 띄었다. 이제는 초고 수준을 넘어 수정하지 않고도 정식으로 사용할 수 있을 만한 품질을 확보했다.

"인간이 머리를 쓰는 것보다 과부족 없이 설명할 수 있습니다. 덕분에 행정 기관의 우수한 인재가 다른 업무에 시간을 쓸 수 있는 거죠."

"그렇군요."

"무의미한 질문과 설명이 확실히 줄어들었습니다."

"인간이 할 수 있는 일은 야유를 날리는 것 정도일까요?"

"그것조차 인공지능이 뛰어날 가능성이 있어요." 요모기 장관은 미소를 지었다. "정책도 인공지능이 고안하는 게 효율적이라고 생각합니다. 그렇게 되면 정치가도 줄어들지 모르죠. 비용 삭감으로 이어질 거예요."

"인공지능이 정치에 관여하면 영화에서 나오듯이 인간이 지배당할 수도 있겠군요."

"인터넷 쇼핑몰에 추천 상품이 표시된 시점에 이미 인공지능의 지배 아래에 있었는지도 모르지만요." 요모기 장관은 아무렇지도 않게 말했다. "남은 문제는 인공지능을 어떻게 잘 활용하느냐입니다. 인공지능에 일거리를 빼앗긴다고 한탄할 게 아니라, 일은 인공지능에 맡기고 인간은 일하지 않고도 살아갈 수 있는 사회구조를 만들어야겠죠. 그런 이유도 포함해 나는 정보국으로 자리를 옮긴 겁니다. 인공지능이 확실하게 판단을 내리려면 최대한 많은 정보가 필요해요. 정보는 인공지능의 연료랄까 식사니까요. 한쪽으로 치우친 정보는 영양 불균형 상태처럼 인공지능의 건강을 해칩니다. 우리가 정비해야 하는 건 그 부분임을 깨달았어요. 마침 그때가 정보국을 설립하는 타이밍이었고요."

"국회의원 신분을 유지한 채 장관에 취임하셔도 되지 않았을까요?"

"이케오 씨, 국회의원은 민의에 의해 낙선됩니다."

"네?" 농담인지 본심인지 모를 대답이라 이케오는 당황했다.

"정보국 일을 하다 보면 국민의 원망을 살지도 몰라요. 물론 실제로는 국가와 국민에게 필요한 일이라고 믿습니다. 하지만 그 과정에서 미움을 받을 수도 있겠죠. 선거 결과에 따라 뜻을 이루지 못하고 자리에서 내려오는 건 피하고 싶었습니다*."

"그렇군요."

"그리고 선거 활동에도 질렸거든요." 요모기 장관은 이번에는 분명한 농담조로 말했다.

취재 시간은 무한하지 않다. 코스 요리도 점점 진행되고 있다. 슬슬 본론으로 들어가야 한다.

이케오는 푸아그라를 입에 넣었다. 농후한 맛이 입안에서 사르르 녹자 그것만으로도 스트레스가 싹 가시는 기분이었다.

"이케오 씨는." 잠시 후 요모기 장관이 말을 꺼냈다. "그 사고,

---

* 일본에서는 국가공무원법에 따라 국회의원 자격을 상실하면 겸임하던 공무원직도 상실된다

내 가족이 휘말린 그 교통사고에 대해 조사하고 있는 거죠?"

들통났구나 싶어서 이케오는 움찔했다. 곧바로 입이 떨어지지 않았다.

"아주 열렬히 취재를 신청하기에 나도 당신의 뒤를 좀 캐봤습니다. 사토도 조사하느라 애썼죠."

이케오가 힐끗 시선을 주자 옆 탁자에 앉은 사토는 안경을 만지작거리며 미안하다는 듯 고개를 숙였다. 길쭉한 목이 앞으로 쑥 뻗어 나왔다. 기린 같다는 말이 떠올랐다가 이내 그렇게까지 길지는 않나, 하고 냉정한 분석도 고개를 쳐들었다.

"아내와 아들을 내게서 빼앗은 그 사고를 단 한 번도, 한순간도 잊어버린 적이 없습니다." 요모기 장관의 표정이 굳어졌다. "다만 이 고통을 누구와 공유하면 좋을지 몰라서요. 그래서 늘 나 자신과 그 일을 분리해서 살아왔죠. 이케오 씨가 흥미를 보여주다니 아주 기쁘고 든든하네요. 그래서 한번 만나보기로 한 거예요."

"감사합니다."

"좀 더 편하게 이야기를 나눌 수 있는 곳이면 좋았을 텐데 이다음에 여기서 볼일이 있어서 이 레스토랑으로 모셨습니다. 미안합니다."

"아니요. 무슨 말씀을요. 이렇게 고급스러운 요리도 대접받았는걸요."

"그리고 실은 말이죠." 요모기 장관이 머리를 긁적였다. "이렇게 주변이 훤히 보이는 가게가 안심돼서요. 언제 어디서 누가 나타날지 모르는 일이니까요."

처음에는 무슨 소리인지 이해하지 못했다. 요모기 장관이 목숨을 위협받을 가능성에 대해 언급했다는 걸 깨닫고 이케오는 주변을 둘러봤다.

"국회의원 시절부터 살벌한 범행 예고장을 참 많이도 받았습니다. 물론 대부분은 그저 울분을 토해낼 목적이고, 나머지도 망상이나 신념에 바탕을 둔 협박이죠. 그건 그나마 낫습니다만."

"낫지는 않죠."

"용서가 안 되는 건 국회의원이나 그 관련자가 방해되는 녀석을 배제하겠답시고 암약하는 겁니다. 그런 행동은 국가에 전혀 도움이 안 돼요. 아까 이야기로 돌아가서, 인공지능이라면 훨씬 건설적인 판단을 하겠죠. 쓴소리를 늘어놓는 인간 한 명을 없애는 건 국가를 위해 중요한 일이 아니니까요. 오히려 제 한 몸만 지키려 애쓰는 인간을 어떻게든 해야겠죠."

"표적이 되신 겁니까?" 이케오는 "역시." 하고 튀어나올 뻔한 말을 참았다.

"그들은 직접 손을 더럽히지 않습니다. 누군가에게 의뢰하거나 누군가를 유도해서 나를 노리겠죠. 다 그런 법입니다. 지금 이 호텔에 그런 사람이 있더라도 놀랄 것 없어요."

담요,
405호

베개와 담요는 윈튼팰리스 호텔 405호 앞에 도착해 카트를 세웠다. 문손잡이 근처에 빨간색 불빛이 작게 보였다. '청소 필요 없음'을 알리는 표시다.

이누이에게 의뢰받은 일을 하러 왔다.

옆에 있는 베개와 얼굴을 마주 본 순간, 옛일이 담요의 머리를 스쳤다. 이누이와 안면을 튼 당시의 일이다.

베개가 "찾아냈어. 용서할 수 없어서, 저질러버렸어." 하고 연락했던 밤이었다.

당장 가겠다고 약속한 담요는 택시를 잡아타고 베개가 일하는 비즈니스호텔로 달려갔다.

통화할 때 들었던 뒷문을 통해 방으로 가자 베개가 맞이해줬다. 담요는 아무 말도 없이 울음을 터뜨린 베개를 끌어안고 잠시 기다렸다. 베개가 조금 진정되자 충돌남의 시체를 카트에 담아 몰래 실어내기로 했다.

충돌남의 자동차 키를 발견한 건 행운이었다. 호텔 옆 동전 주차장에서 리모컨 키를 마구 눌러서 차를 찾아냈다.

그 후 담요는 베개를 업무에 복귀시키는 데 에너지와 시간을 소비했다. 그럴 상황이 아니라고 주장하는 베개에게 "교대 근무 중에 없어지면 그것만으로도 의심받아." 하고 달래서 겨우 설득에 성공했다.

담요는 베개를 호텔로 돌려보내고 혼자 차를 몰았다.

하지만 어디로 가야 할지 난감했다.

시체를 어떻게 처분하면 될까, 산속과 바다 중 어디가 좋을까 고민하다가 밤길에 차를 세우고 인터넷에서 정보를 찾았다. 검색하고 링크를 타고 돌아다니다 수상쩍은 사이트에 다다랐다. 머리가 몽롱하니 물속에서 발버둥 치는 듯한 기분이었다. 직접적인 표현을 피하며 시체를 처리하는 방법에 대해 조언해달라는 글을 올렸다. 정상적인 판단을 할 수 없는 상태였다.

그때 반응을 보인 사람이 이누이였다. "인터넷을 돌아다니다 보면 불법적인 일에 손을 댈 법한 인간이나 이미 무슨 일을 저지르고 안절부절못하는 인간이 눈에 띄어. 난 그런 인간을 보면 손을 내밀어줘. 착하지? 물에 빠지면 지푸라기라도 잡는다는데, 난 지푸라기가 아니라 튼튼한 밧줄이니까 붙잡으면 구해줄 수 있어."

실제로 그랬다. 이누이가 등장한 덕분에 베개와 담요는 위기를 넘겼다.

이누이는 충돌남의 시체 처리를 맡아줬을 뿐만 아니라 유익한 충고도 몇 가지 해줬다. 그 결과 사건은 드러나지 않고 묻혔다.

하지만 물론 공짜만큼 무서운 것은 또 없다.

이누이에게 약점을 잡힌 것이 사실이라 담요와 베개는 그때까지 하던 일을 그만두고 하청업자처럼 이누이가 시키는 일을 처리했다.

죄를 저질렀다는 양심의 가책 때문에 정신의 센서가 망가졌다. 호텔 객실에서 시체를 실어내고 살인 현장을 청소하는 일을 하는 동안 다른 감각들도 마비됐다.

이 년쯤 지나고서 하청 일을 그만두고 싶다고 이누이에게 말했다.

무시무시한 소문을 듣고 이누이가 무서워졌다. 그동안 베풀어준 은혜에 보답할 만큼은 시키는 일을 해주지 않았나 싶기도 했다.

이누이는 싫은 표정 하나 없이 "응, 알았어." 하고 간단히 허락

해줬다.

앞으로 일을 맡아주지 않는다면 더 이상 쓸모없다며 생선처럼 손질하는 것 아닐까 경계를 하기도 했다. 다행히 그런 사태는 벌어지지 않았다.

원래 베개와 담요에게 특별한 애착은 없었던 것이리라. 어쩌면 하청업자가 부족하지 않았는지도 모른다.

"이제 평범한 직업을 찾으려고?" 이누이는 호기심 넘치는 목소리로 물었다. 그럴 수 없다는 건 알고 있었으리라.

"앙갚음하고 싶어도 할 수 없는 사람 대신 일을 맡아주려고."

"뭐야 그게? 복수 대행업자?"

"뭐, 그렇다고 할 수도 있겠지. 갑질이나 성희롱 등으로 남의 인생을 망쳐놓고 아무렇지도 않게 살아가는 사람을 혼내주는 일을 하고 싶어."

"그러면 죄책감을 느끼지 않고 지낼 수 있을 것 같아?"

"그러길 기대하지만."

"어려울지도 모르지."

"하지만 좋군." 이누이는 어깨를 으쓱했다.

"뭐가?"

"대신 복수해주면서 남을 짓밟을 수 있다니 재미있잖아."

놀림당했다는 생각에 담요는 "너 같은 수월수월인은 우리의 힘든 심정을 모르겠지."하고 받아치고 싶은 마음이 들었다. 하지만 그만두기로 했다. 자중해서라기보다 이누이의 황홀한 표정이 눈에 들어왔기 때문이다. 마치 '누군가를 짓밟는 광경'을 상상하는 듯해 너무나 섬뜩해 보였다. 더구나 가학적인 기쁨이 배어난 것보다도 평소에는 그런 표정을 감추고 있었다는 것이 두렵게 다가왔다. 담요는 이누이 곁을 떠나기로 한 판단이 옳았다고 실감했다.

"참고로 만약 그런 일을 할 거면 호텔을 이용하는 편이 좋을 거야."담요와 베개가 나아갈 방향을 정해준 중요한 말이었다. 어쩌면 이누이는 번쩍 떠오른 생각을 입에 담았을 뿐일지도 모른다.

"호텔?"

"원래 베개가 그쪽 종사자였으니 호텔 사정도 잘 알겠지. 키를 입수하면 목표물을 호텔방으로 불러서 처치할 수 있어. 청소원인 척 시체를 옮기면 돼. 뒤처리는 다른 업자에게 부탁하면 되고."

이누이의 제안을 받아들이려니 배알이 뒤틀렸다. 그럼에도 좋은 아이디어였으므로 담요는 받아들이기로 했다.

"그럼 연다."베개의 목소리에 담요는 과거 회상에서 깨어났다. 베개가 카드키를 405호 센서 부분에 대자 자물쇠가 풀리는 소리가 들렸다.

베개가 문을 천천히 밀면서 들어갔고 담요도 카트를 끌면서 뒤따랐다.

지금까지 몇 번이나 해온 작업이라 익숙하게 움직였다. 물론 방심은 하지 않는다.

침대 앞에서 짐을 확인하는지 등을 돌리고 서 있는 남자의 모습이 눈에 들어왔다. 셔츠와 슬랙스 차림에 머리는 밝은 갈색, 금발에 가까웠다. 기척을 느꼈는지 휙 돌아선 남자는 베개와 담요를 보고 반사적으로 눈을 부릅떴다가 모든 것을 받아들이는 듯한 표정을 지었다.

"낯선 얼굴이네." 베개가 말했다. "뭐야, 이 금발은."

"그러게."

베개가 던진 침대 시트를 받아들며 남자에게 다가갔다. 평소처럼 위치를 바꿔가며 협공에 나섰다. 오 분쯤 지나자 남자는 포장된 짐처럼 시트에 칭칭 감겼다.

둘이서 들어 올려 카트에 넣었다.

"어이없을 만큼 간단하네." 담요는 어깨를 으쓱했다.

"이걸로 요모삐의 목숨을 노릴 작정이라니." 베개도 어처구니없다는 목소리로 말했다. "걱정될 정도야."

무당벌레,
5층

나나오가 탄 엘리베이터 저편, 복도에서 남자가 빠르게 다가왔다.

버튼을 누르고 있는 이 여자의 친구일까?

나나오의 추측을 깨부수듯 여자가 닫힘 버튼을 마구 눌렀다. "빨리 닫혀라, 제발." 하고 애원하듯 몇 번이고 강하게 두드렸다. 아주 필사적이고 절박한 모습이었다.

아까까지는 느긋하게 문을 열어놓지 않았나 싶어 나나오는 기가 찼다. 그러다 문득 여자가 '도망치는 중'이라고 했던 것도 생각났다. 즉, 쫓는 사람이 있다는 뜻이기도 하다. 어쩌면 저 남자가 나타날 줄은 예상치 못했는지도 모른다.

나나오 앞에 선택지가 제시됐다. 머무를 것인가 떠날 것인가. '앞문의 호랑이, 뒷문의 늑대'가 아니라 '앞문에는 낯선 남자, 뒷문에는 낯선 여자'다.

나나오는 머무르기로 했다.

이대로 문이 닫히고 엘리베이터가 내려가면 호텔을 떠난다는 목적을 달성할 수 있다. 지금 여기서 내려봤자 다른 골칫거리에 휘말릴 것이다.

엘리베이터 문이 닫히기 시작했다. 빨리 닫히라고 버튼을 열심히 누르는 여자의 마음을 비웃듯 왼쪽과 오른쪽 문은 재회의 감동을 슬로 모션으로 맛보려는 것처럼 느릿느릿 다가왔다.

남자가 달려왔다. 정장을 입은 서른 살 전후의 날씬한 남자였다. 손을 입에 대고 있어 얼굴은 잘 보이지 않았다.

헛기침을 하려는 건가, 하고 생각한 직후에 발 언저리에서 금속음이 들렸다.

어, 하고 나나오가 시선을 주었을 때 엘리베이터 문이 소리를 내며 열렸다. 간신히 재회했으면서 바로 대판 싸우고 왔던 길을 되돌아간다고 느껴질 만큼 세차게.

남자가 가까워졌다. 통으로 보이는 물건을 입에 대고 있었다.

문이 다시 닫히다가 중간쯤에서 거부 반응이라도 일으키듯이 또 열렸다. 뭔가가 닿는 소리가 났다.

문의 레일 부분에 뭔가 걸렸다고 알아차린 순간, 나나오는 문틈으로 뛰쳐나갔다.

바람총이다.

남자가 쥔 통 모양의 물건과 문이 닫힐 때 들렸던 금속음으로 그렇게 추리했다.

문이 닫히지 않도록 레일에 화살을 날렸다. 노리고 쏜 것이다. 그런 곡예 같은 일이 가능할까 의문스러웠다. 하지만 지금까지 나나오는 곡예 같은 일을 어려움 없이 해내는 인간들을 수두룩하게 많이 봤다. 할 수 있는 사람은 할 수 있다.

상대가 쏘는 무기를 사용할 때는 한자리에 가만히 있는 것이 제일 위험하다.

남자는 돌진하는 나나오를 보고 놀란 듯하면서도 즉시 바람총 끄트머리를 나나오에게 향했다. 나나오는 오싹한 기분을 맛보며 바닥을 박차고 옆으로 몸을 날렸다. 어딘가에서 금속음이 들렸다. 열린 엘리베이터 안쪽 벽면에 맞은 듯했다.

나나오는 방향을 바꿔 럭비 선수가 태클하듯 낮은 자세로 남자에게 부딪쳤다.

다리를 양손으로 붙잡고 그대로 남자를 벌렁 자빠뜨렸다. 상상한 것보다, 그렇게 표현할 만큼 상상하지는 않았지만, 남자는 무겁지 않아서 엘리베이터 홀 바닥에 나가떨어졌다. 남자의 귀에서 빠진 이어폰이 뒤쪽으로 굴러갔다.

나나오의 머릿속에서 원심분리기에 설정한 것처럼 생각이 고속으로 회전하며 선택지가 분리됐다.

이 남자에게 좀 더 접근해야 할까. 이제 그만 떨어져야 할까.

어쨌거나 체격상으로는 자신이 유리해 보이니까 이대로 상대에게 달라붙어 격투기의 그라운드 기술처럼 목을 졸라 움직임을 멈출 수도 있다. 그렇게 하려다 얼른 마음을 바꿔서 허둥지둥 떨어졌다.

예전에 도호쿠 신칸센에서 체험했던 아슬아슬한 장면이 머릿속에 되살아났다. 독을 바른 바늘을 사용하는 업자와 싸우다 하마터면 죽을 뻔했다.

이 남자가 사용하는 화살은 그 독침과 비슷하지 않을까. 화살이 꽂히면 어떻게 될까. 혈액 순환이 좋아져서 뭉친 어깨가 풀리지는 않을 것이다.

다가가는 건 상당히 위험하다. 살짝만 찔려도 큰일 난다. 바닥을 기다시피 하며 남자에게서 부랴부랴 멀어졌다.

낮은 자세를 유지한 채 재빨리 몸을 돌리자 나나오의 태클에 걸려 넘어진 남자가 겨우 몸을 일으키려 하고 있었다. 또다시 말아 쥔 손을 입에 댄다.

고개를 수그리며 자세를 더 낮췄다.

화살이 몸 위로 지나가는 기척이 느껴졌다. 나나오는 축구나 야구에서 슬라이딩하듯 남자의 다리를 노리고 몸을 날려 다시 충돌했다. 뒤쪽에서 화살이 벽에 맞는 소리가 들렸다. 남자의 손에서 날아간 바람총이 바닥을 데굴데굴 굴러갔다. 동시에 뭔가가 떨어져서 미끄러지는 듯한 소리도 났다. 미처 확인할 여유는 없었다.

나나오는 벌떡 일어섰다. 목숨을 걸고 해변에서 깃발 잡기를 하는 기분이었다. 상대보다 빨리 몸을 일으키지 못하면 진다.

남자도 서둘렀겠지만 나나오가 이겼다. 등 뒤로 돌아가서 뭔가 생각할 겨를도 없이 양팔로 머리를 감싸고 비틀었다. 남자의 몸에서 힘이 빠져나갔다.

한숨을 내쉬는 것도 잠시, 멍하니 넋 놓고 있을 여유는 없었다. 복도나 엘리베이터에서 언제 숙박객이 나타날지 모른다. 나나오는 호흡을 가다듬었다.

맙소사, 이게 무슨 일이람.

심호흡하는 편이 좋겠어, 하고 어디선가 마리아의 목소리가 들려오는 것만 같아 나나오는 숨을 들이마셨다가 내쉬는 걸 반복했다.

무당벌레,
525호

"상황을 설명해줘." 남자의 시체를 525호 침대에 눕힌 후 나나오는 소파에 앉았다. 그리고 우두커니 서 있는 여자, 가미노에게 말했다.

힐끗 시선을 주니 죽은 남자는 젊고 이목구비가 반듯한 사람이었다. 여성들에게 인기 많은 배우를 닮은 것 같기도 해서 이 남자가 자신을 습격했다는 사실이 현실감 없게 느껴졌다.

"어디부터 이야기하면 좋을지."

"궁금한 건 아주 많아." 성난 말투가 튀어나온 건 모르는 점 천지였기 때문이다. 가미노 유카라는 이름은 아까 들었다. "일단." 하고 말했지만 바로 질문이 나오지 않아서 답답했다. "어떻게 날 아는 거지? 그리고 그 엘리베이터에 탄 건 우연이야?"

우연일 리 없다. 5층에 멈추고 문이 열린 순간, 여자는 나나오를 보고도 전혀 놀라지 않고 오히려 있을 줄 알았다는 태도로 올라탔다.

"이걸로 무당벌레 씨를 발견했어요." 가미노가 휴대전화를 보여줬다. 방범 카메라 영상 통합 관리 시스템 같은 화면이 띄워져 있었다. 엘리베이터 홀과 각 층의 복도가 보이는 화면은 정기적으로 바뀌었다. "이 호텔의 방범 카메라야?"

"달칵달칵 기술로." 가미노는 흠칫하며 입을 다물었다가 "코코 씨가 시스템에 연결해서 실시간으로 확인할 수 있도록 했어요." 하고 다시 말했다.

"누구라고?"

무슨 일이 일어나고 있는 걸까.

원래는 선물을 배달하는 일을 하러 왔을 뿐이다. 호텔방을 찾아가서 전달하면 끝날 터였다. 그런데 여태 호텔에서 나가지 못하다니, 도무지 믿기지가 않았다.

"코코 씨는 저를 도망시켜주려 하셨어요."

가미노의 그 말에 나나오는 "아." 하고 소리쳤다. 얼마 전에 소다에게 코코라는 이름을 들었다. "도주업자 말이야?"

"맞아요. 아시는군요." 말이 통해서 기쁜 듯 가미노의 목소리가 커졌다.

"도망치고 싶어?" 그렇다면 이제 해결됐지 않은가. 저 남자는 죽었으니 더는 쫓아오지 않는다.

그렇게 일러주려는데 가미노가 "육인조라고 하더라고요." 하고 말해서 나나오는 낙담했다.

"앞으로 다섯 명 남았다느니, 그런 소리는 하지 마."

"앞으로 다섯 명 남았어요."

"아이고, 내 팔자야."

"코코 씨는 방범 카메라 영상을 보면서 저를 탈출시켜주려 하셨죠. 하지만 일이 잘 안 풀렸어요."

어떻게 잘 안 풀렸는지는 물어보지 않았다. 개입할 작정은 없었다.

"코코 씨가 카메라에 잡힌 무당벌레 씨를 발견하셨죠. 그리고

무슨 일이 있으면 무당벌레 씨께 도움을 요청하라고 말씀하셨
어요."

"왜." 이번에는 나나오도 물어보지 않을 수 없었다. "그 사람은
왜 내게 의지하라고 한 걸까?"

"의지할 만한 사람이라고 하시던데요. 어마어마한 사건의 생
존자라고요. 무슨 사건인지는 안 가르쳐주셨지만요."

"아아." 나나오는 뺨이 딱딱하게 굳어지는 걸 느꼈다. "잊어버
리고 싶은 일이지만."

"어."

"잊고 싶은 과거일수록 잊을 수가 없어. 참 신기하지."

가미노는 잠시 아무 반응도 하지 않았다. 이윽고 나나오를 멍
하니 바라보며 눈물을 글썽거렸다. 이어서 "그렇죠." 하고 절절
한 감정이 깃든 목소리로 말을 꺼냈다.

"그렇죠?"

"왜 기억은 잊어버릴 수 없는 걸까요. 잊어버릴 수 없어서 제
인생은 이런 꼴이 된 거예요. 그 탓에 코코 씨도 그렇게." 가미노
가 구슬픈 표정으로 자기 머리를 가리켰다. 참을 마음도 없는지
눈물을 줄줄 흘렸다. 손으로는 다 못 닦겠던지 옷소매로 눈가를
슥슥 문질렀다.

나나오는 가미노가 진정되기를 기다렸다가 "아무튼 이제 마

음대로 달아나면 돼. 나도 돌아갈 테니까 각자 갈 길을 가자." 하며 소파에서 일어났다.

"저기, 실은 코코 씨가 경호원을 고용하셨어요."

안다고 대답할 뻔했다. 소다가 그렇게 말했다.

가미노가 또 입을 다물었다. 뭔가 말하고 싶은 듯한 눈치인데도 좀처럼 말을 꺼내지 않았다. 그리고 또 감정을 조정할 필요가 생겼는지 눈물을 글썽거리다가 이번에는 꾹 참으려 했다. 마음을 진정시키기 위해서인지 침을 꿀꺽 삼킨 후 "실은." 하고 입을 열었다.

불길한 예감이 들었다. "말 안 해도 돼." 하고 손을 내미는 것도 무시한 채 가미노는 멈추지 않았다.

"경호원이 합류할 예정이었는데 연락이 안 되더라고요."

"의외로 자주 생기는 일이야." 나나오는 이야기를 끝내고 싶었다.

"그래서 경호원이 있을 2010호에 코코 씨가 직접 가보기로 하셨죠. 그 방 키는 미리 받아뒀거든요."

"2010호. 뭐, 그렇겠지." 아니나 다를까 대리석 탁자에 머리를 부딪쳐서 사망한 콜라에 대한 이야기가 이어졌다.

"경호원이 IC카드를 준비했을 거라면서요. 그 카드가 있으면 직원 전용 구역에도 들어갈 수 있거든요. 그래서 혼자 확인하러 가셨죠."

"코코 씨가?"

"네."

"맞혀볼까. 아마도 경호원은 방에서 시체로 발견되지 않았나?"

어떻게 아셨어요? 하며 가미노의 눈이 동그래졌다. 특별한 능력이나 통찰력이 있다고 과대평가할까 봐 나나오는 덜컥 겁이 났다.

"2010호가 어떤 상황인지 코코 씨가 전화로 알려주셨죠. 경호를 부탁한 사람은 죽었지만 IC카드는 찾았으니 가저가겠다고요. 그런데 거기에 그 사람들이 찾아온 모양이에요." 가미노는 또 울컥했는지 차오르는 눈물을 참으려고 애썼다.

그 사람들이란 바람총을 사용하는 육인조이리라. 육인조가 모두 쳐들어왔는지, 그중 몇 명만 왔는지는 모르겠지만 누군가가 왔다.

전화가 끊기기 직전까지 코코 씨는 제게 지시를 내리셨어요, 하고 가미노는 말했다. "내가 잘못되면 무당벌레에게 도움을 요청해."라는 내용이었다고 한다.

"무당벌레 씨의 얼굴 사진을 첨부한 메시지를 보내셨죠. 그리고는 제 휴대전화로 방범 카메라 영상을 보는 방법을 가르쳐주셨고요. 운 좋게 찾아내면 꼭 의지하라면서요."

"그래서 운 좋게 나를 찾아낸 건가." 엘리베이터에 탑승하는 장면을 목격당해 5층에서 기다리고 있었던 것이다. 나나오로서는 '운 나쁘게'다.

"무당벌레는 행복의 벌레라고 들은 적 있어요."

"밝은 해님을 향해 날아가니까. 딱지날개에 일곱 개의 별도 있고." 이런 유형의 이야기를 자주 들었다. 자신의 불운한 신세에 빗대어 빈정거리는 것 같아서 신경에 거슬릴 때가 많았다. "7은 신비한 숫자야."

"네?"

"일주일은 칠 일이고, 칠복신도 있고, 칠대양이라는 표현도 있지. G7과 7대 불가사의에도 7이 들어가."

"럭키세븐도요." 가미노는 기억 속 한 장면을 되돌아봤는지, 한순간 저 먼 곳을 바라보는 듯한 표정을 지었다.

"내가 숫자 7이라면 짐이 너무 무거워서 못 견딜 것 같아."

나나오가 한숨을 쉬자 가미노는 혼란스러운 듯한 표정을 지었다.[●] 그 후에 "호텔에서 벗어날 수 있게 도와주시면 안 될까요?" 하고 다시 부탁했다.

내버려둘 것인가 도와줄 것인가. 나나오는 또다시 선택을 강

[●] 나나오(七尾)라는 이름에도 숫자 7(七)이 들어간다

요당했다. 이번에는 많이 고민하지는 않았다. 도와줄 의무는 어디에도 없다.

"정식으로 의뢰할게요. 업자시잖아요." 가미노가 애원하듯 말했다.

"누구나 무슨 업자라고 할 수도 있겠지."

"일로 부탁드리고 싶은 거예요."

"직접 일을 받지는 않아." 노코멘트로 떠나면 되겠건만, 거절할 이유를 꺼냈다. 거절할 거면서 왜 상대를 이해시키려고 하는 건지 스스로도 신기했다.

"그럼 누구에게 부탁하면 될까요?"

"마리아." 나나오는 그렇게 말하고 나서 "아참, 마리아." 하고 목소리를 높였다. 손뼉도 칠 뻔했다. 시간을 확인했다.

연극 상연 시간까지 삼십 분밖에 안 남았다. 마리아가 몇 시에 도착할지는 몰라도 그 전에 위험을 알리고 싶었다.

가미노에게 마리아 이야기를 해본들 아무 소용없는 일이었다. 그럼에도 이쪽이 어떤 상황인지도 알아줬으면 하는 심정이었기에 나나오는 사정을 설명하려고 숨을 들이마셨다. 그때 "잠깐만요." 하고 가미노가 말했다.

자신이 원하는 설명을 해주려는데 왜 훼방을 놓는단 말인가.

나나오는 발끈했다. 그때 가미노가 휴대전화를 이쪽으로 내밀었다.

"두 명이 와요."

"오다니?" 누가 어디에 뭘 하러?

나나오의 의문을 알아차린 듯 가미노가 말을 이었다. "육인조 중 두 명이 이 방으로 온다고요."

다섯 명,
525호

나라는 비상계단을 내려가고 있었다. 계단을 전속력으로 뛰어 내려가면 굴러떨어지거나 무릎을 다칠 수도 있으므로 적당한 리듬에 맞춰 종종거리면서 내려간다. 앞서서 내려가는 센고쿠도 비슷한 걸음걸이였다.

"오늘은 계단만 오르락내리락하는군." 센고쿠가 한탄하는 소리가 들렸다.

확실히 그렇다고 나라는 속으로 대답했다.

아까까지는 20층에 있었다.

가미노가 코코와 함께 비상계단을 내려갈 가능성이 있다기에 비상계단에서 붙잡을 수 있을 줄 알았는데 결국 마주치지 않았다. 하는 수 없이 다시 계단을 내려가는데 코코가 혼자 엘리베이터에 탔다고 헤이안이 연락했다.

20층에서 내린 것까지만 파악됐을 뿐, 어느 방에 들어갔는지는 방범 카메라 영상으로 쫓던 헤이안도 확인하지 못했다. 나라와 센고쿠는 한 집씩 찾아가는 방문 판매원처럼 나뉘어서 방을 하나씩 조사했다. 조사한 지 얼마 지나지 않아 2010호에서 코코를 발견했다.

가미노가 있는 방과 코코가 여기 있는 이유, 다른 동행자의 유무 등 궁금한 점이 많았다. 코코의 움직임을 봉쇄한 후 신문하려던 찰나에 합세한 센고쿠가 겁을 준답시고 코코를 확 떠밀었다. 힘 조절에 실패했는지 쓰러진 코코는 더 이상 숨을 쉬지 않았다.

보고를 받은 에도는 "코코 아줌마가 죽은 건 어쩔 수 없지. 하지만 가미노는 절대로 죽이면 안 돼." 하고 신신당부했다. "이누이는 살아 있는 가미노 유카가 필요하다고 했어."

"머리와 입은 사용할 수 있도록 말이지."

그 직후에 헤이안이 5층의 방범 카메라 영상에서 가미노를 발견했다.

"아, 내가 가서 붙잡아 올게." 가마쿠라가 즉시 반응했다. 들뜬 목소리가 나라의 귀에도 들렸다.

"알았어." 에도가 대답했다. "나라와 센고쿠는 2010호를 조사해봐. 코코가 거기서 뭘 하려고 했는지 알아두는 편이 좋겠지. 가미노는 가마쿠라 혼자서도 얼마든지 상대할 수 있을 거야."

잠시 후 이어폰에서 가마쿠라의 목소리가 들렸다. "복도에 서 있는 가미노 유카를 발견. 아, 걸어간다. 쫓아갈게."

얼마 지나지 않아서 "붙잡았어. 식은 죽 먹기네. 역시 난 대단하다니까." 하고 경박한 목소리로 의기양양하게 보고할 줄 알았는데, 예상과 달리 "엘리베이터에 누가 있어." 하고 경계심을 띤 목소리가 들렸다.

이어서 싸우는 듯 시끄러운 소리가 나는가 싶더니 가마쿠라의 목소리가 뚝 끊겼다.

에도가 가마쿠라를 몇 번 불러도 응답이 없었다. 나라와 센고쿠는 얼굴을 마주 본 후 2010호를 뛰쳐나와 5층으로 향했다.

"가마쿠라가 어떻게 됐는지 알아?" 나라는 발을 헛디디지 않도록 비상계단을 조심히 내려가며 이어폰 마이크에 대고 말했다.

계단을 밟는 소리가 호텔이 울려내는 심장 소리처럼 느껴지기도 했다.

"골치 아프게 됐네." 헤이안의 목소리가 들렸다. 여전히 프런트 뒤쪽 직원실에서 방범 카메라 영상을 들여다보는 중이다.

"별로 안 좋아."

나라와 센고쿠는 울려 퍼지는 발소리를 억누르기 위해 한 번 걸음을 멈췄다. 이번에는 천천히 발을 내디뎠다.

헤이안이 '안 좋다'라고 할 때는 대개 '아주 나쁘다'라는 뜻이다. 가마쿠라에게 '아주 나쁜 일'이 일어난 것이다.

"설마 당했나." 센고쿠가 반신반의하는 투로 말했다.

"그럴 거야." 헤이안의 대답에 나라는 침을 꿀꺽 삼키고 물어봤다.

"에도 씨, 가미노 유카는 일반인이지?"

"이누이 말로는 평범한 여자랬어."

"문제는 가미노가 아니라 다른 남자. 그 녀석이 강했어. 카메라에 잡혔어." 웬일로 헤이안의 목소리에서 긴장감이 느껴졌다. "엘리베이터에 있던 남자가 갑자기 가마쿠라에게 덤벼들었어."

5층 엘리베이터 홀의 방범 카메라 영상에 비쳤는데 순식간이었다고 한다.

"누군데? 가미노 유카한테 코코 말고도 일행이 있다는 뜻?"

"우연히 타고 있었던 것처럼 보이기도 했는데."

"우연히 엘리베이터에 타고 있던 사람이 갑자기 가마쿠라와 한판 붙다니, 그게 말이 되나?" 센고쿠가 의문을 제기했다.

"업자라든가?"

"그럴 가능성은 있어. 어쨌거나 얼굴이 잘 안 보여서 어디의 누군지는 몰라." 헤이안이 말했다. "아무튼 가마쿠라를 짊어지고 복도 쪽으로 가서 방에 들어갔어. 복도 카메라 영상으로 확인했는데 아마 525호일 거야."

"나랑 나라가 5층으로 가고 있어."

"지금 몇 층?"

나라는 비상계단 층계참에서 층수 표시판을 확인했다. "지금 12층을 통과했어."

"나도 가보는 편이 좋겠는데." 그렇게 말하는 에도를 헤이안이 말렸다. "여럿이 몰려가면 소란스러울 테고 방도 그렇게 크지는 않으니까 머릿수가 많으면 우리 화살에 우리가 맞을지도 몰라. 에도 씨는 거기서 감독 행세나 하고 있어."

"감독 행세라니, 누가?"

"말할 필요도 없겠지만 나라와 센고쿠도 방심하지 마." 헤이안이 말을 이었다. "가마쿠라의 화살을 몇 번 피해낸 것처럼 보였어."

"가마쿠라는 진짜로 죽었어?" 아스카가 물었다.

"목이 부러진 것처럼 보이기는 했는데. 생사 여부는 아직 확인 못 했어."

"목이 부러졌다면." 아스카의 담담한 목소리가 나라의 귀에도 들렸다. "아무래도 가망 없겠네."

가마쿠라가 죽었다는 걸 알았다. 아무 감정도 솟구치지 않았다. 추억다운 추억도 없다. 하지만 예를 들면 외모가 빼어난 사람끼리만 공감할 이야기를 즐긴 기억은 있었다.

'자신들이 얼마나 선택받은 인간이고, 다른 사람들에 비해 이점이 있는가'라는 화제가 나왔을 때 "헤어지자고 하면 이제 나 같은 남자와 사귈 기회가 없다는 걸 아니까 끈덕지게 매달리지. 정말 짜증 난다니까. 역시 여러모로 여유 있는 여자를 사귀어야 해. 아니면 나중에 귀찮아져."라는 가마쿠라의 말에 "맞아, 맞아. 완전 진리야." 하고 둘이서 크게 웃었던 적도 있었다.

계단을 풀쩍 뛰어서 층계참에 착지했다. 요란한 소리가 계단 위아래에 울려 퍼졌다. 가마쿠라의 죽음을 애도하는 한편으로, 징을 울린 것처럼 귀청을 때리는 소리가 의식을 되돌리는 데 한몫했다.

죽은 동료는 더 이상 동료가 아니다. 그 일이 자꾸 떠오른다는 의미에서는 오히려 발목을 잡는 적에 가깝다. 적어도 나라의 생각은 그랬다. 가마쿠라 생각이 날 것 같아서 방해하지 마, 하고 속으로 투덜거렸다.

5층 비상계단에서 복도로 나갔다.

"놈은 코코가 고용한 사람일지도 몰라." 525호로 걸어가며 나라가 말하자 앞서가던 센고쿠가 "그럴 수도 있겠지." 하고 맞장구를 쳤다.

"525호 앞에 도착."

"들어간다."

나라와 센고쿠의 말에 이어 "방심하지 마." "조심해." 하고 이어폰에서 목소리가 들렸다.

나라는 앞에 선 센고쿠의 옆으로 손을 내밀어 자물쇠를 해제하는 장치를 문의 센서 부분에 댔다. 작은 소리가 났다. 센서가 망가졌을 것이다.

나라는 바람총을 꺼냈다. 마취시키기 위한 화살을 넣었다. 가마쿠라와 대등하게 싸운 상대니까 즉사할 만큼 치명적인 신경독 화살을 써도 될 것이다. 하지만 가미노는 의식이 있는 상태로 데려가야 한다. 화살에 잘못 맞을 가능성을 고려하면 일시적으로 마비를 일으키는 화살밖에 못 쓴다.

센고쿠도 오른손에 바람총을 들고서 왼손으로 문을 열었다.

문 안쪽에서 적이 총을 겨누고 있는 광경이 상상돼서 몸을 비스듬히 돌리고 허리도 약간 구부렸다.

센고쿠를 따라 나라도 방으로 들어갔다. 총소리는 물론, 다른 소리나 인기척도 나지 않았다. 문을 닫고 똑바로 섰다.

"남자도 가미노 유카도 아마 방에서 나가지 않았을 거야."

이어폰에서 헤이안의 목소리가 들렸다.

아마, 라는 말이 마음에 조금 걸렸다. 복도의 방범 카메라에 잡히지 않는 부분이 있는 것이리라. 전부 다 완벽하게 파악하지는 못했다는 뜻이다.

방 어딘가에 숨어 있는 걸까. 상대가 무슨 무기를 가지고 있는지조차 모른다.

실내는 어두웠다. 일부러 불을 껐나 보다. 입구 근처 벽에 조명 스위치가 있었다. 센고쿠가 돌아봤다. 말은 꺼내지 않았어도 '불을 켤까?' 하고 물어본다는 걸 알았다.

나라는 불을 켰을 때의 이득과 손해를 재빨리 따져봤다.

불을 켜면 자신들이 들어왔다는 사실이 들통난다. 하지만 이미 들통났다고 판단해야 한다. 밝으면 이쪽으로서도 상대를 찾아내기 쉽다. 동시에 상대도 이쪽을 쉽게 확인할 수 있다.

지금까지 쌓아온 경험상, 약간 어두운 정도라면 상대의 움직임을 파악할 수 있다. 그림자가 흔들리면 그쪽으로 화살을 날리면 된다. 총은 총소리 때문에 이쪽 위치가 드러난다. 반면 소리가 나지 않는 바람총은 그럴 걱정이 적다.

어두운 편이 이쪽에는 유리하다.

나라가 고개를 젓자 센고쿠도 동감이라는 듯 고개를 끄덕이고 조명 스위치에서 물러났다.

🎰🎰🎰

입구에서 약간 좁은 통로가 잠깐 이어진다. 둘이 한 줄로 서서 나아갔다. 저 앞쪽에 있는 침실이 어떤지는 아직 확인할 수 없다.

신경을 곤두세우고 한 발짝씩 나아갔다. 호텔 객실은 출입구가 하나뿐이다. 창문은 대부분 밖으로 못 나가는 구조다.

상대는 독 안에 든 쥐다.

어디에 숨었을까?

앞서가던 센고쿠가 오른쪽에 있는 옷장의 여닫이문을 열었다. 나라는 안을 들여다보자마자 바람총을 훅 불었다. 센고쿠와 나라가 날린 화살은 옷장에 걸려 있던 목욕 가운 두 벌의 복 부분에 꽂혔다.

세면실과 욕실은 침실 쪽에 설치돼 있는지 근처에는 없었다.

센고쿠가 침실로 뛰쳐나갔고 나라도 뒤따랐다. 사람이 있으면 바로 바람총을 쏠 작정이었다. 하지만 침대 두 개가 옆으로 나란히 놓여 있을 뿐이었다.

나라는 센고쿠 옆에 섰다.

"침대와 침대 사이, 아니면 침대 밑." 나라는 사람이 숨을 만한 곳을 센고쿠와 공유하기 위해 속삭였다. 거기에서 뭔가 보이면 즉시 바람총을 쏴야 한다.

"세면실과 욕실은 안쪽이로군."

남자가 누구인지는 제쳐놓고 가미노는 특별한 훈련을 받지 않았을 테니 갑자기 요란한 소리를 내면 비명을 지르지 않을까 싶었다. 하지만 그러지 않도록 남자가 가미노의 입을 막고 있을 가능성도 있다.

커튼 너머에 숨었을 가능성도 염두에 두고 수상한 움직임은 없는지 가만히 살펴봤다.

먼 거리를 상쇄할 무기, 예를 들면 총 같은 걸 남자가 소지했을 가능성도 있다. 하지만 지금까지 총을 가진 인간과 맞붙어본 경험상, 상대가 발포하는 것보다 바람총으로 움직임을 제압하는 것이 더 빠르다. 예비 동작이 거의 필요 없기 때문이다.

앞쪽 침대 뒤편에서 남자가 벌떡 일어나 총을 겨누거나 물건을 던지는 장면을 상상했다. 또는 무턱대고 덤벼드는 장면을. 하지만 뭘 어쩌든 이쪽이 더 빠르리라.

인테리어에 시선을 주었다. 나지막한 서랍장과 냉장고, 텔레비전이 보였다. 마땅히 숨을 만한 곳은 없었다.

더 몰아넣자.

센고쿠가 속삭인 후 침대를 피하는 방향으로 발을 내디뎠다.

그때 소리가 났다.

무슨 소리인지는 확실치 않았다. 침대 옆 협탁 언저리에서 들려온다는 사실을 알아차리자마자 바람총에 숨을 힘껏 불어넣었다. 센고쿠도 거의 동시에 화살을 쐈는지 협탁에 화살이 꽂히는 소리가 겹치듯이 들렸다.

바람총을 앞으로 향한 채, 어딘가에 사람 형체가 없는지 시선을 집중하며 발을 내디뎠다.

아차 싶었을 때는 이미 몸이 앞으로 기울었다. 발치에 끈 같은 것이 처져 있었다. 소리 때문에 먼 곳에 정신이 팔렸다. 앞으로 넘어지면서 바닥을 짚으려고 손을 뻗었다. 그 순간 바닥에 뿌려진 압정 모양의 물건 몇 개가 눈에 들어왔다.

상대가 의도한 대로 끌려가는 것만 같아서 화가 치밀었다. 통증이 몰려올 걸 각오했지만 옆에 있던 센고쿠가 한 손을 뻗어 잡아줬다.

그걸 노렸는지는 알 수 없다. 다음 순간 침실 옆에서 사람 형체가 튀어나왔다. 나라는 바람총이 입에서 떨어져서 당장 화살을 쏠 수 없었다. 나라를 붙잡고 있는 센고쿠도 마찬가지였다.

앞으로 다가온 남자가 팔을 휘둘렀다. 뭘 던졌지? 총소리는 나지 않았다. 통증이나 충격도 없기에 빗나갔나 싶어 얼른 화살을 쏠 동작을 취했다. 그때 화끈거리는 통증이 얼굴에 몰려왔다. 얼굴과 머리, 눈이 지져지는 느낌이었다.

열탕이다. 아무래도 끓인 물을 끼얹은 듯했다. 센고쿠도 고개를 숙이고 팔로 얼굴을 닦았다.

센고쿠의 머리가 세차게 흔들렸다. 날아온 물건에 머리를 맞았다. 물을 끓이는 데 사용하는 전기 포트다. 나라 쪽에도 물건이 날아왔다. 몸을 기울여 피했다. 드라이어가 바닥에 떨어졌다.

이 순간을 놓칠 마음은 없는지 남자가 망설임 없이 돌진했다. 나라는 안간힘을 다해 바람총을 입에 대고 훅 불었다.

하지만 화살이 튕겨나갔다. 남자는 의자를 끌어안고 있었다. 의자를 든 채 달려든다.

나라는 다시 바람총을 쏠 준비를 했다. 센고쿠가 손을 앞으로 내밀었다. 맞붙어 싸울 생각일까.

남자가 의자를 쳐들었다. 몸통이 훤히 드러났다. 예상대로였다. 나라는 조준을 마치고 바람총에 숨을 세게 불어넣었다.

화살이 꽂힌 느낌이 들었다. 원래 같으면 남자가 움직임을 멈춰야 한다. 남자는 그대로 덤벼들었다.

그때 방구석에서 전기가 통할 때처럼 파박파박, 하고 시끄러운 소리가 났다. 폭죽이라도 터뜨린 걸까.

반사적으로 시선이 그쪽을 향했다. 아차 싶어서 덤벼드는 남자에게 얼른 시선을 되돌렸다. 센고쿠가 머리를 얻어맞는 모습이 보인 직후, 묵직한 충격이 나라의 머리에도 전해졌다. 눈앞이 확 빛났다가 깜깜해졌다.

나라는 바닥에 쓰러졌다. 압정이 살에 박힌 걸 알면서도 일어설 수가 없었다.

무당벌레,
5층

나나오는 525호를 뛰쳐나왔다. 뒤에 있는 가미노를 잡아당기며 복도로 나오자마자 문을 닫았다.

떠오른 방법을 모조리 써먹었다. 전기 포트로 물을 끓이고, 시계 알람을 맞추고, 가미노에게 폭죽을 터뜨리라고 지시했다. 숨어 있다가 의자를 들고 나와서 상대를 때려눕혔다. 다만 아쉽게도 숨통은 끊지 못했다.

상대는 격투기 선수처럼 체격이 좋은 남자와 나나오만큼 키가 큰 여자였다.

바람총을 사용한다는 사실을 알고 있어서 다행이었다. 몰랐다면 대응할 겨를도 없이 화살에 맞아 끝장났을 것이다. 화살에 맞았을 경우에 대비해 객실에 있던 베개를 옷 속에 넣어두었다.

남자를 때리고 여자의 머리도 후려갈긴 후 의자가 손에서 날아가버려서 무기가 없어졌다. 상대의 머리를 양손으로 잡고 목뼈를 부러뜨려야 했을지도 모른다. 다만 남자가 완전히 의식을 잃지 않고 바로 싸울 태세를 취하려 하는 바람에 그 자리를 떠나는 것이 상책이다 싶었다.

아직 정신이 몽롱할 테니 승산은 오십 퍼센트가 넘을 것 같았다. 하지만 가미노와 함께 있는 만큼 이쪽도 위험이 늘어난다. 남자를 제압하느라 애먹는 사이 여자가 일어날 가능성도 컸다.

달아나는 편이 낫다.

이럴 때 나나오는 자신의 판단을 신뢰한다.

복도를 재빨리 나아갔다. 옆을 걷는 가미노가 쿠션을 들고 있다는 걸 알아차렸다.

"아." 가미노도 무심코 들고 나왔는지 깜짝 놀랐다. 창피한 듯이 이쪽으로 돌린 쿠션 한복판에 화살이 박혀 있었다. "밖으로 나올 때였을 거예요. 걱정돼서 돌아봤거든요."

그 덩치 큰 남자가 쏜 것이다. 쿠션이 있어서 다행이었다.

엘리베이터 홀로 향하면서 엘리베이터를 탈지 말지 고민했다. 엘리베이터가 도착하기를 기다리는 동안 덩치 큰 남자가 나타날 가능성도 있다.

"비상계단이라면 이쪽이에요. 아까 사용했거든요." 가미노가 눈치 빠르게 앞장섰다. 빨리 가지 않으면 언제 뒤에서 화살이 날아올지 모른다.

걸음을 옮기다 복도에 떨어진 물건이 눈에 들어왔다. 마이크 내장형 이어폰이라는 걸 알아차리고 주웠다. 엘리베이터 홀에서 싸운 남자가 끼고 있던 것이리라.

그사이에 가미노가 비상계단으로 통하는 문을 열었다. 미끄러지듯 계단실로 들어가서 소리에 신경 쓰며 문을 닫았다.

아래로 내려가려다가 발을 멈췄다.

"이대로 1층으로 향할까, 아니면 일단 다른 곳에 대피할까. 뭐가 좋겠어?"

마리아가 걱정돼 앞뒤 가리지 않고 호텔을 떠나고 싶었다. 하지만 급할수록 돌아가라는 말이 평소 나나오의 좌우명이었다.

물론 차분히 행동한들 불운은 찾아온다. 다만 급하게 행동했을 때는 "급하게 행동했기 때문일 수도 있어." 하고 반성할 여지가 생긴다. 잘 생각하고 행동한 결과라면 미련이 남지 않는다. "운이 나빴을 뿐이야." 하고 한탄하기 위해서는 최선을 다해야 한다. 인생을 살아오면서 그런 사고방식이 자리를 잡았다.

"네?" 제가 결정하라고요? 그런 심정이 얼굴에 드러났다.

"내가 결정하면 일이 꼬여."

"그게 무슨 말씀이신지."

"설명하면 길어. 아무튼 내가 선택하지 않는 편이 나아."

"음, 아래에는 아직 누군가 잠복하고 있을 거예요." 가미노는 그렇게 말하며 메고 있던 작은 가방을 내려놓으려 했다. 안에 든 휴대전화로 방범 카메라 영상을 확인할 생각이리라.

"그럴 여유 없어. 직감에 맡겨. 위야 아래야?"

이럴 시간에 당장 1층으로 향해야 한다는 기분이 솟구쳤다.

하지만 초조함에 휘둘려 행동하면 좋은 결과가 나오지 않는다고 스스로를 타일렀다.

"아까 그 사람들은 분명 저희가 1층으로 향했다고 판단할 것 같아요. 호텔에서 도망치기 위해."

"그렇군."

"그러니까 위쪽요. 상대의 허를 찌르는 게 좋을 것 같네요."

"알았어." 나나오는 계단을 오르다가 멈춰 섰다. "그런데 어디로 가지?"

떠오르는 곳은 한 군데뿐이었다.

무당벌레,
1121호

"무당벌레, 미안해. 실은 널 의심했어." 소파에 몸을 묻은 소다가 머리를 긁적였다. "세리눈티우스*의 기분을 이해하겠

• 다자이 오사무의 소설 『달려라 메로스』의 등장인물. 사흘 동안 메로스가 돌아오지 않으면 사형당하는 조건으로 인질이 된다

더군."

"세리눈, 뭐라고?"

비상계단을 올라 1121호로 돌아왔다. 일단 몸을 피할 장소가 소다의 방밖에 떠오르지 않았다.

잘 생각해보면 소다는 콜라와 함께 코코에게 경호 업무를 의뢰받았다. 즉, 가미노를 돕는 것은 소다의 임무라고 할 수도 있었다.

"다리는 괜찮아?" 만약을 위해 나나오가 물어보았다. 그 순간 소다가 "아직 아프네." 하고 허둥지둥 다리를 문질렀다. 어느 다리였는지 잊어버린 듯 양쪽 다 이리저리 쓰다듬었다.

"실은 무당벌레가 약속을 어기고 그대로 호텔을 떠난 것 아닐까 의심하기도 했어. 돌아가고 싶어 하는 것처럼 보였거든."

"돌아가고 싶어."

"『달려라 메로스』의 세리눈티우스처럼 마냥 기다려야 하는 신세라 힘들긴 했지만."

"자기계발서 말고 다른 책도 읽나?"

"옛날에 교과서에 실려 있기에 읽었어. 아무튼 친구를 의심하다니 정말 미안해."

"친구는 아닌데."

"경호원 노릇도 잘해줬네." 소다는 만족스러운 듯 가미노를 가리켰다. "의심해서 미안해. 메로스처럼 날 때릴래?"

"아니, 누구처럼도 안 때릴 거야."

"아, 그나저나 콜라 씨는? 그리고 코코는. 따로 행동하는 거야?"

나나오는 뭐라고 설명할지 망설였다. 그것도 잠시뿐, "둘 다 죽었어." 하고 얼른 말했다. 뜸 들일 필요는 없다. 업자가 목숨을 잃는 것은 그리 드문 일이 아니다. "이 사람 말로는." 하고 가미노를 가리켰다. 쿠션을 든 가미노는 멍하니 아무 반응도 하지 않았다.

"뭐?" 소다는 한순간 굳어버렸다.

"둘 다 죽었다고."

"콜라 씨가?"

2010호에 간 코코가 콜라로 추정되는 남자의 시체를 발견했고 그 후에 코코 본인도 습격당한 것 같다고 나나오는 설명했다.

"코코 씨와 통화하는데 누군가 오는 소리가 났어요."

겁을 먹은 건지 슬픈 건지 가미노는 말을 제대로 잇지 못했다. "다투는 소리가 난 후에 코코 씨가 죽었다고 동료에게 알리는 남자와 여자의 목소리가 들렸죠." 하고 겨우 더듬더듬 설명했다.

"콜라 씨도 그 녀석들에게?"

"글쎄." 나나오는 시치미를 뗐다. 자기가 있을 때 탁자에 머리를 부딪쳐 죽었다고는 말 못 한다.

　소다가 자신의 휴대전화를 조작했다. 뭘 하는가 싶었는데 사진을 이쪽에 보여줬다. "이 사람이 콜라 씨인데."

　"아아, 맞아. 그 얼굴이야." 나나오는 반사적으로 대답했다. 2010호에 갔을 때 맞아들여준 바로 그 남자였다.

　동시에 실수했다는 생각도 들었다. "넌 어디서 콜라 씨 얼굴을 봤는데?" 하고 물어보면 곤란하다. 코코가 2010호에서 시체를 발견했다고 설명했으니까 앞뒤가 안 맞는다.

　하지만 소다는 나나오의 말에 위화감을 느낄 여유도 없었는지 "아아." 하고 탄식하더니 온몸의 힘이 쭉 빠진 것처럼 축 늘어졌다.

　그러다 핏기 없이 창백한 얼굴로 머리를 쥐어뜯더니 숨을 몇 번 크게 내쉬었다.

　"뭐야." 잠시 후 소다가 중얼거렸다. "그래서 연락이 안 됐던 거구나."

　나나오는 소다에게 뭐라고 말하면 좋을지 몰라서 '네 마음 이해해'라고도 '마음대로 해'라고도 받아들일 수 있을 법한 제스처를 취했다.

　소다는 한동안 아무 말도 없이 호흡을 정리하듯 숨을 들이마셨다가 내뱉고 들이마셨다가 내뱉었다. 콜라와 함께했던 세월을 돌이켜보는지도 모른다. 오랫동안 함께 일했던 동료를 잃으면 기분이 어떨지 나나오로서는 상상도 되지 않았다. 하지만 그들도 지금까지 살면서 남의 인생을 빼앗아왔으니 동료의 죽음을 불만이나 불평 없이 받아들여야 이치에 맞을 것 같기는 했다.

얼마나 지났을까, 소다가 "이렇게 끝날 줄이야." 하고 나지막하게 말했다. "대체 누가 그런 거야."

"난 아니야." 의식하기도 전에 나나오는 손을 휘휘 내저으며 강한 어조로 말했다.

그야 안다는 듯한 표정으로 소다는 한숨을 내쉬더니 가미노를 가리켰다. "코코는 널 도망치게 하려고 했잖아. 그걸 방해하는 인간이 코코와 콜라 씨를 죽였다. 그런 거야?"

"육인조요." 가미노는 아직도 현실을 받아들이지 못했는지 명한 표정으로 불쑥 말을 꺼냈다. "육인조라고 코코 씨가 그러셨어요. 바람총을 사용하는 육인조라고요."

소다의 얼굴이 흐려진 것을 나나오는 놓치지 않았다. "알아?"

"그 육인조는 골치 아파. 그렇군, 육인조라."

"실력이 좋나?"

"에도라고 알아?"

"에도? 사람 이름이야?"

"이봐, 무당벌레. 아까도 말했지만 자신이 몸담은 업계에 조금은 관심을 가지도록 해. 에도는 삼십 대 중반 남자고, 원래 혼자 일했어. 상대를 괴롭히는 게 취미라 그야말로 사디스트 같은 느낌이었지. 그러다가 지금은 자기보다 어린 다섯 녀석과 함께 일해. 바람총을 사용하고."

"응, 확실히 그렇더군." 엘리베이터 홀에서 싸웠던 남자도, 525호를 찾아왔던 남녀도 통을 입에 대고 화살을 날렸다. 무용담으로 느껴지지 않게끔 주의해서 당시 상황을 설명했다.

"화살은 느닷없이 날아오잖아? 총이나 칼이 차라리 낫다고 콜라 씨가 그랬어. 콜라 씨는 정말로 해박한 사람이었는데." 소다는 곰곰이 되새기는 듯한 투로 말했다.

"언제 쐈는지도 모르겠더군. 어느덧 뒤에서 화살이 꽂히는 소리가 나더라고. 쐈다 싶었을 때는 이미 지나가버린 거지."

"아아, 거기에 딱 들어맞는 표현이 있어."

"뭔데?"

"세월은 그야말로 쏜살같구나."

나나오는 뭐라고 대답하기가 난감했다.

"하지만 당하지 않고 이겼으니 무당벌레는 역시 대단해."

"대단이고 뭐고 그냥 죽을힘을 다한 거야. 할 수 있는 일을 했을 뿐이지."

"이미 세 명이나 쓰러뜨렸잖아."

"아니, 두 명은 살아 있어. 525호에서는 달아나는 게 우선이었거든."

"무당벌레가 제일 처음에 해치운 건 가마쿠라 아니려나. 젊고 잘생기고 날씬한 녀석 맞지? 525호로 온 건 덩치가 큰 남자와 여자랬으니 센고쿠와 나라."

"잘 아는군."

"콜라 씨가 업자의 얼굴과 이름 정도는 기억해두라고 했거든." 어깨를 으쓱한 소다가 문득 웃은 것처럼 보여서 나나오는 "왜 웃어?" 하고 물었다.

"콜라 씨가 했던 이야기가 기억나서. 십 년 가까이 함께 지내면서 다양한 일을 했는데, 어째선지 고마이누• 이야기만 자꾸 떠올라. 웃기다니까."

"고마이누? 신사에 있는 그거?"

"응. 왼쪽에는 입을 다문 고마이누, 오른쪽에는 입을 벌린 사자가 귀엽게 자리를 잡고 있잖아."

"둘 다 고마이누 아니야?"

"그런 곳도 있지만, 고마이누와 사자를 하나씩 놔두는 곳도 있대. 콜라 씨는 그걸 좋아했어. 고마이누와 사자를 보는 걸."

• 신사나 절 입구에 세워 놓는 개 모양의 조각상

"신사에서?"

"응. '신사 입구를 등지고 이쪽을 향한 고마이누와 사자'랑 '옆을 향하고 서로 마주 보는 고마이누와 사자' 중에 뭐가 더 좋은지 진지한 얼굴로 나한테 물어본 적도 있어."

소다는 양손을 동물 입처럼 벌렸다 오므렸다 하며 "이쪽과" 하고, 왼손과 오른손을 마주한 후 "이쪽." 하고 양손을 나나오 쪽으로 향했다.

"확실히 두 가지 패턴이 있지." 나나오는 고마이누가 이쪽을 정면으로 바라보는 모습과 옆을 향해 서로 마주 보는 모습을 떠올렸다.

"워낙 진지한 표정이라 심각한 고민인 줄 알았는데, 그런 걸 물어봐서 웃음이 터졌어. 귀여워서 한쪽만 고르기는 힘들다나. 콜라 씨가 죽었다는 걸 알고 제일 먼저 떠오른 추억이 그 장면이라니." 소다는 또 감정이 북받친 듯 입을 다물고 눈가를 손가락으로 문질렀다.

잠시 아무도 말을 꺼내지 않는 시간이 찾아왔다. 어디선가 돌아가는 시계 초침 소리마저 들릴 것 같았다.

콜라를 잃은 소다와 코코를 잃은 가미노 사이에 끼어버린 나나오는 어떤 심정으로 있어야 할지 고민됐다. 자신도 소중한 파트너를 잃어버려야 할 것만 같은, 본말이 전도된 기분도 들었다. 그렇다고 숙연한 표정을 짓기는 꺼려졌다.

"뭐, 언젠가는 이렇게 될 줄 알았어." 소다는 스스로를 타이르 듯 말을 꺼냈다. "콜라 씨가 옛날부터 그랬지. 우리는 남들에게 피해를 입혔으니까, 언젠가 당할 때가 와도 불평은 못 한다, 각오해두라고. 그런 책도 있었던 것 같아.『남에게 한 일은 돌아온다』였던가."

소다는 책의 제목만 읽는 것 아닐까 나나오는 의심을 품었다. "뭐, 그런 게 세상 이치일지도 모르지." 나나오는 호주머니에 손을 넣었다. 손가락에 뭔가 닿기에 꺼내보자 이어폰이었다. 가마쿠라가 떨어뜨린 물건이다.

"그건 뭐야?" 소다가 눈치 빠르게 알아보고 물었다.

"육인조 중 한 명이 끼고 있던 거. 동료와 연락하는 용도겠지." 이어폰을 귀에 가까이 댔지만 아무 소리도 들리지 않았다. 스위치가 꺼져 있었다. "이걸로 놈들의 대화를 엿들을 수 없을까?"

"좋은 생각이야."

나나오는 조심스레 스위치를 켜고 이어폰을 귀에 댔다. 이쪽 목소리가 들릴 수 있으므로 나나오는 입을 꼭 다물고 숨소리를 낮췄다.

무당벌레,
1121호

"헤이안, 아직 그것들이 어디 있는지 못 찾았어?" 나나오
가 귀에 꽂은 이어폰에서 남자 목소리가 들렸다.

나나오는 소다와 가미노를 보며 입에 검지를 댔다.

"지금 영상을 뒤지는 중이야. 가미노 유카와 그 남자, 5층 복
도 카메라에 다시 잡혔거든."

"그 자식, 누구야? 센고쿠와 나라는 그 방에서 얼굴 봤잖아."

"상황이 너무 급박해서 제대로 못 봤어. 아무튼 일반인은 아
니겠지. 아니지, 어디선가 본 적 있는 것 같기는 한데. 어디서 봤
더라."

"나라는 괜찮아?"

"괜찮겠어? 그 자식이 머리를 힘껏 후려갈겼단 말이야. 끓는
물도 퍼부었고. 화끈거리고 쓰라려 죽겠네."

"일단 치료하는 편이 좋겠군."

"에도 씨, 진담이야? 안 괜찮다는 건 화를 주체하지 못하겠다
는 뜻이야. 이런 꼴을 당했는데 어슬렁어슬렁 퇴장할 수는 없잖
아. 몇 배로 갚아줘야 직성이 풀리겠어. 꽁꽁 묶어놓고 얼굴에
끓는 물을 잔뜩 퍼부을 거야. 그 정도는 해야지."

이야기를 듣고 있던 나나오는 절로 인상이 찌푸려졌다.

"헤이안, 절대로 놓치면 안 되니까 출입구를 꼼꼼히 확인해." 나라가 재촉했다.

"안 그래도 확인하고 있어. 프런트가 있는 1층 정면 출입구나 뒷문 두 개, 밖으로 나가는 길은 그게 다야. 녹화된 영상을 쭉 돌려봤는데 가미노 유카와 남자가 드나드는 영상은 못 찾았어. 아직 건물 안에 있을 거야."

"거기를 감시하지 않아도 되나? 아무리 헤이안이 감시하고 있어도 막무가내로 달려서 뛰쳐나가면 혼자서는 못 막잖아. 우리가 감시하러 가는 편이 나을 것 같은데." 센고쿠가 말했다.

"아니, 센고쿠와 나라는 호텔 안을 계속 찾아봐. 출구에 우두커니 서 있는 건 바보 같은 짓이야. 시간 아깝다고. 그렇잖아."

"그러다 도망치면 어쩔 건데, 에도 씨." 나라가 물었다.

"걱정하지 마, 출입구를 감시할 녀석들은 따로 불렀으니까."

"불렀다니? 그게 무슨 소리야?"

"아, 지금 호텔 출입구 쪽 카메라에 잡혔어. 이 남자들이야? 줄줄이 들어오는데. 감시 부대?"

"부르자마자 냉큼 달려오는 업자니까 유능하지는 않지만, 없는 것보다는 낫겠지. 출입구를 틀어막고 시간을 벌어주는 역할 정도는 해줄 거야."

"이 어중이떠중이들이 도움이 되면 좋겠네."

"헤이안, 녹화 영상에서 가미노 유카를 도와주는 남자의 얼굴을 건질 수는 없을까? 감시 부대에게 보내고 싶은데."

이어폰으로 대화를 듣고 있던 나나오는 내 얼굴, 하고 뺨에 손을 댔다.

"알았어. 아까 그 화면을 사진으로 찍어서 공유 메시지로 보낼게."

"만약을 위해 이누이에게도 보내. 그 남자가 업자라면 알지도 몰라. 어쨌든 출입구는 감시할 테니 센고쿠와 나라, 헤이안은 호텔 안에 있는 가미노 유카를 찾아내."

"그 자식, 어디서 분명 봤는데."

"센고쿠, 기억해내."

어디선가 경쾌한 소리가 들렸다. 이어폰을 끼고 있는 사람 중 누군가의 휴대전화에 메시지가 수신됐는지도 모른다.

"방을 모조리 살펴볼 수는 없으니까, 헤이안, 빨리 실마리를 찾아내. 비상계단을 사용했더라도 카메라에는 잡혔겠지. 하다 못해 몇 층인지만 알면 하나씩 뒤져볼 수 있잖아." 나라가 닦달했다.

"카메라가 얼마나 많은지도 모르면서. 실시간 영상을 보면서 녹화 영상도 확인해야 하니까 만만치 않아. 시간이 걸린다고."

"그나저나 가마쿠라의 시체는 어떻게 할까?"

"센고쿠, 525호에 놔둘 수 있나? 이누이에게 부탁해서 정리할 업자를 부르려고 하는데."

"놔두고 가는 거야 문제없지."

"사진을 찍어놔."

"가마쿠라의?"

"시체의 얼굴 사진을 돈 주고 사는 인간도 있거든."

"아아. 알았어."

"어, 난 어쩌면 될까?"

"아스카는 아직 2010호에 있나?"

"응. 코코의 시체도 그냥 놔둬도 돼?"

"그렇게 해. 그쪽도 이누이에게 부탁할게."

또 어디선가 메시지 수신음이 울렸다. 그들의 휴대전화에서 나는 소리이리라.

"아, 그러고 보니 코코의 시체를 욕실로 옮겼는데, 거기 한 명 더 있더라고."

"한 명 더? 누군데?"

"한 구 더라고 해야 하나. 모르는 남자. 이미 죽었어."

"성가시게 됐군."

"코코가 그런 걸까?"

"그럴 수도 있어. 어쩌면 가미노를 지키는 남자 짓일지도 모르지."

"이 호텔, 체크인하면 죽는 거 아니야?"

콜라의 시체를 발견한 것이리라. 나나오는 소다의 얼굴을 힐끔 살폈다. 또 어디선가 수신음 같은 소리가 들렸다.

"2010호를 좀 정리하고 나서 아스카도 5층에 합류하도록 해."

"그래, 그래, 알았어."

나나오는 일단 귀에서 이어폰을 빼고 정밀기계라도 다루듯이 아주 조심스럽게 스위치를 껐다.

"어때? 뭐래?" 소다가 물었다.

"다들 화가 났어."

"뭐, 무당벌레 때문에 육인조가 다섯 명으로 줄었으니 화날 만도 하지."

나나오는 방금 이어폰으로 들은 이야기를 설명해줬다. 다섯 명이 된 육인조가 감시 요원을 동원해서 호텔 출입구를 지키고 있다고.

가미노의 얼굴이 새파랗게 질렸다. 몸이 안 좋으면 소파에 잠시 눕는 게 어떻겠느냐고 말할까 하다가 그렇게까지 친절하게 대해줄 필요가 있을까 싶기도 했다.

"저쪽은 어디선가 방범 카메라 영상을 샅샅이 확인하는 모양이야. 이쪽도 활용하는 편이 좋겠군. 호텔의 방범 카메라 영상을 보여주지 않겠어?" 나나오는 가미노에게 부탁했다.

"아, 네." 가미노는 몸을 움찔하더니 한순간 이쪽 세계로 돌아왔다는 듯한 표정으로 휴대전화를 조작했다. 나나오가 화면을 보려고 하자 소다도 얼굴을 들이댔다.

"확실히 뒷문 같은 곳에 수상한 놈들이 있어. 정면에도."

출입구 쪽 방범 카메라 영상에 운동복을 입은 패거리가 비쳤다. 택시를 안내하는 호텔 직원에게서 조금 떨어진 곳에 가방을 놓아두고 서 있었다.

"그냥 숙박객 아닐까요?" 믿고 싶지 않은지 가미노가 매달리듯 말했다.

"그럴 수도 있고, 저쪽에서 부른 어중이떠중이일 수도 있겠지."

"어중이떠중이?"

이어폰에서 들린 여자 목소리가 빈정거리듯이 그렇게 말했다고 나나오는 설명했다.

"참 별로네." 소다의 말에 나나오는 시선을 주었다.

"별로라니?"

"그런 소리를 하는 인간은 어차피 자기는 어중이떠중이가 아니라고 생각하거든."

"그건 그래."

"남과 비교하는 것 외에는 행복을 얻을 줄 모르는 인간인 거지." 소다가 입을 삐죽 내밀었다.

"그게 무슨 말씀인가요?" 가미노가 물었다.

"무슨 말씀이고 뭐고 그 말 그대로의 의미야. 전에 콜라 씨에게 '남을 질투하거나 부러워한 적은 없어요?' 하고 물어봤어. 난 늘 그랬거든. 대활약하는 스포츠 선수를 보면 저런 사람이 되고 싶다고 부러워하거나, 저 사람처럼은 될 수 없다고 침울해하곤 했지. 그래서 콜라 씨도 똑같을 줄 알았는데 '없어. 전혀 없어' 하고 재깍 대답하더라고."

깜짝 놀란 소다가 "부러워하지 않는다고요?" 하고 목소리를 높이자 콜라는 오히려 어리둥절한 표정으로 "매화나무가 옆에 있는 사과나무를 신경 써서 어쩌자는 거야?" 하고 대꾸했다고 한다. "매화나무는 매화꽃을 피우면 돼. 사과나무는 사과를 맺으면 그만이고. 장미꽃과 비교한들 아무 의미도 없어."라고.

나나오는 이야기가 엇나갔다고 지적하고 싶은 한편으로 자신이 소다가 들려준 콜라의 말을 곱씹고 있다는 것도 깨달았다. 저주받은 것처럼 불운만 계속되는 인생을 원망하며 남을 부러워한 적이 참 많았다. 다른 인생을 살면 얼마나 좋을까, 좀 더 평화로운 일상을 보내고 싶다고 몽상한 적도 한두 번이 아니었다.

사과나무는 사과를 맺으면 된다. 장미꽃을 피울 수 없다고 해서 뭐 어쩌란 말인가. 나나오의 머릿속에서 소다의 말이 메아리쳤다.

가미노도 곰곰이 생각하는 듯한 표정을 지었다. 소다는 두 사람의 반응에는 아랑곳없이 "아, 그러고 보니." 하고 화제를 바꾸었다. "요즘 호텔 엘리베이터는 기다리는 사람에게 엘리베이터의 현재 위치를 알려주지 않아. 알고 있었어?"

무슨 의도로 물어보는 건지는 정확히 알 수 없었다. 확실히 윈튼팰리스 호텔에서는 엘리베이터 홀에서 기다릴 때 엘리베이터가 있는 층수는 표시되지 않는다. 층수가 표시되는 부분이 아예 없다.

"그거, 손님이 초조해하지 않도록 하기 위한 조치래."

"초조해하지 않도록?" 나나오는 의아했다. 엘리베이터가 어디 있는지 알아야 기다리는 시간이 예상되니까 스트레스가 덜할 것 같았기 때문이다.

"엘리베이터는 순서대로 오지 않을 때도 있다나 봐. 효율적으로 사람을 실어 나르기 위해 일부러 지나가기도 하는 거야. 하지만 기다리는 손님 입장에서는 그냥 지나가면 화나겠지?"

"그렇군."

"그래서 엘리베이터 위치를 알려주지 않는 거래. 현재 위치를 모르는데 지나갔는지 안 지나갔는지 어떻게 알겠어? 어차피 보

777

이지 않으니까 기다리는 사람 입장에서는 엘리베이터가 지나가 건 말건 상관없어. 아, 그런 이론이 있는데? 옛날에 콜라 씨에게 배웠어."

"이론?"

"양자역학이었던가. 관측할 때까지 위치가 결정되지 않는다 나, 상태가 결정되지 않는다나 그런 내용. 그거랑 똑같아. 요컨 대 엘리베이터의 장소를 관측할 수 없으면, 엘리베이터가 어디 에 있든 무관하다는 말씀."

"어려운 이론을 잘 아는구나." 나나오는 순수하게 감탄했다.

"무슨 고양이 이야기도 콜라 씨에게 들었는데."

"고양이?"

"양자역학에 고양이가 나오는 이야기가 있지 않나? 몰라?" 소 다가 가미노에게 물었다.

"어, 슈뢰딩거의 고양이 말씀이세요?"

"그래, 맞아. 그거야."

"관측할 때까지 고양이의 상태가 확정되지 않는다는 내용의 사고실험이죠."

"콜라 씨도 그렇게 말했어. 고양이의 상태가 어떤지는 관측할 때까지 모른다고. 뭐, 무슨 취지인지는 전혀 못 알아들었지만. 어쨌든 그거, 답이 뻔하잖아."

220

"답? 뭐가 뻔한데?"

"관측하든 관측하지 않든 고양이는 귀여워."

"네?" 가미노가 당황한 듯한 반응을 보였다.

그러시겠지, 하고 나나오도 김샌 목소리로 맞장구를 쳤다.

"논의할 필요도 없어. 관측하지 않아도 알아." 소다는 실감을
담아서 천천히 고개를 끄덕였다. "슈뢰딩거 씨는 몰랐던 거겠
지. 고양이는 관측하지 않아도 언제나 귀엽다는 걸."

"대체 무슨 이야기였더라?" 나나오는 끼어들지 않을 수 없었
다. 관측이 뭐 어쨌다는 건가. 그때 갑자기 머릿속에서 뭔가 번
뜩였다. "직원용 엘리베이터를 사용하면 어떨까?"

"직원용 엘리베이터요?"

"그쪽이 보통 엘리베이터보다 발견하기 어렵지 않을까?" 방범
카메라도 고객용 엘리베이터에 비하면 덜 엄중하게 설치하지
않았을까, 따라서 그야말로 관측하기 어렵지 않을까 싶었다.

"좋은 생각 같은데. 다만 직원용 엘리베이터가 있는 구역으로
가려면 IC카드가 필요해. 복도에 있는 직원 전용 문을 열어야
하거든."

"아아, 그렇군." 나나오는 아쉬운 마음으로 가미노를 바라봤
다. "코코는 2010호에 그걸 가지러 갔었다고 했나."

가미노는 고개를 끄덕였다. 코코와 나눈 대화가 생각났는지

또 눈이 젖어들었다.

"콜라 씨가 가져왔어. 콜라 씨는 준비성이 좋거든. 두 수 앞까지 내다봤던 거지."

그런데도 그런 사고로 죽어버린 건가. 콜라의 마지막 순간을 떠올린 나나오는 미안한 기분에 사로잡혔다. 아무리 만반의 준비를 해도 예상치 못한 사고는 피할 수 없는 법이다.

"이 손목시계에도 콜라 씨의 아이디어가 담겨 있어." 소다가 고급 명품 손목시계를 이쪽에 보여줬다.

나나오는 콜라도 비슷한 시계를 차고 있었던 것이 생각나서 "사과나무는 사과를 맺으면 된다고 했던 사람이 왜 고급 손목시계를 산 걸까." 하고 소박한 의문을 꺼냈다.

소다는 두 팔을 벌리고 말했다. "난 남에게 과시하려고 샀지만, 콜라 씨는 내게 맞춰줬을 뿐일 거야. 디자인도 내가 고른 게 마음에 든다면서. 어쩌면 돈은 많았으니까 명품을 한번 사보고 싶었던 건지도 모르지. 결국 고급 손목시계를 사도 그렇게 만족스럽지는 않았던 모양이지만."

"아이디어는 뭔데?"

"여럿에게 둘러싸였을 때를 대비한 아이디어."

"그 시계가 도움이 돼?"

이 시계를 줄 테니까 놓아달라고 교섭하는 걸까. 나나오가 그 생각을 들려주자 "응, 맞아." 하고 소다는 웃으며 고개를 끄덕였다. "욕심 많은 인간이라면 탐낸다는 것이 이런 고급 시계의 이점 중 하나지."

"그런다고 해결되려나."

"그것 말고 다른 사용법도 있지."

소다의 설명을 들어도 나나오는 과연 그게 통할까 반신반의하며 천장을 올려다봤다. 저 위쪽에 있는 2010호의 위치를 확인하려는 마음도 있었다. "IC카드를 가지러 가는 것도 한 가지 방법인가."

"그 방에 누가 있지는 않을까요?" 가미노가 겁에 질린 표정으로 말했다. 코코 꼴이 나기는 절대로 싫은지 목소리가 떨렸다.

"아까 들은 이야기로는 아스카라는 여자가 있었는데, 525호로 내려가려는 것 같았어."

"기회라고 한다면 기회일지도?" 소다가 말했다.

"아니." 나나오는 중요한 사실을 깨달았다. "잘 생각해보면 2010호에 간다고 쳐도 발견될 위험성은 똑같아. 이동하면 방범 카메라에 잡힐 가능성이 있으니까."

오히려 위험을 무릅쓰면서까지 직원용 엘리베이터에 연연할 필요는 없을 것도 같았다.

그러자 소다가 "좋아." 하고 일어섰다. 왜 그러나 싶어 나나오

777

가 바라보자 "나라면 갈 수 있겠네." 하고 말했다.

"무슨 소리야?"

"두 사람은 얼굴이 드러났잖아. 카메라에 잡히면 바로 경계해서 누군가 쫓아오겠지. 하지만 난 아직 드러나지 않았어. 그렇지? 2010호에 가서 IC카드를 가져오는 것 정도는 식은 죽 먹기야. 그러기 위해 지금까지 이 방에 몸을 숨기고 있었다고도 할 수 있어."

"과연 그렇군." 나나오는 수긍했다. "하지만 위험하긴 해. 우리보다는 낫더라도 놈들이 노릴 가능성이 아예 없지는 않으니까."

"그때는 그때고. 오히려 콜라 씨의 원수를 갚을 수 있으니까 날 노려준다면 고맙지."

콜라의 목숨을 빼앗은 것은 육인조가 아니라 호텔방에 있던 대리석 탁자 모서리라는 사실은 덮어뒀다.

요모기,
2층 레스토랑

"병어푸알레*입니다. 밑에 있는 것은 셀러리악쿨리**입니다. 같이 드시기 바랍니다." 생선 요리가 나왔다.

웨이터가 물러가자 요모기 장관이 "긴장되지 않습니까? 나는 숨 쉬는 것도 무서울 정도예요." 하고 말했다.

신변의 위험을 느꼈나 싶어 이케오는 경계하는 눈빛으로 주변을 둘러봤다. 레스토랑은 널찍했고 다른 손님들도 꽤 멀리 떨어진 탁자에 앉아 있었다.

"요리를 설명해주는 시간이 신성한 의식을 치르는 시간 같아서요. 설명도 제대로 들어야 하고." 그렇게 말하며 요모기 장관이 웃었다.

"아, 요리를 설명하는 시간요."

"예전에 총리를 부르려다 '요리'라고 잘못 부른 적도 있었죠."

"아이고, 아찔하셨겠네요."

• 기름이나 버터를 두른 프라이팬에 재료를 넣어 볶거나 소량의 액체를 넣어 찌는 조리법
•• 과일이나 채소를 갈아서 만든 걸쭉한 소스

긴박한 분위기를 조금 풀어주려 한다는 것을 알았다.

요모기 장관이 나이프와 포크를 들었다. 이케오도 따라서 통통하니 맛있어 보이는 생선 요리에 나이프를 댔다.

"사고에 대해서 조사해봤습니다. 장관님의 가족이 돌아가신, 3년 전 그 사고에 대해서요. 이런 말씀을 드리는 건 내키지 않습니다만, 그건 돌발적인 사고가 아니라 계획적인 사고 아니냐는 소문이 있어서요."

머뭇머뭇 요모기 장관을 바라봤다. 표정은 흐려지지 않았다. 그 이야기를 들어본 적이 있는 것이리라.

요모기 장관과 공감대를 형성했다는 느낌이 들었다. "그 사고는 운전자의 음주운전이 원인이었습니다."

"그랬죠." 요모기 장관의 말에 힘이 들어갔다. 평소는 모든 일에 달관한 것처럼 가볍게 행동하는 편이었는데, 감정을 한껏 억누르고 있을 뿐인지도 모른다. 이제 드디어 본심을 들을 수 있지 않을까 이케오는 기대를 품었다.

"그 운전자가 사고를 일으킨 건 물론이고, 죽어버린 것도 용서할 수 없습니다."

이케오는 고개를 끄덕이듯 머리를 숙이고 접시에 남은 병어를 포크로 찍어서 입에 넣었다. 바르르 떨리는 손을 남의 손처럼 바라보며 입을 열었다.

"제 지인이 사고가 발생하기 전에 그 운전자를 봤다는군요. 그걸 최근에 알았습니다."

"네?" 요모기 장관이 살짝 놀랐다.

됐다, 하고 이케오는 속으로 쾌재를 불렀다. 모르는 정보를 제공하는 사람은 중하게 쓰이는 법이다.

"지인은 사고 현장 몇백 미터 앞에 있었다고 합니다. 사고가 나기 직전, 근처에 재미있는 간판이 있어서 휴대전화로 사진을 찍었는데, 그 사진에 차도 같이 찍혀 있는 걸 최근에 알아차렸대요."

"그건." 요모기 장관이 가까워 보였다. 실제로 몸을 내밀었는지도 모른다. "그 차였습니까?"

가족을 순식간에 빼앗아간 증오스러운 그 차라는 말이 들리는 것 같았다.

"갓길에 정차 중이었던 것 같더군요."

이케오는 휴대전화에 그 사진을 띄워서 요모기 장관에게 보여줬다. "지인이 보내준 겁니다."

요모기 장관이 사진을 가리켰다. "여기 인도에 있는 사람은."

"바로 그겁니다." 목소리가 커진 것을 스스로도 알 수 있었다. 그것 때문에 온 겁니다, 하고 말하고 싶었다. 체격 좋은 남자가 사진 속의 차 바로 옆에 서 있었다. 사고를 낸 차는 수입차라 운전대가 왼쪽에 달려 있으므로 운전자와 이야기를 하는 모습처럼 보이기도 했다. "물론 사고와 관계없을 가능성도 있습니다. 그저 여기서 아는 사람과 만났든지, 음주운전을 했으니 다른 말썽이 생겼을 뿐인지도 모르죠."

"하지만 사고와 관계있을 가능성도 있다." 요모기 장관이 심각한 표정으로 말했다. "그런 거죠?"

"그렇습니다. 유일하게 방범 카메라가 있었던 현장 부근의 술집을 찾아내서 영상을 확인하려 했는데요."

"네."

"부서졌다는군요."

"네?"

"카메라가 부서졌어요. 평소 카메라에 관심이 없었는지 술집 주인은 언제 부서졌는지도 모르더군요. 아무튼 녹화는 안 됐습니다."

"뭔가 있다고 볼 수도 있겠군요."

이케오는 고개를 끄덕였다.

역시 사고의 배후에 누군가의 흉계가 있는 것 아닐까요. 말하지 않아도 그 생각이 전해졌음을 이케오는 직감했다.

가미노,

1121호

가미노는 호흡을 가다듬었다.

심호흡이나 스트레칭이 의외로 효과가 있거든. 코코에게 그 말을 들은 것이 아주 옛날처럼 느껴졌다.

"앉아서 좀 쉬지?" 나나오가 제지해도 가만히 있을 수가 없었다.

"하지만 고맙네요."

"딱히 선의에서 행동하고 있는 건 아니야. 나도 여기서 나가고 싶어서 그러는 거지."

"아아, 그게 아니라, 아까 그분요. 소다 씨랬나요?"

"아, 그쪽." 나나오가 즉시 대꾸했다. "직원용 IC카드를 찾아오기 위해 움직여주다니, 확실히 고맙긴 해."

"착한 분이시네요."

나나오는 당혹스러운 표정을 지었다. "아니, 이 업계에서 일하고 있으니까 착한 사람은 아니지. 나랑 소다 그리고 당신이 고용한 코코도 위험하고 불법적인 일을 해왔어. 착할 리가 있나."

"그래도……"

가미노는 들고 있던 휴대전화를 들여다봤다. 호텔 내부의 방범 카메라 영상이 표시되고 있었다. 다만 배터리가 얼마 안 남아서 걱정됐다. 나나오에게 말하자 "충전기가 어디 없으려나." 하고 소다의 짐을 뒤졌다.

가미노는 아무 생각도 하지 말라고 스스로를 타일렀다. 코코에게 생긴 일이나 이누이에게 붙잡히는 상황, '기분 나쁜 소문' 등에 생각이 미치면 그것만으로도 정신 상태가 무너진다. 깊이 생각하지 말고 표면만 보라고 자기 자신에게 지시를 내렸다. 부탁이니까 제발 생각하지 마.

휴대전화 화면은 분할 표시되는 상태다. 그중에서 좌상단에는 20층 엘리베이터 홀, 그 옆에는 가미노와 나나오가 아까까지 있었던 5층 복도가 비치도록 고정해뒀다.

"소다 씨, 20층에 도착했네요. 카메라에 잡혔어요."

동시에 가미노의 휴대전화에 메시지가 수신됐다. 소다가 보낸 것으로 "20층에 도착했어."라고 적혀 있었다.

"칼 같군."

"저희를 버리고 호텔을 떠나도 되는데 20층에 다녀오겠다는 약속을 지키다니 성실하시네요."

"뭐, 원래는 그들의 임무였잖아. 내가 휘말렸을 뿐이지." 나나오는 시계를 확인하고 얼굴을 약간 찌푸렸다. "그러고 보니 육인조는 왜 당신을 쫓는 거야?"

5층 엘리베이터에서 만난 후, 525호와 1121호로 바쁘게 이동하느라 자세한 설명을 못 했다는 걸 이제야 깨달았다. 막무가내로 나나오를 이리저리 휘두른 셈이다. 이만큼 뻔뻔하게 남에게 의지한 적은 난생처음이었다.

"육인조라기보다는 이누이 씨가 절 쫓고 있어요. 이누이 씨가 육인조를 고용한 거죠."

"이누이?" 나나오가 시선을 약간 위로 향했다. 머릿속 한구석에 남아 있는 기억을 끄집어내려고 애쓰는 표정이라, 한번 들은 이야기는 바로 생각나는 가미노로서는 부러울 따름이었다. 떠올리고 싶지 않은 일도 내내 머릿속에 들러붙어 있다.

"이누이 씨를 아세요? 저, 이누이 씨 밑에서 일했어요. 암기가 특기라서."

"암기?"

"암기랄까, 기억력이 남들보다 훨씬 좋아요. 모든 걸 기억할 수 있거든요."

나나오가 빤히 바라봤다.

"이누이 씨의 업무에 관련된 정보도 전부 기억하죠."

"예를 들면?"

"계좌번호, 카드번호, 메일 주소, 메시지 내용 등등 이누이 씨가 보여준 것 전부 다요."

"정말로?"

"그럼요."

"굉장한걸."

"몹시 괴로워요."

"그렇겠지. 괴롭겠어."

가미노는 조금 놀랐다. '엄청난 기억력'에 관해 이야기하면 대부분 부러워하기 때문이다.

"아니, 당신이 얼마나 힘든지 이해하는 건 아니야. 남의 괴로움은 상상하고 싶지도 않고. 다만 난 잊어버리고 싶은 일뿐이거든. 지금까지 실패했던 일과 겪어온 불운을 모조리 기억한다면? 생각만 해도 오싹해."

아아, 하고 가미노는 과장되게 표현하자면 감동했다. 지금까지 살아온 괴로운 인생에 공감을 받은 것 같은 기분이었다.

"아무튼 그 굉장한 기억력 때문에 이누이에게 쫓기고 있다는 건가." 구체적인 내용은 알고 싶지도 않은지 나나오는 자세히 물어보려 하지 않았다. 흐름을 대충 알면 그다음은 아무래도 상관없다는 듯한 태도였다. "그래서 이누이가 당신을 붙잡기 위해 육인조를 보낸 거고."

"네. 이 호텔에 숙박하다가 도망치기 위해 코코 씨와 합류했는데, 그렇게 됐네요."

아주 옛날 일 같았지만 시간으로 따지면 몇 시간 지나지 않았
다는 사실에 놀랐다. 윈튼팰리스 호텔을 상징하는 '죽고 싶어도
죽을 수 없는 호텔'이라는 말이 아주 얄궂게 느껴졌다. 예상치
도 못한 위험이 차례차례 발생해서 어떻게든 살아남기 위해 기
를 쓰고 있는 건 사실이다.

　"이야, 화살총을 쏴대는 그런 업자한테 쫓기다니, 당신도 큰일
이로군."

　나나오가 동정하는 투로 말했다.

　"인생에서 한 번 정도는 잭팟을 터뜨려보고 싶어요." 가미노
는 무심코 그렇게 말했다.

　"응?" 나나오가 이쪽을 보았다.

　"슬롯머신에서 7이 세 개 나오는 걸 잭팟이라고 하죠?"

　"최고 당첨금을 따낸 거지."

　"어떤 사람에게 들었어요. 어릴 적에 아버지가 슬롯머신 장난
감을 사준 이야기였죠. 시험 삼아 레버를 당겨봤는데, 몇 번을
해봐도 잭팟이 나오지 않았대요. 너무 안 나오니까 불안해져서
아버지에게 '이렇게 운이 없어도 괜찮을까' 하고 물어봤대요. 아
버지와 자신의 인생이 불안해져서요."

　어쩜 이럴 수가 있지? 아빠, 앞으로 우리는 어떻게 될까.

　괜찮아, 이런 곳에 운을 쓸 필요 없어.

"남의 일 같지 않군. 그 아이의 마음이 이해돼."

나나오가 상상했던 것 이상으로 실감 어린 반응을 보여서 가미노는 조금 놀랐다.

"정말요?"

"가슴이 쓰라릴 만큼. 그래서, 그 이야기가 어쨌는데?"

"그냥 생각이 났어요. 저도 지금까지 잭팟은커녕 7이 하나도 나오지 않는 인생을 살아왔으니까요."

고장 나서 잭팟이 절대로 나오지 않는 슬롯머신을 계속 돌리고 있을 뿐이다.

"내 인생은 슬롯머신을 돌리려고 하면 레버가 망가지는 식이었어."

"운이 없다는 말씀이신가요?"

"주문한 치즈케이크에 실수로 시치미*가 뿌려져 있어도 놀라지 않을 정도로는."

"치즈케이크에 시치미는 의외로 잘 맞아요." 가미노는 저도 모르게 말했다.

나나오가 어리둥절한 표정을 지었다.

---

* 고춧가루를 기본으로 깨, 진피, 평지, 삼씨, 산초 등을 빻아서 섞은 조미료

"유즈코쇼*와도 어울리고요."

나나오가 인상을 찌푸렸다. "글쎄. 먹어보지 않으면 모르겠지만 난 표준적인 맛이면 충분해."

"한번 드셔보세요."

"기회가 있다면." 나나오는 그렇게 말한 후 "지금 몇 시지?" 하고 가미노에게 물었다. 대답하자 나나오는 한숨을 쉬었다.

"뭔가 할 일이 있으세요?" 스스로 생각하기에도 어리석은 질문이다 싶었다. 나나오의 일정을 확인하지도 않고 막무가내로 도와달라고 떼를 쓴 건 이쪽이다.

"할 일이 있으면 돌려보내줄 거야?" 나나오는 또 한숨을 길게 내쉬었다. "이미 말려들었으니 보내준대도 당장 돌아갈 수는 없겠지만."

"죄송해요." 가미노로서는 사과하는 수밖에 없었다. "일이 이렇게 될 줄은."

"아."

뭔가 중요한 사실이 떠올랐다는 듯한 나나오의 목소리에 가미노는 몸을 움찔했다.

"이누이의 업무에 관련된 정보는 뭐든지 머릿속에 들어 있다

• 유자 껍질과 풋고추를 섞어서 만든 조미료

고 했지?"

"네."

"그럼 마리아의 연락처도 아는 거 아니야?"

"네?"

"아아, 마리아라고 업무상 동료가 있는데, 동료랄까, 마리아가 일을 얻어 와서 내게 넘겨준달까, 아니, 얻어 온다기보다 멋대로 주문을 받는다고 해야 할지도 모르겠군." 나나오의 설명은 갈피를 잡기가 힘들었다. 올바르게 설명하기 위해서가 아니라 자신과 마리아의 관계성을 새삼스레 재확인한 탓인 듯했다. "같은 업계니까 이누이도 마리아와 업무상 관계가 있는지도 몰라. 그렇다면 당신이 외웠을 가능성도 있지 않을까 싶어서."

"그분인지 아닌지는 모르지만 마리아 씨라는 분의 연락처는 알아요." 나나오의 말을 들은 순간 메일 주소가 머릿속에 떠올랐다.

나나오는 손뼉을 짝 치고 그 소리에 스스로 놀랐다. "알려줘. 아니, 당신 휴대전화로 메시지를 보내줘. 내 건 망가졌거든."

마리아가 연극을 보러 가기로 했는데 극장에서 습격당할 가능성이 있으니 경고해야 한다고 나나오는 설명했다.

거짓말을 하는 것처럼 보이지는 않았다. 거짓말할 이유가 있을 것 같지도 않았다. 가미노는 기억을 참조해 휴대전화에 메일 주소를 입력했다.

"어, 메시지를 보내주려고?" 나나오가 의외라는 듯 말해서 가미노는 당황했다.

"안 되나요?" 허둥지둥 휴대전화에서 손가락을 뗐다.

"아니, 나 같으면 날 도와줘야 협력하겠다고 거래를 제안할 테니까. 바로 부탁을 들어줘서 놀랐어."

"아아." 가미노는 고개를 끄덕였다. 그런 거래를 해야겠다는 생각은 전혀 떠오르지 않았다. "확실히 그러네요."

"꼭 그래야 하는 건 아니고." 나나오는 약간 조바심이 났는지 손을 좌우로 세차게 흔들었다.

"걱정하지 마세요. 목숨이 달린 일이니까 얼른 연락해야죠." 가미노는 주저 없이 전달할 내용을 전부 입력하고 메시지를 보냈다. "잘 수신돼서 읽어주시면 좋을 텐데요."

이것 참, 이렇게 친절할 수가, 하고 나나오가 놀란 표정으로 두 손을 마주 모았다.

이 정도 일로 그렇게 고마워하실 것 없어요, 하고 말하는 가미노에게 나나오는 "큰 도움이 됐어. 정말 고마워." 하고 진심으로 감사를 표했다.

쑥스러움을 감추려고 가미노는 휴대전화 화면으로 눈을 돌렸다가 비명을 내질렀다.

"어, 왜 그래?" 나나오가 불안한 듯 가까이 다가왔다.

화면 속에서 두 남녀가 5층 복도를 지나가는 참이었다. "아까 그 두 명이 이동했어요."

"뭐?"

"방에서 나와서 재빨리 지나가는 모습이 카메라에 잡혔어요."

나나오가 화면에 얼굴을 들이대고 노골적으로 난감한 표정을 지었다. "잠깐만 있어봐. 어디로 가는 걸까."

나나오는 이어폰을 꺼내서 귀에 끼웠다. 육인조의 대화를 듣기 위해서다. 잠시 이야기에 집중하는 듯한 표정을 짓더니 이어폰을 빼고 "딱히 움직임이 있는 것 같지는 않은데. 우리가 몇 층에 있는지도 아직 알아내지 못한 분위기였어." 하고 말했다.

"하지만 방금 카메라 앞을 지나갔는걸요. 여기, 5층 엘리베이터 홀이에요."

나나오가 옆에서 화면을 들여다봤다. "확실히 아까 그 두 명이야. 음, 센고쿠와 나라랬나."

"밑에서 모이려는 걸까요?"

"위로 향한다면 여기로 올 가능성도 있어."

화면이 작아서 엘리베이터의 상승과 하강 버튼 중 뭐에 불이 들어와 있는지는 보이지 않았다.

"잘못 판단했나." 나나오가 불쑥 말했다.

"뭐를요?"

"IC카드는 내버려두고 소다와 함께 행동했어야 전력에 보탬이 됐을지도 몰라."

"어쩌죠?"

"저 두 명이 찾아오지 않길 바라는 수밖에."

"하지만 이 방이 들통났다면, 어째서요?"

"방범 카메라 영상을 뒤져서 나랑 당신이 11층에 도착하는 모습을 찾아낸 거겠지."

"대화를 훔쳐 들었을 때, 그런 이야기는 안 나왔었잖아요?"

나나오는 딱딱한 표정으로 고개를 끄덕였다. "그래서 안심했지. 너무 얕봤어."

"일부러 그랬다는 건가요?"

"내가 훔쳐 듣는다는 걸 눈치챘는지도 몰라. 입으로는 무난한 이야기를 하면서, 중요한 내용은 메시지로 주고받았을 수도 있겠지. 이제야 알아차리다니." 나나오가 분하다는 듯 말했다. "수신음이 자꾸 들리기는 했는데. 한 방 먹었군."

가미노는 심장 박동에 맞춰 몸이 떨리는 것을 알아차렸다.

그 두 명이 또 나타나는 건가. 525호에서 있었던 일이 떠올라 숨이 턱 막혔다. 그 방에서는 나나오가 시키는 대로 숨어서 추적자가 들어오기를 기다렸다. 긴장과 공포로 몸이 산산이 흩어지는 듯한 기분이었다. 뛰어서 달아날 때도 다리가 말을 잘 안 들어서 휘청거렸다.

그걸 한 번 더?

생각만 해도 정신이 아득해졌다. 아까는 잘 해냈는지 몰라도 이번에는 잘 안 풀리지 않을까.

"어떻게 할까." 나나오가 말했다. 이쪽이 아니라 스스로에게 물어본 것이리라.

나나오가 유능한 사람이라는 건 가미노도 아까 알았다.

525호실에서 허둥대면서도 전기 포트로 물을 끓이고, 낮은 위치에 줄을 쳤다. '뭔가 던질 물건'을 찾아 파우더룸을 뒤져서 작은 통에 든 보디워시와 샴푸를 호주머니에 넣더니, 드라이어를 끄집어내서 던지기에 적합한지 확인했다. 긴장해서 생각이 멈춰버린 가미노를 나나오가 이끌어줬다. 코코 말대로 이 사람에게 맡겨두면 무사히 탈출할 수 있을 것 같았다.

하지만 위험한 상황이 너무 연달아 찾아온다. 추적자의 숫자도 많다. 일이 잘 풀린다는 보장은 없고 잘 풀리지 않으면 자신의 인생이 끝난다고 생각하자 마음이 조마조마했다. 어쩌지, 어쩌지, 하고 머릿속에서 경보가 울리는 것 같았다.

방 밖에서 소리가 났다.

가미노는 또 비명을 질렀다. 당장이라도 문이 열리지 않을까 싶은 조바심도 잠시, 아무래도 다른 방 소리인 듯했다.

나나오는 어느 틈엔가 자리를 옮겨 외시경으로 복도를 내다보고 있었다. "이판사판으로 한번 가볼까."

"네?"

"맞은편 방에서 다섯 명이 나왔어. 아까 마주쳤는데, 학창 시절 친구끼리 오랜만에 여행을 온 분위기였어. 놀러 나가는 거겠지. 분명 엘리베이터를 탈 테니까 섞여서 이동하는 것도 한 가지 방법이야."

"섞이다니." 수십 명이라면 모를까, 고작 다섯 명 사이에 섞인들 대단한 효과는 없을 것이다. "그럴 바에야 차라리 계단이 낫지 않을까요?"

"어째서?"

"엘리베이터는 좁고, 달아날 길도 없으니까요." 만약 추적자들이 올라탄다면 독 안에 든 쥐 신세다.

"계단도 마찬가지야. 나 혼자라면 모를까, 당신을 데려간다면 움직임에 한계가 있어. 어쨌거나 저쪽은 쏘는 무기를 사용하는 프로니까. 넓어봤자, 아니 오히려 넓으면 저쪽에 유리하겠지."

"하지만 같은 엘리베이터에 탄다면." 지척에서 노리면 끝장 아닐까.

"다른 사람이 있으면 무턱대고 공격하지 못할 거야. 누구한테 맞을지 모르니까." 나나오는 빠르게 말했다. "그리고 계단은 시간이 걸려. 시간이 걸리면 걸릴수록 예상치 못한 일이 일어날 가능성이 커져."

"예상치 못한 일? 소다 씨에게도 연락할까요?"

"시간 없으니까 이만 가자. 저 사람들 사이에 섞여서 그대로 내려가는 거야."

네, 하고 가미노는 대답했다. 그러자 나나오가 갑자기 "아까 그 이야기 어떻게 생각해?" 하고 물었다.

"무슨 이야기요?"

"사과나무는 사과를 맺으면 그만이라는 이야기."

"아아." 가미노는 표정이 풀리는 걸 느꼈다. 남들보다 뛰어난 기억력 때문에 인생이 꼬였으므로 물론 남들을 부러워한 적은 있었다. 왜 나만 이런 걸까 고민했고 하다못해 좀 더 예뻤으면 도와주는 사람이 많지 않았을까 상상도 했다. "남과 비교하는 바로 그 순간부터 불행은 시작되는 거겠죠." 하고 가미노는 대답했다.

다섯 명,

2010호

'지금 20층에 남자가 한 명 도착했어. 키가 크고 곱슬머리, 파란색 정장 차림. 가마쿠라를 죽이고 가미노를 데려간 그 남자는 아니야. 아스카가 있는 2010호 방향으로 가고 있으니까 일단 알려줄게.'

헤이안의 메시지가 수신됐을 때 아스카는 2010호 침대에 드러누워 호텔의 룸서비스 메뉴를 보고 있었다.

코코의 시체는 욕실로 옮겼다. 원래 욕조에 들어 있던 시체는 휴대전화로 얼굴 사진을 찍어서 에도에게 보냈다. 에도는 '그 남자의 짐이 있다면 뭐가 들었는지 조사해봐' 하고 답신했다. 귀찮음을 무릅쓰고 방에 놓여 있던 캐리어를 열어보려 하는 순간, 다이얼 자물쇠를 발견하고는 의욕을 상실했다.

혼자 남아 있기도 뭐해서 '이제 525호로 갈게' 하고 전하자 '계속 거기서 대기해' 하고 에도가 메시지로 지시했다.

아아, 답답해라. 아스카는 한탄하고 싶은 기분이었다. 메시지로 대화를 나누면 자판을 쳐야 해서 귀찮은 데다 시간차도 생긴다. 마이크가 내장된 이어폰을 가져왔으니 말로 하는 게 훨씬 편하다.

가마쿠라가 이어폰을 빼앗겼을 가능성이 있다는 사실을 알아차린 건 에도였다. 바로 모두에게 메시지가 날아왔다. '누군가 우리 이야기를 듣고 있다는 걸 전제로 말하자. 실제 대화는 메시지로 주고받고. 말로 하는 대화는 위장용이야.'

꼭 그렇게까지 할 필요가 있을까? 아스카는 귀찮아서 짜증이 났다. 그래도 지금까지 에도의 용의주도한 성격 덕분에 목숨을 건진 적이 적지 않았으므로 지시에 따르기로 했다.

침대에서 천천히 몸을 일으켰다.

그때 문을 두드리는 소리가 들렸다.

진짜로 왔네? 아스카는 침대 뒤쪽으로 이동해 자세를 낮추고 문 쪽을 바라봤다. 각도상 조준하기가 힘들어서 침대 위를 굴러 소파 뒤쪽에 몸을 숨겼다. 고개를 내밀자 문이 정면으로 보였다.

'누가 방에 들어오려고 해' 하고 모두에게 휴대전화로 메시지를 보냈다. 바람총은 이미 호주머니에서 꺼낸 상태였다.

바람총에 넣어둔 마취용 화살을 그대로 사용하기로 했다. 상대가 누군지도 모르면서 괜히 죽였다가 나중에 골치 아파지고 싶지는 않았다. 일단 제압하는 것으로 충분하다.

보이면 바로 쏠 생각으로 바람총을 입에 댔다. 문손잡이가 움직였다. 어? 하고 놀라는 남자의 목소리가 들렸다. 자물쇠가 풀려 있을 줄은 몰랐던 것이리라.

아스카는 입에 댄 바람총을 문 쪽으로 향한 채 가만히 있었다. 조준을 마친 저격수나 마찬가지였다. 옷 속에 뭔가 넣었다면 화살이 박히지 않을 가능성이 있으니 목을 노리고 싶었다. 목 아니면 머리를 쏘기로 마음먹고 아스카는 성인 남성의 키를 고려해 자세를 잡았다.

문이 열렸다. 사람이 보이면 바로 쏠 준비를 했다. 하지만 남자는 모습을 드러내지 않았다. 문이 열린 채 잠시 아무 일도 일어나지 않았다. 남자는 실내로 들어오지 않았고 1초도 지나기 전에 다시 문이 닫혔다.

그저 문이 여닫혔을 뿐 남자는 들어오지 않은 듯 보였다.

잘못된 판단이었다.

문을 연 남자는 자세를 낮춰 네발로 엎드린 것에 가까운 모습으로 들어왔다.

거미같이 징그럽고 우스꽝스러운 몸놀림이었는데, 알아차렸을 때는 놀란 나머지 즉각 반응하지 못했다.

남자는 낮은 자세로 바쁘게 팔다리를 움직여서 이쪽으로 다가왔다.

아스카는 늦게나마 바람총을 쐈다. 남자는 그럴 줄 알았다는 듯 옆으로 굴렀다. 팔다리가 길었다.

숨을 세게 불었다. 남자 옆쪽 바닥에 화살이 꽂혔다. 절로 혀

차는 소리가 나왔다. 다른 바람총을 입에 댔다.

하지만 거리가 나오지 않았다. 바로 눈앞까지 남자가 다가왔다. 아스카는 바닥을 박차고 옆 돌기 하듯 소파를 넘었다. 팔다리가 길고 키도 큰 남자가 이쪽으로 돌진했다.

아스카는 피하기 위해 옆으로 풀쩍 뛰었다. 탁자에 부딪혔어도 아파할 여유 따위는 없었다.

자신도 모르게 "뭐야, 대체." 하고 투덜거렸다.

"아스카, 왜?" 이어폰에서 센고쿠의 목소리가 들렸다. "어디야?"

"아까 그 방." 빠른 말투로 대답했다. "남자와 대치 중."

"누군데?"

"업자?"

"키만 큰 멀대 같아 보이지만 움직임은 좋아. 곱슬머리에 파란색 정장."

"그럴 줄 알았어. 내가 카메라 영상에서 본 남자네."

의기양양하게 자랑할 상황 아니야.

남자가 덤벼들었다. 접근전이 벌어지면 바람총은 불리하다. 바람총을 호주머니에 넣는 것과 동시에 화살을 손에 쥐었다. 치사량의 신경독을 바른 화살이다. 일반인과는 몸놀림이 완전히 다른 이 남자를 봐줄 여유는 없었다.

아스카는 탁자를 앞으로 쓰러뜨린 후 다시 옆으로 뛰어 침대

위에 올라갔다. 화살을 던지기 위해 몸을 돌려 남자의 위치를 확인하려던 순간, 남자가 지체 없이 달려들었다. 아스카는 침대의 탄성을 이용해 풀쩍 뛰어올라 두 발로 힘껏 걷어찼다. 남자가 정통으로 맞았는지 반대편으로 날아갔다. 탁자에 등이라도 부딪힌 듯 고통스러워하는 소리가 들렸다. 부서진 탁자도 눈에 들어왔다.

아스카는 재빨리 몸을 일으켜 침대에서 내려왔다. 오른손에 쥔 화살을 남자에게 던졌다.

일어서려던 남자의 가슴에 화살이 꽂혔다. 아스카의 머릿속에서 승리의 확신에 찬 느낌표가 번쩍거렸다.

방심하진 않았건만 그 직후에 머리가 흔들렸다. 실내가 한순간 깜깜해진 건 충격을 받은 탓이리라. 남자가 온 힘을 다해 떠밀었다. 뒤로 밀려난 아스카는 벽에 세게 부딪혔다.

온몸에 분노의 불길이 타올랐다.

이 새끼가. 아스카는 벌떡 일어섰다. 팔과 등이 욱신거렸다.

나한테 이런 짓을 하고도 무사할 것 같아? 머릿속으로 소리를 질렀다.

슬슬 신경독이 퍼질 것이다.

하지만 남자는 입에 거품을 물거나 하지 않고 우뚝 서 있었다.

결정타를 날릴지, 안전한 거리를 유지할지 아스카가 고민하

247

는데 뭔가가 앞으로 휙 날아왔다.

엉겁결에 받아든 순간 위험한 물건이면 어쩌나 싶어 등골이 서늘해졌다. 냉큼 확인하자 '소원 성취 부적'이라고 수를 놓은 길쭉한 육각형 모양 주머니였다.

"열어보지 마." 남자는 말을 끝맺자마자 온몸을 경련하며 그 자리에 쓰러졌다.

아스카는 안도의 한숨을 내쉰 후, "하지 말라면 더 하고 싶어지는 법이지." 하며 끈을 풀고 부적 주머니를 열었다. 작은 폭발음이 들렸다. 얼굴이 너덜너덜해지고 열탕을 끼얹은 것 같은 열기를 느낀 순간 아스카는 의식을 잃었다.

담요,
1720호

직원용 엘리베이터로 17층에 도착하자 베개와 담요는 사람 한 명분의 무게가 나가는 카트를 밀며 객실층 복도로 나갔다. 직원 전용 문을 닫은 후 지시받은 방으로 향했다.

서쪽 제일 끄트머리 방이다. 베개가 문을 두드렸다. 응답이 없어서 한 번 더 두드렸다. 역시 대답이나 다른 소리는 들리지 않았다. 담요는 뒤에서 발을 내밀어 초인종을 눌렀다.

아무도 나오지 않을 것이라고 예상은 했다. 단지 만약을 위해서다. 잠시 기다려봐도 인기척은 느껴지지 않았다.

베개가 카드키로 자물쇠를 열었다. 두 사람은 객실 안으로 들어갔다.

카트를 실내에 들여놓은 후 "하나, 둘." 하고 호흡을 맞춰 남자를 카트에서 꺼냈다.

손목과 발목을 묶고 얼굴에는 수건을 대충 감아둔 상태였다.

"어디에 눕힐까?" 베개가 주변을 둘러봤다. "어디가 좋으려나. 아무래도 방문 바로 앞에 눠두면 안 되겠지?"

"왜?"

"요모삐가 들어와서 놀랄 수도 있잖아. '누가 이런 짓을 했어! 못 써먹겠군!' 하고 화내면 어떻게 해?"

"당신 목숨을 노리려던 암살자를 붙잡았어요, 하고 말하면 칭찬해줄지도 모르지."

"이누이가 요모삐에게 제대로 전달했느냐에 달렸겠네."

"책상에 묶어둘까? 그래야 붙잡아서 갖다뒀다는 인상이 확 풍기지 않겠어?"

바닥에 눕힌 남자가 몸부림치듯 약간 움직였다. 책상에 묶지는 말라고 주장하는 것이리라.

"안쪽 침대에 눕혀둘까?"

"'내 목숨을 노리는 놈을 푹신푹신한 침대에 눕혀놓다니, 못 써먹겠군!' 하고 화내지 않을까?"

"안 그럴걸."

"그런데 설마 요모삐와 관련된 일을 하게 될 줄이야."

담요와 베개는 힘을 합쳐 남자를 침대에 눕히는 데 성공했다. 정확하게는 남자도 포함해 셋이서 손발을 맞췄다고도 할 수 있겠다.

똑바로 눕힐지 엎어놓을지를 두고도 옥신각신하다가 결국 엎어놓기로 했다.

손발을 어떻게 묶을지, 머리에 베갯잇을 씌울지 등등은 이누이에게 지시받은 대로 했다. 침대 아래에 물건을 놔두었다.

할 일을 마친 두 사람은 냉장고에서 페트병 음료를 꺼내서 마셨다. "생수는 분명 공짜겠지."

담요의 휴대전화에 연락이 왔다.

"누구?" 베개가 물었다.

"모르는 번호. 아, 여보세요." 베개에게도 들리도록 스피커폰으로 바꿨다.

"나야, 이누이." 하고 목소리가 들렸다.

담요는 놀란 후에 왜 전화를 걸었냐고 물었다. 예상외라 웃음도 흘러나왔다.

"왜냐니, 일을 의뢰하고 싶어서지. 전화하면 안 되나?"

안 되는 건 아니지만, 하며 담요는 웃었다. "일이라니, 당신이 부탁한 일은 이미 끝냈는걸. 방금 마쳤어."

담요와 마찬가지로 베개도 침대 쪽에 시선을 주며 어깨를 으쓱했다.

"급하게 한 건 더 의뢰하려고. 2010호에 시체가 있어. 그걸 처분해줘."

"뭐야, 그게? 진담이야? 이 호텔의 다른 방에 시체가 있다고?"

"부탁할게. 난감한 상황이야. 2010호 욕실에 시체가 들어 있대. 들키지 않도록 처분해줘."

"누구 의뢰인데?"

"내가 일을 의뢰한 상대. 여자를 붙잡아 오라고 의뢰했더니 시체가 생겼어."

"우리더러 그 뒤처리를 하라는 거야?"

"너희를 신뢰한다는 뜻이지."

"그딴 소리를 할 여유 있어?"

"여유가 있고 없고 그런 문제가 아니야. 처분해야 한다고. 경찰이 나서지 않도록 조심해달라고 조건을 걸더군." 이누이는 한탄했다. "아무튼 시체를 처분해줘. 아, 물론 돈은 낼게."

"그야 당연하지."

"뭐, 알았어. 해볼까."

"다행이다, 고마워." 친구에게 돈이라도 빌리는 것처럼 가벼운 말투였다. "주차장까지만 옮기면 나머지는 운반업자가 알아서 할 거야."

"정말 뭐든지 남한테 다 맡기는구나."

"그나저나 여기저기 시체가 있다니, 이 호텔 어떻게 된 걸까." 베개가 불쑥 말했다.

"재앙을 부르는 신이 있는지도 모르지."

무당벌레, ## *11층*

　젊은 숙박객 다섯 명은 나나오와 가미노가 얼마나 심각한 상황에 처했는지 당연히 몰랐으니 걱정하거나 두려워하는 기색 하나 없이 화기애애하게 엘리베이터가 도착하기를 기다리고 있었다.

이십 대 중반의 사회인일까, 오랜만에 만나서 이야기꽃을 피우는 것 같기도 했다. 어쩌면 동창회 같은 모임인지도 모른다. 키 큰 남자가 회사의 야근 수당에 대해 불평을 늘어놓자 다른 남자가 "그 정도 가지고 뭘. 난 말이야." 하고 불만과 은근한 자랑이 섞인 목소리로 말을 꺼냈다. 자기가 훨씬 힘들다며 호소하고 싶은 것이리라. 나나오는 '내가 더 힘들어'라고 투덜대고 싶었다. 그와 동시에 '남과 비교하는 바로 그 순간부터 불행은 시작된다'라는 가미노의 목소리가 머리를 스쳤다.

옆에 있는 가미노는 휴대전화 화면을 들여다보고 있었다.

나나오는 시선만 움직여 천장에 설치된 돔 모양 방범 카메라의 위치를 확인했다.

추적자들이 방범 카메라 영상을 확인하고 있다면 이미 발견됐다고 봐야 한다.

엘리베이터가 도착하고 문이 열렸다.

위험한 인물이 타고 있을 가능성도 있으니 바로 접근하지 않고 젊은이들 뒤편에 숨어서 확인했다. 엘리베이터 안에는 아무도 없었다. 젊은이들을 따라 엘리베이터에 탑승했다.

한 남자가 버튼 패널 앞에 서서 열림 버튼을 누르고 있었다. 나나오는 가미노의 손을 잡아끌며 안쪽으로 이동했다. 젊은이들을 밀어젖히다시피 하며 조금 억지로 자리를 잡았다. 그들은 이야기에 푹 빠졌는지 힐끗 바라보는 정도로 그쳤다.

엘리베이터에 거울을 붙여놓아서 실제보다 더 넓어 보였다. 나나오 근처에는 가로 형태의 보조 버튼 패널이 있었다. 문이 닫히기 시작했다.

나나오는 문으로 몸을 돌리고 층수가 표시되는 액정 화면을 바라봤다. 11층부터 1층까지 빨리 내려가기를 빌려다 그만뒀다. 지금까지의 경험상 일단 문부터 무사히 닫히기를 바라야 한다. 그사이에 무슨 일이 일어날지 모르기 때문이다. 그렇게 자조하듯 생각하는데 '아니나 다를까' 하고 말하듯 문이 열렸다.

젊은이가 열림 버튼을 다시 누르고 있었다.

나나오는 혀를 차고 싶은 기분을 억눌렀다. 가미노는 숨을 삼켰다.

엘리베이터에 올라탄 사람이 육인조 중 한 명이라는 걸 바로 알아봤다. 525호에서 나나오가 끓는 물을 끼얹은 여자, 나라다.

젊은이들은 키가 크고 위압감을 풍기는 나라를 보고 놀랐는지 일제히 한 발짝 물러나려다 나나오와 살짝 부딪쳤다. 나라는 당장 덤벼들지 않았다. 사람들 앞에서 일을 크게 벌이고 싶지는 않은 건지도 모른다. 나나오와 시선이 잠깐 마주친 그 한순간에도 나라의 살의가 뜨겁게 전해졌다.

나나오가 허리 부근에 있는 보조 버튼 패널에 손가락을 뻗어

'닫힘' 버튼을 마구 눌러도 소용없었다.

엘리베이터 내부의 위치 관계를 파악하며 만약 여기서 나라가 덤벼들면 어떻게 움직일지 쉴 새 없이 궁리했다. 그 순간 나라가 고개를 휙 돌리더니 버튼 패널 앞에 있던 젊은이를 눈빛으로 물러나게 한 후, 닫힘 버튼을 눌렀다. 습격할 낌새는 보이지 않았다.

나나오와 나라는 대각선상에 서 있는 상태였다.

폭풍 전야 같은 긴장감이 나나오를 감쌌다. 조그마한 움직임도 놓치지 않으려고 신경을 곤두세웠다. 분명 나라도 마찬가지리라. 나라는 엘리베이터 전체를 시야에 넣으려는지 엘리베이터 옆면에 등을 대고 고개를 살짝 돌린 자세를 취했다.

나라는 모델처럼 키가 훤칠하고 늘씬한 체형이지만, 얼굴 일부가 붉게 짓물러 있고 무표정한 데다 차가운 눈빛 때문에 기이한 분위기를 풍겼다. 젊은이들도 으스스했는지 대화에 어색함이 감돌았다.

긴장감으로 가득한 엘리베이터가 아래로 내려갔다.

나라는 1층에 도착한 후에 움직일까.

나나오는 호주머니에 손을 넣어 작은 상자의 스위치를 켰다. 휴대전화 통신을 방해할 수 있는 도구였다. 짧은 시간이기는 해도 반경 약 5미터 범위에 걸쳐 통신을 방해하는 전파를 내보낸

다. 나라가 동료에게 연락하는 걸 막고 싶었다.

자유 낙하 하듯 엘리베이터가 내려갔다.

어떻게 해야 할까. 뭘 할 수 있을까.

나나오는 허리 가방에도 손을 넣었다. 도움이 될 만한 물건이 또 없을까. 손가락이 작은 용기에 닿았다. 객실 파우더룸에서 챙긴 소용량 샴푸다.

쓸 만한 물건이다. 계면활성제와 수분이 포함돼 있으니 바닥에 뿌리면 미끄러질 가능성이 크다.

생각이 거기까지 미쳤을 때 나라가 움직임을 보였다. 헛기침하듯 말아 쥔 오른손을 입에 댔다.

바람총이다.

나나오는 알아차리자마자 움직였다. 다리를 쑥 밀어 넣으며 앞에 있는 젊은이들에게 살짝 부딪쳤다. "죄송합니다, 잠깐 미끌했네요." 하고 변명을 늘어놓았다.

화살을 쏘면 누구에게 맞을지 모르는 상황을 만들고 싶었다.

추적자들도 틀림없이 일반인을 끌어들이는 걸 싫어한다.

나나오가 부딪친 젊은이 중 한 명이 비틀거렸다. 나나오는 젊은이들에게 더 다가붙었다. 가미노가 당황해서 나나오를 부축하려 했다. 그래도 휘청휘청 불규칙하게 움직였다.

"괜찮으세요?" 하고 다섯 젊은이 중 한 명이 나나오에게 고개를 돌렸다. 걱정스러워하는 한편으로 수상쩍어하는 눈빛이었다. 몰상식하다고 비난하고 싶은 마음도 있으리라.

바라던 대로 나라는 제대로 조준하지 못했다. 나나오는 나라의 손이 어디를 향하는지 놓치지 않으려고 정신을 집중했다.

그러는 사이에도 엘리베이터는 계속 내려갔다.

이대로 1층에 도착하면 무슨 일이 일어날지 생각했다.

엘리베이터를 기다리는 사람이 있을 가능성이 크다. 그 사람들 사이에 섞여 도망칠 수 있을까. 나라가 문 옆에 서 있는 한 근처를 지나가야 한다. 과연 가미노를 데려가면서 공격을 피할 수 있을까.

솔직히 이판사판으로 승부에 나서는 건 직성에 맞지 않았다. 예상치 못한 말썽이 끼어들 여지가 있기 때문이다.

어차피 확실치 않다면 운보다는 자신의 힘, 기술과 운동 능력에 희망을 걸어보는 편이 낫다.

나나오는 그렇게 판단하고 보조 버튼 패널에 있는 '4' 버튼을 눌렀다.

엘리베이터의 속도가 느려졌다. 1층에 도착했나 싶어 다들 층수가 표시되는 액정을 올려다봤을 때, 나나오는 "저기." 하고 입을 열었다.

4층에 도착했다. "바닥에 샴푸가 쏟아져서요." 하고 말했다.

어, 하고 다섯 명이 발밑을 보더니 "진짜네." "뭐야 이거." 하고 허둥댔다. 죄송합니다, 하고 나나오는 공손히 사과했다. 불쾌하게 할 마음도, 겁을 줄 마음도 없었다.

열림 버튼을 눌러 문을 연 상태로 "죄송합니다만, 여기서 내리시는 편이 좋겠네요. 청소를 좀 해야겠습니다." 하고 말을 이었다. 호텔 직원도 아닌 나나오가 안내하다니 희한했을 것이다. 그래도 당연하다는 듯 또박또박 말해서인지 젊은이들은 동요하면서도 "알겠습니다." 하고 엘리베이터에서 내렸다. 부딪치질 않나 물건을 쏟질 않나 이상한 행동을 하는 나나오가 수상하고 무서웠던 것도 한몫했으리라.

죄송합니다, 하고 나나오는 또 사과했다. 그러면서도 고개를 숙이지 않고 버튼 패널 앞에 서 있는 나라의 일거수일투족을 관찰했다.

나라도 나나오의 꿍꿍이속을 눈치챘는지 꼼짝도 하지 않고 이쪽에 시선을 던졌다.

젊은이 다섯 명이 내리자 나나오와 나라는 동시에 닫힘 버튼을 눌렀다. 나나오는 가미노를 엘리베이터 구석으로 몰아넣고 나라와 정면으로 대치했다.

좌우에서 문이 닫히기 시작했다. 밖으로 나간 젊은이들은 신발 밑창을 확인하면서 슬금슬금 엘리베이터를 곁눈질했다. 나나오를 의심하는 눈치라 해도 상관없었다.

문이 닫힌 순간 나나오는 움직였다. 신호와 함께 순발력을 대결하는 게임과 똑같았다. 바닥의 샴푸를 밟고 넘어지지 않도록 발을 디딜 곳은 정해뒀다. 단숨에 나라에게 접근해 일단 양손을 제압했다. 화살을 사용하면 끝장이다. 왼손과 오른손으로 손목을 하나씩 붙잡고 힘을 줬다. 나라는 그 자리에서 펄쩍 뛰어올라 두 발로 나나오를 걷어찼다.

나나오는 뒤로 밀려났다. 좁은 공간이라 바로 엘리베이터 옆면에 충돌했다. 거리가 생긴 순간 화살이 날아올 테니 안간힘을 다해 자세를 바로잡고 버티고자 했다. 하지만 스스로 뿌린 미끌미끌한 샴푸는 나나오를 도와주지 않았다. 나나오는 쭈르르 미끄러지며 머리부터 처박힐 뻔했다.

손을 뻗어 나라에게 달라붙었다. 팔을 잡는 것과 동시에 머리로 상대의 몸통을 들이받았다. 달라붙으려다 그런 건지, 노리고 그런 건지 나나오 본인도 긴가민가했다.

끙끙거리는 나라를 옆으로 힘껏 내던졌다. 엘리베이터 벽에 세게 부딪혔다.

충격을 받아 어지러운지 나라가 비틀거렸다. 나나오는 뒤에서 팔을 뻗어 목뼈를 부러뜨리려 했다. 그 순간 나라가 몸을 휙 돌리면서 손에 쥔 화살로 찌르려 했다.

777

간발의 차였다. 나나오는 허리가 부러지지 않을까 싶을 만큼 몸을 뒤로 확 젖혀서 피했다. 나라의 발차기도 몸을 회전시키며 피해냈다.

등에 달라붙어 간신히 목을 꺾었다. 목이 부러지는 소리와 1층에 도착했음을 알리는 소리가 동시에 울렸다.

문이 열리자 나나오는 나라를 부둥켜안은 자세로 엘리베이터에서 내렸다. 정면에 숙박객으로 보이는 남자와 여자가 몇 명 서 있어서 "엘리베이터에 샴푸가 쏟아졌어요." 하고 설명했다.

엘리베이터에 타는 사람들과 스쳐 지나가며 나나오는 가미노에게 로비로 향하라고 눈짓으로 지시했다. 나라를 엘리베이터 홀에 내버려두고 가고 싶어도 만약 시체가 발견된다면 안 그래도 꼬인 일이 더 꼬일 것이다.

소란이 벌어진 틈에 달아나는 것도 방법 아닐까?

내면의 목소리를 받아들일 수는 없었다. 경찰이 나서면 귀찮아진다. 호텔에 있는 시체의 숫자를 고려하건대, 무사히 집에 돌아가기는 힘들 것이다.

나라의 시체를 업으려고 몸을 틀었을 때 좀 떨어진 곳에 서 있는 남자가 눈에 들어왔다.

정장 차림 남자가 손에 입을 댔다. 바람총이다. 나나오는 끌어안고 있던 나라의 시체를 재빨리 조금 기울였다. 나라의 등에 화살이 박힌 감촉이 전해졌다. 너무 빨라서인지 주변 사람들은 전혀 눈치채지 못했다.

도망쳐야 한다.

나라를 방패 삼아 어디까지 피할 수 있을까.

관광객으로 보이는 외국인이 일곱 명쯤 다가왔다. 여행을 와서 들뜬 기분을 감추려 하지 않고 시끌벅적하게 웃으며 화살총을 든 남자와 나나오 사이를 줄줄이 지나갔다. 그러는 동안에도 나나오는 화살총을 든 남자의 움직임을 놓치지 않기 위해 앞쪽을 주시했다.

소다에게 들은 정보로 추정하건대 저 남자가 에도일 것이다. '그야말로 사디스트'이고 '다른 다섯 명을 모았다'는 인물이다.

벤처기업의 젊은 사장 같은 건가.

나라의 시체와 어깨동무를 하듯 서 있어도 관광객들이 수상쩍어하는 낌새가 없어서 다행이었다.

그때 불행하게도 외국인 관광객 중 한 명이 넘어졌다. 어쩌면 나나오가 쏟은 샴푸가 바닥에 조금 묻어 있었는지도 모른다. 소리를 지르며 넘어지다가 일행을 붙잡으려는 시도에 다른 사람도 같이 넘어졌다.

주변이 소란스러워졌다. 자기 탓에 또 이런 일이 벌어졌다고 나나오는 자책했다. 이내 그럴 때가 아니다 싶어 얼른 앞쪽을 살폈다. 하지만 남자는 사라지고 없었다.

화살이 날아오지 않을까 조마조마했다. 이미 날아와서 맞은 것 아닐까. 몸을 살펴봤다. 하지만 화살은 어디에도 보이지 않았고 아픈 곳도 없었다.

상대를 놓쳤다. 낭패라는 말이 떠올랐다.

그러다 엘리베이터가 눈에 들어왔다.

열린 문 안쪽에 아까 그 남자와 가미노가 서 있었다. 몸집이 아담한 여자도 옆에 있었다.

어느 틈엔가 붙잡혔다. 에도로 추정되는 남자와 눈이 마주친 후, 문이 닫혔다.

문이 닫히기 직전에 남자가 손을 들었다. 정확하게는 손가락을 세 개 세운 후 검지로 위를 가리켰다.

'3층으로 간다'라는 뜻이라고 나나오는 받아들였다. 그리고 일단 끌어안고 있는 나라의 시체부터 화장실에 숨겨야 한다고 냉정하게 생각했다.

요모기,

2층 레스토랑

"와규우둔살 그릴구이입니다. 트러플소스를 뿌렸고, 아스파라거스와 구운 리크를 곁들였습니다." 흰색 셔츠에 검은색 조끼를 입은 웨이터는 품위 있게 설명한 후 "마지막 요리이므로 다 드시면 디저트를 내오겠습니다." 하고 말하고 물러갔다.

"사고 직전에 찍은 사진을 보내줬다는 그 지인은 사진에 담긴 인물이 누구인지 알고서 이케오 씨에게 상담한 건가요?" 요모기가 물었다.

"아니요, 특별히 인물에 주목한 건 아닌 듯해요. 그냥 사고가 일어나기 직전에 우연히 그 차를 찍었다는 게 재미있어서, 물론 재미있다는 말은 어울리지 않겠네요." 이케오는 당황해서 손을 내저었다. 재미있는 기사를 쓸 수 있을 것 같다는 마음이 앞서서 무심코 쓸데없는 소리를 하고 말았다. "그래서 제게 보여줬을 겁니다."

"그리고 이케오 씨가 상상력을 발휘해서 조사에 나섰다?"

"하지만 아무것도 못 알아냈어요. 방범 카메라도 망가졌지, 남은 건 이 사진뿐입니다."

"이 남자의 얼굴은 알아냈습니까?"

"확대해봤는데, 해상도가 낮아져서 특징도 파악하기 힘들더라고요."

"그렇군요, 그렇군요." 요모기가 숨을 살짝 내쉬었다. 굳었던 표정이 풀어졌다. "이케오 씨는 저를 위해서 이 사진을 공유해주신 거로군요."

"네. 저 같은 일개 기자의 힘으로는 좀처럼 알아낼 방도가 없었습니다. 그래도 그 슬픈 사건의 진상을 알아낼 계기가 됐으면 해서요."

이케오는 그제야 오른쪽 옆에 사토가 있다는 걸 알고 깜짝 놀랐다. 놀라서 몸을 움찔하는 바람에 탁자가 덜컥 흔들렸다. 깜짝, 움찔, 덜컥.

언제부터 여기 있었을까.

"사토도 한번 볼래?" 요모기가 탁자 위에 내려놓은 휴대전화를 비서 쪽으로 돌렸다.

사토가 고개를 쑥 내밀어 휴대전화 화면을 들여다봤다. 체격이 좋아서 그냥 옆에 있을 뿐인데도 압박감이 밀려왔다.

아. 이케오는 속으로 소리쳤다. 어느 시점부터 그렇게 느꼈는지는 자기도 모른다.

사진에 찍힌 차 옆의 남자와 사토를 서로 대조했다. 의식하기도 전에 얼굴을 돌리고 시선을 움직였다.

어, 설마, 하는 의혹을 떨쳐내려 하는 중에 걸리는 점이 있었다.

사진에 찍힌 남자의 얼굴은 모른다. 그러나 체격과 고개를 뻗은 자세는 사토와 아주 흡사해 보였다. 길쭉한 목이 마치 기린 같았다. 하지만 아무래도 그렇게까지 길지는 않다고 생각을 바꿨다.

싸늘한 기운이 등골을 타고 내려가는 것 같아서 이케오는 몸을 부르르 떨었다.

요모기 장관님! 그렇게 소리를 지르고 싶은 걸 꾹 참았다.

이 사진에 찍힌 건 비서일지도 모릅니다.

실은 사토가 저쪽과 연결돼 있는 건 아닐까? 저쪽, 즉 요모기 장관을 방해물로 여기는 쪽이다.

하지만 사토가 있는 자리에서 그런 말을 할 수는 없다. 식사가 끝난 후를 노려야 할까.

이케오는 입만 벙긋벙긋했다.

그런데 그때 "이케오 씨, 저랑 사토는 옛날부터 궁금했습니다." 하고 요모기 장관의 목소리가 들렸다.

이케오는 고개를 들었다.

"강하지 않은 인간이 권력을 쥐는 건 어째서일까요?"

"갑자기 무슨 말씀이십니까?"

"단순히 생각하면 신체적으로 강한 자가 집단을 이끄는 것이

제일 합당해요. 그렇지 않습니까? 아무리 머리가 좋아도 얻어맞고 자리에 드러누우면 끝입니다. 목숨을 빼앗기면 완전히 끝장이고요. 가장 중요한 건 폭력과 무기 아닐까요? 하지만 인간 사회는 그렇지 않죠. 그 점이 옛날부터 신기했어요. 정치가도 관료도 신체적으로 강한 면모를 갖추고 있는 건 아닙니다. 그런데도 권력을 쥐고 있죠. 신체가 강한 자들이 모여서 반기를 들면 어떻게 될까, 왜 그러지 않는 걸까 종종 고민해봤는데요. 그렇게 되지 않도록 규칙이 만들어져서 그런 겁니다. 질서라고 바꿔 말해도 되겠군요. 지도층이 자신들의 안전을 보장하기 위해 _그런_ 사회구조를 만든 거예요."

"지도층? 사회구조?"

"그렇다면 그쪽으로 가보자고 15년 전에 마음을 먹었습니다."

"그쪽이라는 건." 이케오는 당혹스러웠다. "대체 무슨 말씀이십니까? 어, 지금은 이 사진 이야기를."

"국회의원에 당선되는 게 첫 번째 난관이었죠. 사토도 저도 그때까지는 자랑할 만한 인생을 살아오지 않았거든요. 아무리 좋게 봐주려 해도 반쯤 재미 삼아 남의 목숨을 빼앗는 인간이었으니까요."

무슨 농담인가?

"남의 경력을 가로채는 것만으로는 당선될 수 없어요."

열띤 취재 경쟁을 벌이는 기자들 앞에서 의연하면서도 해학을 잊지 않는 요모기의 평소 말투와 다름없었다. 그런데 '경력을 가로챘다'니 그건 무슨 뜻일까.

"15년 전, 기차에서 벌어진 살상 사건은 그래서 필요했던 겁니다. 지명도와 호감도를 높이기 위해서요. 모두에게 신뢰와 응원을 받아야 했던 터라 우리가 직접 범인이 될 사람을 찾아냈죠. 빚더미에 오른 남자였는데, 아이를 죽이겠다고 은근슬쩍 위협했더니 하겠다더군요. 결과는 대성공이었어요. 이케오 씨도 알다시피요. 난 당선됐습니다."

이케오는 양어깨를 붙잡혔다. 얼른 이 자리를 떠야겠다 싶어 엉거주춤 일어나려는데 뒤에 서 있던 사토가 힘을 주어 어깨를 내리눌렀다. 이케오는 다시 의자에 앉을 수밖에 없었다.

"당선된 후에도 할 일은 단순했어요. 방해물을 치우면 되는 거죠. 하나둘씩 정리한 덕분에 나는 여당에서 입지를 다질 수 있었습니다. 3년 전 사고도 그 일환이었어요."

"그 일환? 사고는 또 뭐고요?"

"마냥 정치가로 지내서는 한계가 있다고 고민하던 참이었거든요. 정치가가 대체 뭘 하고, 뭘 지향하는 족속인지도 대충은 알았고요. 솔직히 말하자면 정말로 쓸데없는 짓밖에 안 합니다. 좋은 의미에서도 나쁜 의미에서도 일본의 정치가는 다들 선한 사람이에요. 어중간하게 선한 사람이죠. 적인지 같은 편인지 분류해서 같은 편에게는 이익을 환원합니다. 적의 말꼬리를 잡고 적의 추궁을 교묘하게 뿌리치죠. 그렇듯 비슷한 짓만 끊임없이 반복해요. 권력 게임으로밖에 보이지 않았습니다. 그것도 보람 없는 게임으로요. 내가 가지고 싶은 건 진정한 권력입니다. 그래서 정보국을 신설해 내가 수장의 자리에 앉기로 했죠. 그 계획을 매끄럽게 진행하는 데 그 사고가 도움을 준 겁니다."

"대체 무슨 말씀이십니까?" 아까부터 자신이 그 소리만 하고 있다는 걸 이케오도 알고 있었다. "그 사고라는 건."

"사고로 가족을 잃은 국회의원이 국가의 치안을 지키기 위해 최선을 다한다는 스토리, 잘 먹히지 않겠습니까? 인류는 스토리를 좋아하니까요. 비극이 벌어진 가운데서도 성실하게 제 할 일을 하려는 사람은 응원을 받습니다. 그리고 이케오 씨처럼 내 적수가 그 사고를 일으킨 것 아니겠느냐고 착각하는 사람도 나타나고요. 내 적을 멋대로 만들어내서 나를 동정하죠. 간단한 데다 효과 만점입니다."

"잠깐만요." 드디어 말이 제대로 나왔다. "잠깐만 기다려주십시오."

"기다리고 있습니다."

"가족이잖아요?" 이케오는 목멘 소리로 말했다.

"무슨 뜻이죠?"

"인기를 얻기 위해 가족을 희생한다고요?"

"오히려 왜 그러지 않는지 궁금한데요."

요모기는 이케오의 휴대전화를 집어서 시간을 확인하더니 "연락이 올 때까지는 여기서 기다리고 싶으니 요리를 마저 먹을까요?" 하고 말했다. "주요리인 고기 요리는 맛봐야죠. 디저트도 분명 맛있을 겁니다."

이케오는 머릿속이 텅 빈 것처럼 생각이 정리되지 않았다. 땀이 줄줄 흐르는데도 추워서 온몸이 덜덜 떨렸다.

"음식을 다 먹을 때까지는 팔을 놔두겠습니다. 제대로 먹을 수 있도록."

"팔?"

"나랑 사토는 팔을 못 쓰게 하는 게 특기거든요. 무서운 표정 짓지 말아요. 뼈를 부러뜨리지는 않을 테니 안심해요."

담요,

2010호

베개가 2010호 문손잡이의 센서 부분에 카드키를 대더니 "어?" 하고 어리둥절한 얼굴로 담요를 바라봤다.

담요도 위화감을 느꼈다. 자물쇠가 풀리는 소리가 나지 않았기 때문이다. 베개가 카드키를 몇 번 다시 댔다.

어떻게 된 걸까. 문손잡이를 잡고 힘을 주자 문이 열렸다. 담요는 베개와 얼굴을 마주 봤다. 자물쇠가 망가졌다는 사실에도 그렇게 놀라거나 당황하지는 않았다. 이누이가 시체를 처분해 달라고 의뢰했으니 이 방에서 분명 '심상치 않은' 일이 벌어졌으리라. 누군가 자물쇠를 억지로 풀었어도 이상할 것 없다.

담요는 문을 밀어서 열고 안으로 들어갔다. 베개도 뒤에서 카트를 밀면서 따라왔다. 문을 닫고 안전고리를 걸었다.

옷장 옆을 지나서 들어가자 방이 한눈에 들어왔다.

"한 명일 줄 알았는데." 담요는 중얼거렸다.

얼핏 보기에도 시체는 두 구였다. 더블베드 앞쪽, 부서져서 뒤집힌 탁자 옆에 여자가 벽에 기댄 자세로 앉아 있었다. 그 맞은편에는 파란색 정장을 입은 남자가 위를 보고 쓰러져 있었다.

화약 냄새가 풍겨서 어디서 나는 냄새인지 찾아봤다. 여자의 배 위에 불탄 천이 놓여 있었다. 화약이 담겨 있었으리라. 소형 폭발 장치로 추정됐다. 폭발에 노출됐는지 여자의 얼굴은 이목구비를 알아볼 수 없을 만큼 짓물렀다.

파란 정장을 입은 남자는 잠든 것처럼 보일 만큼 얼굴이 말끔했다. 분명 숨은 끊어졌다. 사망 원인이 궁금해서 몸을 찬찬히 관찰하자 가슴 언저리에 바늘 같은 것이 꽂혀 있었다.

"이건가." 베개가 뒤에 있는 줄 알고 담요가 말을 걸었다. 대답이 들리지 않자 황급히 돌아봤다. 베개가 없었다. "어?" 하고 뒤집힌 목소리가 튀어나왔다.

어느 틈엔가 사라졌다. 불안감이 몰려왔다. 지금까지도 없었던 것 아닐까, 그런 망상에 사로잡히려던 순간 "미안, 미안. 욕실을 보러 갔었어." 하고 베개가 나타났다.

"욕실? 시체는 여기 있는데?"

"여기에도 있어."

"어, 거기에도?" 묘한 대화가 이어져서 둘이서 픽 웃었다.

담요는 베개와 함께 욕실로 갔다.

흰색과 검은색을 기조로 삼은 벽과 곡선미가 느껴지는 욕조에서는 우아한 분위기가 풍겼다. 그 속에 경직된 시체 두 구가 아무렇게나 놓여 있어서 현대미술 작품처럼 보이기도 했다.

"어쩐지 다채롭네."

"다채롭다니, 뭐가?"

"남녀노소가 모였잖아."

침대 옆에 있던 파란 정장 차림 남자는 삼십 대, 여자는 이십 대로 보였다. 그리고 욕조에 들어 있는 흰색 셔츠에 치노팬츠 차림 남자는 젊어 보이는 외모와 달리 아마도 사십 대나 오십 대 초반, 샤워기 옆에 쓰러진 여자는 할머니라는 말이 어울려 보였다.

"넷 다 공통점이 없는 것 같아."

"특정한 취미나 무슨 애호가 모임이라거나? 동반 자살은 아니겠지?"

"그건 아닐걸. 벽 앞에 있던 여자는 얼굴에 심한 화상을 입었잖아. 군이 그렇게 자살할 것 같지는 않아."

"이 사람들을 전부 다 옮기라는 건가." 담요는 투덜거렸다.

"분명 그렇겠지." 시체 처리는 말썽이 일어난 흔적을 없애기 위한 조치다. 시체 네 구 중 몇 구만 치우는 건 허용되지 않으리라. "이누이는 사람을 너무 마구잡이로 부려먹는다니까."

일단 욕조에서 방으로 옮기자는 담요의 제안에 베개도 동의했다. 성가신 일이나 까다로운 작업을 맡았을 때는 해야 할 일을 하나씩 해나가는 수밖에 없다. 천리 길도 한 걸음부터. 농구부 시절부터 담요와 베개에게 길잡이가 돼준 말이었다.

"하나, 둘." 두 사람은 호흡을 맞춰 욕조에서 흰색 셔츠 차림 남자를 끄집어냈다.

땅꼬마 같은 우리한테 이런 중노동을 시키다니, 하고 담요는 구시렁거리면서 침대 근처까지 옮겼다. 바닥에 축 늘어지듯 엎어진 시체를 다른 남자의 시체에 포갰다.

포개면 안 된다는 법은 없었다. 하지만 시체를 무작정 쌓아놓기도 좀 그래서 남자의 상체를 끌어당겨 침대 옆쪽을 등받이 삼아 앉혔다.

"외상은 없는 것 같은데."

"아, 머리인가. 피가 맺혔어."

"진짜네. 이쪽은 가슴에 바늘이 꽂혔고. 화살인가." 베개는 원래부터 거기 쓰러져 있었던 파란 정장 차림 남자를 가리켰다.

"화살? 정말이다."

베개는 복도로 통하는 문으로 갔다가 돌아왔다. "안전고리 벗겨놨어. 대신에 종을 달아뒀고."

시체를 여러 번 옮겨야 하는데 일일이 안전고리를 걸었다 벗겼다 하면 귀찮다. 다만 작업이 길어질 것 같을 때는 누군가 방에 들어오면 알아차릴 수 있도록 끈 달린 종을 문손잡이에 걸어둔다.

어디선가 메시지 수신음이 들려서 담요는 주변을 둘러봤다.

7 7 7

얼굴이 엉망으로 망가진 여자의 손 언저리에 떨어져 있는 휴대전화에서 빛이 나는 걸 보고 집어 들었다. 여자의 지문을 사용해 잠금을 해제하고 메시지 내용을 확인했다. "헤이안이라고 적혀 있네. 메시지를 보낸 사람인가."

"뭐래?"

"'2010호에 간 남자가 누군지 알았어. 소다야. 콜라와 이인조로 활동하는 업자지. 욕조에 들어 있던 놈이 콜라일지도 모르겠네. 폭발물을 사용한대. 조심해'라는데. 보아하니 폭탄에 당한 것 같은데, 연락이 한발 늦었네." 담요는 여자의 시체에 시선을 주었다.

"콜라와 소다. 이 두 사람이려나." 담요는 흰색 셔츠 차림 남자와 파란색 정장 차림 남자를 번갈아 쳐다봤다. 부자지간으로 보일 만큼 나이가 많이 차이 나지는 않았다. 그렇다고 같은 세대도 아니다.

"밀감과 레몬이라는 듀오도 있었지."

베개의 말에 소문은 들어봤다고 담요는 생각했다. E2에서 죽었을 것이다. 진위가 불분명한 일화를 몇 가지 남겼다.

"유명한 축구 선수를 유괴했다는 이야기, 진짜일까?"

"뭐야, 그게? 두 사람이 죽기 전에 있었던 일?"

"그야 물론 그렇지. 아는 사람은 아는 사건이야."

"둘이서 활동하는 업자가 많네."

"우리도 그렇고 말이야."

"세 명부터는 파벌이 생긴다니까 두 명이 적정선인가."

베개가 파란 정장 차림 남자의 상체를 잡아당겨서 침대 옆면에 기댔다. 담요도 말없이 도와줬다. 바로 균형을 잃고 쓰러지지 않을까 싶었는데, 의외로 시체 두 구는 조금 떨어진 위치에서 비슷한 자세를 유지했다.

담요는 잠시 그 두 사람을 묵묵히 바라봤다. 자신들의 모습을 그들에게 투영해 만약 일하다 목숨을 잃으면 이렇게 되는 걸까 상상했다. 만약 같은 현장에서 쓰러진다면 신사의 고마이누처럼 이렇듯 서로 가까운 곳에 나란히 눠두길 바라는 마음에, 파란색 정장 차림 남자의 자세를 가지런히 바로잡았다. 베개도 흰색 셔츠 차림 남자의 몸을 똑바로 세웠다.

"고마이누는 서로 마주 보고 있던가?" 담요가 무심코 의문을 꺼내자 베개도 똑같은 생각을 하고 있었는지 "정면을 보고 있는 패턴도 있어." 하고 바로 대답했다.

"뭐로 할래?"

"난 뭐든 상관없어."

잠시 후 베개가 "그럼 저쪽 아줌마도 가져올까." 하고 욕실로 돌아갔다.

담요도 따라가서 둘이 함께 나이 든 여자를 들어 올렸다. 방으로 옮겨 침대에 눕혔을 때 담요는 "어." 하고 소리쳤다.

숨이 붙어 있었다. 얼굴을 여자의 입가에 가까이 대자 미약하나마 숨결이 느껴졌다. 나이 먹은 여자지만 업자일 가능성은 배제할 수 없다. 빈틈을 찔려 순식간에 목숨을 빼앗길 수도 있다는 생각에 담요가 얼른 뒤로 물러나려는데 베개가 "아, 코코 씨다." 하고 말했다.

"응?"

"코코 씨잖아."

"그러네."

베개와 담요가 맡는 일의 성격상, 의뢰인을 안전한 곳으로 도피시키고 싶을 때가 적지 않다. 그럴 때 코코에게도 몇 번 부탁한 적 있었다. IT기술 관련 지식과 보안을 돌파하는 노하우가 탁월한 데다 도피 생활에 도움이 되는 아이디어도 풍부해서 든든했다. 그렇게 친했던 건 아니었다. 다만 베개와 담요의 성격 그리고 지금까지 살아온 인생을 꿰뚫어 본 것처럼 "성실한 게 제일이야." 하고 말해준 덕분에 호감을 느끼는 몇 안 되는 업자 중 한 명이었다.

베개가 허둥지둥 심폐 소생술을 시도하려는데 코코가 눈을 떴다.

코코 씨, 괜찮아요? 베개가 물어도 눈이 풀린 걸 보니 아직 의식은 돌아오지 않은 듯했다. 흔들면 위험할 것 같아서 귓가에 대고 말을 거는 수밖에 없었다. 한번 심폐가 정지됐다면 뇌기능에 문제가 생겼어도 이상할 것 없다. 어쩌지? 하고 베개가 담요를 바라봤다. 그때 코코가 잠긴 목소리로 "여긴 어디지?" 물었다.

담요는 놀라면서도 더 크게 코코를 부르며 "아드님이 던지고 있어요." 하고 말했다. 진위는 확실치 않아도 아들이 프로야구 투수라고 코코가 자주 자랑했기 때문이다. 베개도 귓가에 대고 "시합이 시작됐어. 투 아웃 만루의 위기야." 하고 말을 걸었다.

그 효과인지 아닌지는 몰라도 코코가 몽롱한 표정을 지으면서 "어? 아아, 베개랑 담요네." 하고 말했다. 의식을 되찾았다.

담요는 베개와 얼굴을 마주 보며 다행이라고 기뻐했다.

"가미노는?" 코코가 이름을 꺼냈다. "가미노 유카는 무사해?"

"코코 씨 일하는 중이었어? 저기 있는 사람이 가미노는 아니지?" 베개는 자신의 뒤쪽, 벽에 기댄 자세로 죽은 여자의 시체에 시선을 주었다.

코코는 몸을 비틀어서 시체를 가만히 바라보다가 배터리가 다 된 것처럼 또 벌렁 드러누웠다. "아니야. 저 사람은 아스카일걸."

의식이 조금씩 또렷해지는 듯했다. 힘없는 목소리임에도 코코의 말수가 늘어났다. 그러나 촛불은 꺼지기 직전에 가장 밝게 타오른다는 말처럼 갑자기 코코가 꼴까닥 숨을 거둘까 봐 겁나서 담요는 안절부절못했다.

"아스카?" 베개가 물었다.

"바람총을 사용하는 육인조 중 한 명이야."

"들어본 것도 같은데." 담요는 기억을 더듬었다.

"아아, 얼굴도 몸매도 남들보다 잘났다고 으스대는 그 여섯 명? 수월수월인의 대표지. 반에서 제일 즐거워 보이고, 인생을 구가하는 녀석들. 생각만 해도 짜증 나네. 아스카, 가마쿠라, 헤이안이었던가?"

"나머지는 센고쿠와 나라 그리고 에도. 그들이라면 수월수월 올림픽의 국가대표가 될 수 있을 거야."

담요도 생각났다. 안면은 없고 작업 현장에서 마주친 적도 없었지만 바람총을 사용하는 가학적 성향의 패거리가 있다는 이야기는 들어봤다.

"코코 씨, 그 육인조와 싸웠어요?"

"그럼 무조건 코코 씨를 응원해야지."

코코는 다시 눈을 감고 입을 다물었다. 숨소리는 들렸다. 또 의식을 잃은 걸까. 다시는 눈을 뜨지 않으면 어쩌나 담요는 가슴이 조마조마했다.

"일단 코코 씨를 아래로 옮길까."

"병원에 데려가야 해."

"만약 이누이가 부른 업자가 있으면 부탁하자."

운반업자라면 담요와 베개도 잘 안다. 처분해야 할 시체를 싣고 적절한 장소로 옮기거나 긴급 치료 및 응급 처치가 필요한 사람은 적절한 병원으로 옮기는 듀오였다. 군말을 하지 않는 데다 일 처리도 빨라서 믿음직하다.

"만약 시간이 걸릴 것 같으면 우리가 병원에 데려가는 게 빠르려나."

베개가 카트를 끌고 왔다. 침대에 누운 코코를 둘이서 천천히 안아 올려 카트에 넣었다. 우선 안정을 취해야겠지만 여기 놔둘 수는 없었다.

잘 깨지는 짐을 상자에 담듯 코코를 카트에 조심스레 내려놓고 침대 시트를 덮어서 눈을 가렸다.

그때 종소리가 났다.

세 명,

2010호

2010호에 들어가자 종소리가 나서 센고쿠는 흠칫했다. 문 안쪽에 끈 달린 종이 떨어져 있었다.

"무슨 소리야?" 이어폰에서 헤이안의 목소리가 들렸다.

"종이야. 문에 걸려 있었나 봐. 지금 2010호에 들어왔어."

"종을 설치한 자가 안에 있다는 뜻이로군." 에도의 목소리도 들렸다.

센고쿠도 그건 안다. "나라는 어떻게 됐어?"

헤이안이 방범 카메라 녹화 영상으로 1121호에서 나온 가미노와 남자를 발견했다. 다른 숙박객들에게 섞여 달아나려는 낌새가 보였다기에 나라와 센고쿠가 가기로 했는데, 도중에 에도가 "2010호의 아스카와 연락이 안 돼. 누가 좀 가 봐." 하고 지시했다.

나라는 가미노가 있는 11층으로, 센고쿠는 2010호에 가기로 했다. 그리고 "엘리베이터에 탈게."라는 보고를 마지막으로 나라의 목소리는 더 이상 들리지 않았다.

"나라에게선 응답이 없어. 엘리베이터를 타고 내려오는 중일 거야."

센고쿠는 2010호실 내부에서 불길한 기적을 느꼈다. 문에 종도 걸려 있었으므로 발끝부터 머리까지 경계심이 차올랐다.

오른손에 바람총을 쥐었다. 가미노가 아니라면 상대의 목숨을 빼앗아도 큰 문제가 되지 않는다. 봐줄 것 없었다. 신경독을 바른 화살을 준비했다.

실내가 훤히 보이는 곳까지 나왔을 때였다.

누군가 눈앞을 왼쪽에서 오른쪽으로 가로질렀다. 움직임을 좇아 바람총을 쏜 순간, 눈앞이 하얘졌다. 막이 쳐졌나 싶었는데 펼쳐진 침대 시트였다. 화살은 침대 시트에 꽂혔다.

일단 두 명이라고 인식한 후, 둘 다 여자임을 알아차렸다. 어린아이 같아 보여도 몸집이 작을 뿐인지도 모른다.

왼쪽에 있는 여자가 던진 시트를, 오른쪽으로 튀어나온 여자가 받아서 펼친 것이리라. 다음 화살을 쏘기는 포기하고, 오른쪽에 있는 여자에게 돌진하기로 했다.

시트를 던지는 요령부터가 아마추어는 아니었다. 틀림없이 업계 사람이었다. 협공에 능하다는 것도 짐작이 갔다. 다만 아무리 정밀하고 우수한 능력을 갖추고 있어도 물리적으로 부숴버리면 인간이든 기계든 기능이 정지된다.

오른쪽 여자에게 달려갔다. 부딪치는 감촉이 느껴졌다. 여자가 뒤로 나뒹굴었다.

떨어진 시트를 밟으며 다가갔다. 왼쪽 여자가 센고쿠의 발밑으로 미끄러져 들었다. 균형을 무너뜨리려는 수작임을 알고 풀쩍 뛰어서 피했다.

착지하는 것과 동시에 오른쪽 여자에게 달려가 축구공을 차듯 다리를 힘껏 휘둘렀다.

지금까지 살면서 인간을 이런 식으로 걷어찬 적이 몇 번 있었다. 쓰러진 상대의 머리를 밟아서 깨버린 적도 있었다. 얼굴이 수박처럼 박살 나는 감촉에 온몸이 환희했다.

그럴 때면 다른 사람의 목숨을 마음대로 주무를 수 있다는 쾌감이 밀려온다.

하지만 이번에는 여자가 냉큼 뒤로 구르는 탓에 발이 허공을 갈랐다.

감히 내 공격을 피하다니, 센고쿠는 화가 치밀었다.

몸집이 조그마하니까 붙잡기만 하면 끝장낼 수 있다.

센고쿠가 얼른 거리를 좁히려는데 다른 여자가 시트를 잡아당겼다. 시트 위에 있는 센고쿠를 넘어뜨리려는 속셈이다.

그런다고 넘어질 줄 알고?

센고쿠는 또 뛰어올랐다. 그 순간을 노렸는지 앞에 있던 여자가 허공에 떠 있는 센고쿠의 하반신에 몸을 날렸다.

허리를 직격당한 센고쿠는 허공에서 빙글 돌며 바닥에 떨어졌다.

눈앞에 불꽃이 번쩍 튈 만큼 아픈 걸 참고 일어섰다.

"나한테 이런 짓을 했으니 곱게는 못 죽을 줄 알아라. 그런 생각을 하는 표정인데." 여자가 말했다.

"체격이 좋고 얼굴도 잘생겼으니 분명 인생을 자기 내키는 대로 편하게 살아왔을 거야." 다른 여자가 어깨를 으쓱했다.

"못된 짓도 많이 했겠지?"

"그야 물어보나 마나지."

조그마한 여자 두 명이 자기 앞에서 여유만만한 표정으로 지껄여대자 센고쿠는 어이가 없었다. 마치 햄버거가 "왜 나를 먹는 거야?" 하고 저항하는 듯한 기분이었다. 너희한테 먹히는 것말고 무슨 역할이 있는데?

먹히거나 납작하게 찌그러지거나, 둘 중 하나다.

"분명 무슨 일이든 승리해왔을 테지. 지금까지 왜 이겼는지 알아?" 여자가 말했다.

눈앞에 하얀 천이 다가왔다. 큰일이다. 좌우에 선 두 여자는 센고쿠의 반사 신경을 혼란시키려는 듯 시트를 들고 몸을 구부렸다가 폈다 하며 이리저리 이동했다.

"우리 같은 인간에게 패배하기 위해서야."

순식간에 센고쿠의 머리부터 배까지 시트가 칭칭 감겼다.

하나둘, 하고 호흡을 맞추는 소리가 들렸다. 그 순간 센고쿠는 목을 노린다는 것을 눈치챘다. 감긴 천을 적절한 각도로 잡아당기면 이쪽의 근육이나 힘과는 상관없이 목이 부러진다.

"지레의 원리야, 고마워." 기쁘게 말하는 여자의 목소리도 들렸다.

센고쿠는 온몸을 힘껏 흔들며 날뛰었다.

오른쪽 눈에 통증이 밀려왔다. 여자의 손가락에 찔렸는지도 모른다. 다리는 움직이기에 마구잡이로 발길질을 하자 반응이 있었다. 여자가 아파하는 소리가 들렸다. 그쪽으로 돌진해서 여자에게 부딪쳤다.

머리가 흔들렸다. 다른 여자가 뒤통수를 걷어찼다. 센고쿠는 뒤쪽으로 발차기를 했다. 맞지는 않았어도 거리가 생긴 것이 느껴졌다. 팔에 혼신의 힘을 주어 몸에 감긴 시트를 벌리려고 했다. 천의 섬유가 찢어지는 소리와 함께 시야가 조금 회복됐다. 오른쪽 눈은 여전히 떠지지 않았다.

쇠사슬이라도 끊어낼 것처럼 잔뜩 힘을 주자 시트가 더 찢어졌다. 한 팔을 간신히 꺼내서 얼굴을 덮은 시트부터 떼어냈다.

두 팔이 자유로워지자 바람총을 호주머니에서 꺼냈다.

다친 오른쪽 눈을 감은 채 왼쪽 눈으로 조준하려는데, 두 여자가 카트를 밀며 헐레벌떡 방에서 뛰쳐나갔다. 두 여자가 객실 청소원 복장이라는 사실을 그제야 알아차렸다.

센고쿠는 발밑에 떨어진 이어폰을 주워서 귀에 끼우고 외쳤다. "2010호에서 여자 두 명이 작업을 들어왔어. 최악이야."

"당한 거야?" 헤이안이 킥 웃었다.

머리에 열이 확 올랐다. 분노를 주체하지 못하고 주먹을 휘둘러 벽에 구멍을 냈다.

왜 내가 고작 왜소한 여자 두 명에게 이런 봉변을 당해야 한단 말인가. 센고쿠는 그야말로 속이 뒤집히는 기분이었다.

"그년들은 시체를 처리하러 왔을지도 몰라. 에도가 이누이에게 부탁했잖아? 에도, 듣고 있어?"

"센고쿠도 아래로 내려와." 헤이안의 목소리가 들렸다.

"에도는? 나라가 가미노 유카를 붙잡았어?"

"나라는 당했어. 하지만 가미노 유카는 붙잡아서 지금 옆에 데리고 있지. 3층으로 올래?" 헤이안도 이동 중인지 목소리가 끊겼다 들렸다 했다.

나라는 당했다고 헤이안이 덤덤하게 내뱉은 말을 센고쿠는 잘 못 알아들었다. "3층?"

"연회장이 있는 층. 안쪽에 있는 단풍나무실로 와."

"거기서 이누이에게 넘겨주는 건가?"

"이누이에게 연락했는데 1720호로 가미노를 데려오래. 거래 상대도 거기로 오는 모양이야. 다만 그 전에 여기서 잠깐 그 남자를 보기로 했어."

"그 남자?" 센고쿠는 몸에 감긴 시트를 마저 찢어서 벗겨냈다.

"가미노 유카와 함께 있던 남자. 아까 엘리베이터에서 얼굴을 보고 겨우 누군지 생각났어."

"누군데?"

"왜, 무당벌레라고 있잖아. E2의 생존자."

센고쿠는 무슨 말인지 바로 이해하지 못했다. "도호쿠 신칸센의 생존자라고."라는 말을 듣고서야 이해했다.

"아아, 그 행운의 무당벌레인가. 어디서 본 것 같더니만." 수많은 업자가 목숨을 잃은 데다 이미 은퇴했다고 추정된 이인조까지 탑승해서 큰 소동이 벌어진 모양인데도 죽지 않고 살아남았으니, 실력은 물론이고 운도 좋을 것이라고 업계에 소문이 돌았다. 화제에 올랐음에도 불구하고 무당벌레가 업계에서 일을 맡았다는 이야기는 별로 들리는 바가 없어서 유명해진 까닭에 일을 가려 받는 것이라는 추측이 난무했다. "나라는 무당벌레에게 당한 거로군."

"2010호는 어때?"

침대 근처의 시체가 눈에 들어왔다. "남자 시체가 두 구. 나머지 하나는 아스카야."

"아스카의 상태는?"

센고쿠는 벽에 등을 대고 주저앉은 아스카의 시체를 가까이서 들여다봤다. "다시는 예쁜 얼굴이라고 자랑할 수 없을 만큼 얼굴이 불타버렸어."

"어이쿠."

"사진을 찍어 갈게." 에도가 말했던 대로 세상 사람들의 취향은 다양하다. 뚜렷했던 이목구비가 엉망이 된 채 죽은 여자의 사진을 원하는 인간도 어딘가에는 있으리라.

"아참. 빅선 아줌마의 시체는? 그 사진도 찍어 올래?"

"여기에는 안 보이는데." 시선이 닿는 범위에 나이 든 여자의 시체는 없었다. 문 쪽을 돌아봤다. "아까 그년들이 실어갔나? 한 구씩 옮기는 건지도 모르겠군."

오른쪽 눈을 당했다고는 말할 수 없었다.

"뭐, 됐어. 시체 처리 담당은 놔두면 되겠지. 일단 센고쿠도 이쪽으로 와. 3층 단풍나무실로. 무당벌레에게 본때를 보여줄 거니까."

"여자는 붙잡았다면서. 무당벌레가 무슨 상관인데?"

"이쪽은 적어도 가마쿠라와 나라가 당했어. 이대로 곱게 돌려보낼 수는 없잖아. 아스카가 죽은 것도 무당벌레와 관계있을지 몰라. 사과를 받아야지."

"업계의 유명인을 고문해서 비명을 듣는 것도 재미있겠는걸. 그 광경을 담은 영상도 팔리지 않을까?"

"분명 수요가 있겠지."

센고쿠는 헤이안의 말을 들으며 곤충의 다리를 모두 떼어낸 후, 발로 찌부러뜨리는 상상을 했다. 무당벌레에게도 그렇게 해야겠다고 생각하자 흥분됐다.

무당벌레,
3층 '단풍나무실'

엘리베이터가 3층에 도착하기 직전, 나나오는 스스로 경고했다.

"잘 들어, 넌 운이 없어."

물론 이제 와서 아무리 자기 자신일지라도 새삼 지적할 일은 아니다. 어릴 적에 부유한 반 친구로 오인당해 유괴된 것을 시작으로 커다란 불운을 수많이 겪었으며 자잘한 불행이 헤아릴 수도 없을 정도로 많이 찾아왔다. 흰 바지를 사면 입은 첫날에 지나가던 차가 물을 튀긴다. 슈퍼 계산대에 줄을 서면 나나오의 줄만 좀처럼 줄어들지 않고 영화를 보러 가면 가까운 자리의 관객이 코를 곤다. 덤으로 다른 관객이 나나오가 코를 골았다고 착각해서 시비를 건다. 신사에 액막이를 하러 가면 신관이 허리를 삐끗해서 액막이가 갑자기 취소된다. 발을 내디디면 물웅덩이에 빠지고 새똥이 머리에 떨어진다. 일을 하면 전혀 상관없는 시체가 우르르 나오고 그걸 처리하느라 생고생을 한다. 트렁크만 옮기면 된다는 일을 맡아 신칸센에서 내리려 했을 때도 정차한 열차의 문 앞에 서 있던 남자에게 떠밀려서 못 내렸다. 차에 휘발유를 넣는 일을 의뢰받았을 때도 주유소에 온 다른 차 두 대의 탑승자가 갑자기 난투를 벌여서 차가 부서진 데다 다툼에 휘말렸다. 누가 그런 인간이 되고 싶겠는가.

그래서 어쨌다는 건데? 나나오는 스스로에게 물었다. 내가 불운하다는 건 잘 알아. 무슨 말이 하고 싶은 거야?

내가 하고 싶은 말은 이 엘리베이터가 멈췄을 때도 경계해야 한다는 거야.

그 조언에 나나오는 힘 있게 고개를 끄덕였다. 과연 그 말이 옳다. 다른 사람과 비교할 필요는 없다. 나는 나고, 나 자신을 제일 잘 안다. 사과나무는 사과 열매를 맺으면 그만이다.

1층에서 보았던 에도를 떠올렸다. 그 남자는 가미노를 엘리베이터에 태워서 데려갈 때 손가락을 세 개 세웠다. 3층에서 내린다고 전하기 위해서다.

이 여자를 되찾고 싶으면 찾아와라.

나나오가 동료를 저세상으로 보냈으니 곱게 보내주고 싶지는 않을 것이다.

웃기고 있네, 내가 거길 왜 가? 그런 생각과 달리 3층에 가기로 한 것은 정의감이나 사명감 때문이 아니었다.

가미노는 곤경에 처한 나나오의 부탁을 받아들여 마리아에게 메시지를 보내줬다. 도움을 받고도 못 본 체한다면 그야말로 은혜를 모르는 인간이다.

어디서 어떻게 봐도 어디에 내놓아도 부끄럽지 않은 순도 백 퍼센트 '배은망덕한 인간'이리라.

은혜를 잊어버리는 인간한테서는 운이 달아난다는 소다의 말이 마음에 걸렸다.

신경 쓸 것 없다고 생각하면서도 '할 수 있는 일은 해봐야 한다'라는 기분도 들었다.

땅, 하는 소리와 함께 엘리베이터가 3층에 도착했다. 엘리베이터 문이 열렸다.

나나오가 3층에 발을 내디디는 것과 거의 동시에 왼쪽에 있는 엘리베이터도 도착했다. 체격이 좋은 남자가 발을 성큼 내디디며 3층에 모습을 드러냈다.

마음의 준비를 했던 나나오의 승리였다.

모든 운에 버림받고 온갖 예상이 틀어지고 더할 나위 없이 안전한 상황도 위태롭게 변해버리는 인생을 살아온 만큼 3층에 도착했을 때 불운한 만남이 기다리고 있어도 이상할 것 없다. 오히려 그래야 세상의 이치에 들어맞는다. 나나오는 그렇게 생각했다.

한편 위층에서 내려온 센고쿠는 나나오와 거의 동시에 3층에 도착할 줄 예상치 못했을 것이다.

늦었어, 하고 나나오는 속으로 말했다.

고개를 돌려 나나오를 본 센고쿠는 휘둥그레진 눈으로 허둥지둥 바람총을 쏠 준비를 하려 했다. 그 순간 나나오가 한발 먼저 접근해 센고쿠의 복부에 어퍼컷을 먹였다. 그러고는 기습을 당해 끙끙대는 센고쿠의 등에 올라타 두 팔을 머리에 감고 주저 없이 목뼈를 부러뜨렸다. 귀에 꽂힌 이어폰을 빼서 바닥에 내던지고 짓밟았다.

나나오는 쓰러지려 하는 센고쿠를 부축했다. 아까부터 계속 싸움을 벌인 상대의 시체를 안고 다닌다며 한숨을 쉬고 싶어졌다. 일단 감춰둘 곳은 역시 화장실뿐인지도 모르겠다.

순식간에 일어난 일이었다.

내가 얼마나 마음의 준비를 단단히 했는지 알아? 나나오는 자조하듯 그렇게 생각했다.

불의의 사태가 발생하는 것에는 익숙하다. 이미 달관했다.

나나오는 센고쿠의 시체를 부축한 상태로 질질 끌면서 3층 끄트머리에 있는 화장실로 옮겼다.

화장실 칸에 시체를 내려놓은 후, 센고쿠의 소매 밑으로 드러난 왼쪽 손목에 어디선가 본 듯한 손목시계가 감겨 있다는 사실을 알아차렸다.

소다가 차고 있던 세로로 길쭉한 사각형 모양 고급 시계가 틀림없었다. '욕심 많은 인간이라면 탐낸다는 것이 이런 고급 시계의 이점 중 하나지'라는 소다의 말대로 센고쿠가 슬쩍한 것이리라.

나나오는 센고쿠의 손목에서 손목시계를 끌러 호주머니에 넣었다.

어디 있느냐고 가미노의 이름을 부르며 찾아다닐 수는 없다. 긴 복도를 나아가며 연회장을 하나씩 살펴봤다.

커다란 연회장과 그보다 작은 연회장이 두 개씩 있다는 것은 안내 표시로 파악했다. 제일 앞쪽의 깔끔하게 정리된 대형 연회장에는 사람은커녕 탁자조차 없었다.

다음 방에는 둥근 탁자가 여러 개 놓여 있었고 직원 몇 명이 바쁘게 일하고 있었다.

나나오는 직원들의 움직임을 재빠르게 관찰했다. 부자연스러운 점은 없었다. 에도와 가미노의 모습도 보이지 않았다.

입구 근처의 카트에 동그란 스테인리스 쟁반이 수북이 쌓여 있었다. 나나오는 반사적으로 쟁반을 네 장쯤 집어서 옆구리에 꼈다.

그다음의 소형 연회장에는 길쭉한 탁자가 놓여 있었다. 세미나라도 개최하는 걸까. 활짝 열린 여닫이문 너머를 잽싸게 살펴봤다. 사람이 있는 것 같지는 않았다. 시험 삼아 쪼그려 앉아 탁자 아래도 확인했다. 그곳에 숨어 있는 사람은 없었다.

마지막 방에도 가미노가 없다면 더 이상 찾지 않고 돌아가기로 나나오는 결심했다.

단풍나무실이라고 적힌 방은 커다란 여닫이문의 문짝 하나가 닫힌 상태였다. 나나오는 열린 문짝 앞에 서서 안쪽 상황을 살폈다.

정확하게는 살피려고 했을 때 화살이 날아왔고 소리가 울려 퍼졌다. 왼쪽 겨드랑이에 끼고 있던 스테인리스 쟁반을 급한 마음에 세 장 겹쳐서 얼굴 앞에 쳐들었는데 거기에 화살이 명중했다.

나나오는 연회장에서 한 발짝 물러나 닫힌 문짝 뒤에 몸을 숨겼다.

상대가 저격수처럼 숨어서 기다리고 있다가 멀리서 화살을 날린 것이다.

자세를 낮추고 문 옆으로 안쪽을 들여다봤다. 머리가 드러나서인지 화살이 날아와서 냉큼 고개를 움츠렸다. 긴 탁자가 줄지어 있다는 건 확인했다.

고민할 여유는 없었다. 빈틈을 노려 연회장으로 뛰어들려는데 안에서 남자 목소리가 들렸다.

"그대로 천천히 들어와. 아니면 여자 다리를 마비시킬 거야."

"머리와 입만 사용할 수 있으면 된다니까, 팔다리는 못 쓰게 만들어도 문제없어." 여자 목소리도 들렸다. "당분간이 아니라 영원히 팔다리를 못 쓰게 해줄게."

목숨은 빼앗지 않을지언정 그런 피해를 주는 독도 가지고 있다는 뜻이리라. 어설픈 공갈로 치부할 수는 없었다. "헤이안, 여차하면 바로 사용해." 하고 남자가 말했다.

마음대로 하라는 말이 턱밑까지 올라왔다. 가미노와는 오늘 처음 만난 사이다. 게다가 반강제로 소동에 휘말린 이쪽이 피해자라면 가미노는 가해자로 볼 수도 있다.

도와줘야 할 의리는 없어.

하지만 역시 그렇게 딱 자를 수도 없었다. 은혜를 잊어버리는 인간한테서는 운이 달아난다는 말이 머릿속을 빙글빙글 맴돌았다.

나나오는 연회장에 들어가기로 했다.

백기를 들고 항복하는 것처럼 단념한 듯한 태도로 천천히 걸어갔다.

긴 탁자 사이를 나아갔다. 방 저편에 헤이안과 에도가 서 있었다. 가미노는 헤이안에게 꽉 붙들려서 옴짝달싹도 못 했다.

"일단 다리부터 병신을 만들어줄게." 헤이안이 즐거운 표정으로 말했다.

나나오는 가만히 시선을 집중했다. 틀림없이 바람총으로 노릴 것이다. 화살에 맞으면 끝장이다.

날아온다. 눈으로 파악한 순간 쟁반을 앞으로 내밀었다. 쟁반 너머로 헤이안의 얼굴이 보였다. 요란한 소리와 함께 화살이 팅겨 나갔다. 그 직후에 쟁반이 뒤쪽으로 날아갔다. 이어서 에도가 날린 화살이 힘차게 명중한 것이다.

이렇게 위력이 강할 줄은 몰랐다고 놀랄 틈도 없었다. 반사적으로 쟁반을 실내에 던졌지만 맞을 리 없다. 헤이안과 에도가 동시에 바람총을 쐈다. 겨드랑이에 낀 마지막 쟁반 한 장을 앞으로 내밀었다. 쟁반을 뚫을 것처럼 날카롭고 강한 충격이 전해졌다. 이번에는 쟁반을 놓치지 않도록 손에 힘을 꽉 줬다.

연회장 한복판을 향해 한 발짝씩 앞으로 나아갔다. 쟁반을 방패처럼 든 채 다른 손을 호주머니에 넣어 아까 센고쿠의 손목에서 벗겨낸 손목시계를 꺼냈다.

소다의 시계니까 분명 수백만 엔은 나갈 명품이리라. 천만 엔이 넘을 가능성도 있다.

1121호에서 소다에게 들은 설명을 떠올렸다. "설마 이런 고급 시계에 장치를 넣을 줄은 상상도 못 하겠지."

"고급인지 아닌지는 관계없을 것 같은데. 폭발하는 장치라도 들었어?"

"무당벌레, 폭발은 이제 식상해. 물건을 파괴하는 건 야만적인 방법이라고. 부수면 원래대로 되돌리기가 힘드니까. 지속 가능한 사회라는 말 몰라?"

"사회는 이미 충분히 지속돼 왔잖아."

"이리 땜질하고 저리 땜질하면서 말이지. 제멋대로 환경 파괴와 전쟁을 되풀이하면서 우연히 살아남았을 뿐이야. 뭐, 그렇다고 이제 와서 어떻게 되는 것도 아니지만. 인간은 원래 환경을 파괴하고 전쟁을 일으키도록 만들어진 생물인걸."

"무슨 이야기였더라." 소다에게 여러 번 던진 말이었다.

"지금은 폭발보다 열기와 소리, 빛이라는 말씀. 이건 콜라 씨가 생각해낸 장치인데, 여기를 누르면 문자반 중앙에서 뜨거운 액체가 분사돼." 소다가 시계 중심부를 가리켰다.

"뜨거운 액체? 끓는 물 같은?"

"더 뜨거워. 화학 반응을 일으켜서 열을 내지. 스프레이처럼 뿜어져 나가."

"그걸 상대의 얼굴에 맞히는 건가?"

"그건 좋은 방법이 아니야."

"아, 그래?"

"딱 한 번만 사용할 수 있거든. 제일 유효한 건 여럿에게 둘러싸였을 때지."

"여러 사람을 향해서 쏘라고?"

아니, 하고 소다는 검지로 위를 가리켰다.

"손목시계를 위로 향하고 장치를 작동시키는 거야."

"그러면 어떻게 되는데?"

"액체가 천장으로 분사돼. 뜨거운 액체가 단숨에 쫙. 그러면 반응할 거야."

"화재 경보기?"

열을 감지한 장치가 불이 났다고 착각한다. 장소에 따라서는 진화용 스프링클러가 작동한다.

소다가 말했던 바로 그 계책을 나나오는 실행에 옮길 작정이었다.

연회장 중간쯤에서 손목시계를 쳐들고 태엽을 세게 누른다.

그 동작을 머릿속으로 그렸다. 화재가 발생했다고 오인한 스프링클러가 불을 끄기 위해 물을 뿌릴 것이다. 그러면 바람총의 정확도가 어느 정도는 낮아진다.

나나오는 에도가 오른쪽 벽으로 이동했다는 것을 알아차렸다. 대각선 방향에서 노릴 작정임을 깨달았을 때 화살이 날아왔다. 소름이 쫙 끼쳤다. 쟁반으로 막는 것도 한계에 다다라서 계속 막을 수 있을 것 같지는 않았다. 언제 화살에 맞아도 이상할 것 없었다.

움직임을 예상했는지 정면에 있는 헤이안이 곧바로 화살을 날렸다. 쟁반으로는 못 막겠다고 판단해, 그렇다기보다 본능적으로, 나나오는 엉덩방아를 찧듯 그 자리에 주저앉았다.

쟁반은 내팽개쳤다.

화살이 머리 위로 날아갔다. 나나오는 기다시피 긴 탁자 아래에 얼른 몸을 숨겼다.

발소리가 들렸다. 아마도 에도가 탁자 위를 달려서 접근하는 듯했다. 네발로 엎드린 자세로 탁자 밑에서 고개를 내밀자 바로 위에 에도가 있었다. 눈동자가 빛났다. 말아 쥔 손을 입에 대고 있었다.

나나오는 데굴데굴 굴러서 다른 탁자 밑으로 들어갔다.

에도가 쏜 화살이 바닥에 박혔다. 못 비슷하게도 생긴 그 화살은 가마쿠라와 나라가 사용했던 것보다 길고 튼튼해 보였다.

　나나오는 엉금엉금 기어서 다른 탁자 밑으로 이동하려 했다. 그 순간 판자가 쪼개지는 듯한 소리와 함께 탁자 상판이 떨어지고 느닷없이 탁자 다리가 하나 부러졌다. 왜 하필 이럴 때 부서지는 걸까, 하고 혀를 차면서 데구루루 굴렀다. 그럴 줄 예상했다는 듯 에도가 날 듯이 점프해서 아직 누워 있는 나나오 근처에 착지했다.

　당장이라도 화살이 날아들 낌새라 나나오는 손목시계의 태엽을 눌렀다. 노린 것이 아니라 몸이 반사적으로 움직였다.

　그 후에야 딱 한 번만 사용할 수 있다는 소다의 말이 머리를 스쳤다.

　에도가 손으로 얼굴을 누르며 뒤로 넘어졌다. 손목시계에서 분사된 액체에 정통으로 맞았다. 탁자가 쓰러졌다.

　화재 경보기를 이용하려는 작전은 물거품이 돼서 헛수고로 끝났다.

　힘이 쭉 빠졌지만 낙심할 때가 아니었다. 나나오는 쓰러진 에도에게 다가가 몸을 힘껏 잡아당겼다. 얼굴에 뜨거운 액체를 맞은 충격으로 의식을 잃은 듯해도 숨은 붙어 있었다.

　주변을 확인하자 방 안쪽에 아직 헤이안이 남아 있었다. 가미노는 자기 옆에 앉혀놓았다.

777　　　　　　　　　　　　　　　　　　　　　　　　　　**299**

나나오는 에도의 몸으로 앞을 가리면서 일어섰다.

다른 사람의 기척은 없었다. 헤이안만 어떻게든 처리하면 될 듯 했다.

에도를 방패 삼아 바람총 화살을 피하며 어디까지 접근할 수 있을까.

"이 남자는 아직 살아 있어. 지금이라면 구할 수 있다고." 나나오는 헤이안에게 큰소리로 말했다.

앞에 있던 에도가 몸을 움찔 떨었다. 깜짝 놀라 고개를 들자 에도의 목이 구부러지고 머리가 엉뚱한 방향으로 기울어진 것처럼 보였다. 피가 나나오 쪽으로 튀었다. 살점일지도 모른다.

헤이안이 에도의 머리를 노리고 화살을 날렸다. 그것도 살상 능력이 높은, 위력적인 화살을.

끌어안고 있던 에도가 균형을 잃고 흐물흐물 쓰러지는 것에 맞춰서 나나오도 그 자리에 엎드렸다. 헤이안이 재빨리 자세를 낮추는 모습이 보였다. 동시에 화살이 몸 어딘가에 꽂히는 감촉이 느껴졌다.

쪼그려 앉아 낮은 위치에서 조준했다. 결국 맞았다.

"용서 못 해. 쉽게 죽을 생각은 하지 마. 일단 의식을 빼앗고 나서." 헤이안의 목소리가 다가왔다.

큰일이다, 달아나야 한다. 나나오는 마음이 조급해졌고 머리에 안개가 끼기 시작했다. 도망치라고 몸에 지시를 내리며 출구로 기어갔다.

"다들 너한테 당했으니, 고통으로 대가를 치러야지."

헤이안의 발이 바로 옆에 보였다.

일어서려고 했다. 바닥을 짚은 손에 힘을 주려는데 움직임이 둔해졌다. 몸이 말을 제대로 안 들었다. 다 끝났다고 느낀 순간, 당황한 헤이안의 목소리가 들렸다.

달음박질하는 듯한 발소리가 들렸다. 머릿속 한편으로 가미노가 도망쳤다고 파악했다.

연회장을 뛰쳐나갔는지 헤이안이 혀를 차며 바로 쫓아갔다.

기회는 지금뿐이다. 무릎을 바닥에 대고 몸을 일으킨 나나오는 온몸의 힘을 손에 집중시켜 문을 닫았다. 안쪽 자물쇠를 잠그자, 눈앞의 광경이 간유리를 통해 바라보는 것처럼 흐려졌다. 발판을 잃은 것처럼 의식이 불안정했다.

마리아는 극장에 안 갔겠지.

물속에 빠진 듯한 감각이 몰려와 나나오는 그 자리에 푹 쓰러졌다.

요모기,

2층 레스토랑

"나무딸기소르베*와 딸기머랭샹티이**입니다."

웨이터가 디저트 접시를 내려놓고 이케오 앞쪽의 잔에 커피를 따른 후, 품위 있는 몸동작으로 물러갔다. 이케오는 웨이터에게 가지 말라고 매달리고 싶은 기분을 꾹 참았다.

전채 요리로 코스 요리가 시작된 것이 먼 옛날처럼 느껴졌다. 그때까지는 입안에 퍼지는 농후한 맛에 감동해 입맛이 돌았다. 이제는 무서워서 죽을 맛이었다.

"이거 맛있답니다, 이케오 씨." 요모기의 목소리를 들으면서도 그저 멍하니 있을 뿐이었다.

방금 들은 이야기가 머릿속을 가득 채웠다.

지명도를 높이기 위해 쾌속 열차에서 살상 사건을 벌였다는 것도 믿기지가 않았는데 가족을 덮친 교통사고조차 자신의 전략이었다는 고백은 더더욱 받아들이기 힘들었다. 회한도 고뇌도 전혀 묻어나지 않는 얼굴로 태연하게 합리적인 절차에 대해

• 설탕물에 과즙, 과일퓌레, 과실주 등을 넣어 얼린 빙과
•• 저온으로 구운 머랭에 샹티이크림을 얹은 디저트

설명하는 것처럼 들렸다.

"이누이에게 연락이 왔습니다." 사토의 목소리가 들렸다. 흠칫하는 이케오 옆에서 자기 휴대전화를 요모기에게 건넸다.

요모기는 휴대전화를 귀에 대고 "마침맞게 연락을 줬군요. 요리도 다 먹었습니다." 하고 상대에게 이야기했다. 맞장구를 몇번 쳤다. "1720호. 알았습니다. 지금 갈게요."

통화를 끝낸 요모기는 사토에게 휴대전화를 돌려주며 "아무래도 붙잡은 모양이야." 하고 말했다.

"그거 다행이군요." 사토가 대답했다.

"이누이는 이제 온다는데, 굳이 기다릴 필요 없겠지."

"비밀번호는 저희 쪽 단말기로 입력할 수 있을 겁니다."

그 자리에 가만히 앉아 있는 이케오에게 요모기가 웃음을 지었다. "나와 사토의 과거에 관한 데이터가 발견됐어요. 요모기와 사토라는 인간이 되기 이전, 원래 우리가 어떤 존재였는지 증명하는 증거라고 할까요. 그게 세상에 퍼지면 곤란합니다."

요모기와 사토라는 인간이 되기 이전이라니, 너무 장난스러운 표현으로 느껴졌다.

"그 데이터를 삭제하기 위한 비밀번호가 필요했는데, 드디어 붙잡았나 봅니다. 방금 받은 게 그 전화예요. 실은 이케오 씨의 취재를 받아들인 것도 혹시 그 데이터와 관련이 있지 않을까 걱정됐기 때문이죠. 시기가 비슷했으니까요. 그래서 오늘 이 호텔에서 둘 다 처분하려고 불렀는데, 괜한 걱정이었군요. 아무래도 이케오 씨는 그 데이터와 무관한 것 같으니까요."

이케오는 입도 움직일 수 없을 만큼 몸이 뻣뻣하게 굳어버렸다. '처분'이라는 말이 머리에 들러붙었다. 데이터처럼 처분한다는 건 무슨 뜻일까.

"커피를 다 마시면 1720호로 가죠. 카드키는 프런트에서 받을 수 있도록 조치해놨다는군요."

"아니요, 저는."

"재미있는 장면도 보여줄 수 있을지 모르겠네요. 이 호텔에 나를 노리는 업자가 있었던 모양인데, 그자도 잡아서 방에 놔뒀답니다. 이케오 씨, 아까도 말했지만 날 노리는 인간은 많아요. 지난 몇 년간 업자가 몇 번 나타났습니다. 국회의원 시절과 달리 SP˙가 근처에 있는 일이 줄었기 때문인지도 모르겠어요. 다만 우리가 나이를 먹었어도 몸놀림은 예전 못지않거든요."

"폼은 일시적이지만 클래스는 영원하다. 뭐, 그런 거죠." 사토가 거들 듯이 말했다.

요모기는 기쁜 듯 소리 내어 웃었다. "이케오 씨에게 우리의

• 경시청 소속의 요인 경호 전담 경찰을 부르는 말

클래스를 보여주고 싶군요. 나와 사토가 어떻게 하는지 보여주 겠습니다. 어깨 관절을 빼서 두 팔을 못 쓰게 된 상대를 샌드백 처럼 때려요. 재미있겠죠? 실제로 해보면 이것만큼 재미있는 건 또 없다니까요. 저항하지 못하는 인간을 유린하는 건 인생을 살며 맛볼 수 있는 큰 재미 중 하나랍니다."

담요,
2010호

지하 주차장에서 직원용 엘리베이터를 타고 20층에 올라왔다. 문득 2010호로 돌아가는 건 위험할지도 모르겠다고 담요는 생각했다.

코코를 데리고 나오기 직전까지 바람총을 사용하는 육인조로 추정되는 남자와 싸웠다. 시트로 칭칭 감아서 뼈를 부러뜨리기 직전까지 갔지만 결국 죽이지 못하고 도망치듯 뛰쳐나왔다. 다시 돌아가는 건 분명 좋은 생각이 아니다.

하지만 베개가 "맡은 업무는 끝내야지." 하고 연연하는 모습을 보였다. "그것도 그렇고 아까 그 남자가 있다면 끝장을 보고 싫어. 어쩐지 우리가 도망친 꼴이 돼버렸잖아."

"그건 그래." 담요도 동감이기는 했다.

이번에는 절대로 지지 않도록 단숨에 움직임을 봉쇄할 방법을 상의하며 방으로 돌아갔다. 하지만 예상과 달리 2010호에는 시체를 제외하면 아무도 없었다.

"뭐야." 담요는 김이 확 샜다.

"그 녀석, 도망쳤네."

"코코 씨, 괜찮을까?"

"의식이 꽤 돌아왔으니 분명 괜찮을 거야."

아까 의식이 몽롱한 코코를 카트에 싣고 지하 주차장에 내려가서 운반업자에게 넘겨줬다. 이누이에게 시체 처리를 의뢰받고 온 상황이라고 사정을 간단히 설명하자 운반업자도 바로 상황을 이해해줬다. 차에 의료기기가 나름대로 갖춰져 있으므로 이동 중에도 잘 돌봐주겠다고 운반업자는 약속했다.

"남은 시체는 세 구, 세 번 왕복해야 하네. 힘들겠다."

"누구부터 옮길까?"

제일 무거워 보이는 파란색 정장 차림 남자로 정했다.

베개가 남자의 상체를, 담요가 하체를 붙잡고 들어 올려 카트에 쑤셔 넣었다. 무릎을 안고 쪼그려 앉은 자세로 만든 후, 위에 시트를 덮었다.

방에서 나가려는데 문 부근에 사람이 있어서 담요는 뒤로 획 물러나 카트에 덮어놓았던 시트를 붙잡았다.

이 방의 자물쇠는 망가졌으니 안전고리를 걸어둘 걸 그랬다. 예상치 못한 일이 겹친 탓인지 머리 회전이 둔해졌다고 담요는 후회했다.

담요는 베개와 함께 시트를 사용해 공격하려다 상대의 얼굴을 보고 움직임을 멈췄다.

"어? 베개와 담요잖아." 인사하듯 가볍게 손을 든 사람은 몇 안 되는 업계 지인이었다. 검은색 블라우스에 연한 색깔의 와이드팬츠 차림이었다.

"마리아 씨." 베개도 움직임을 멈추고 물었다. "어쩐 일이야?"

담요는 들고 있던 시트를 재빨리 뭉쳤다.

"아, 우리 무당벌레가 말이야."

"무당벌레? 아아, 그 사람?" 실제로 만나본 적은 없지만 담요도 알고는 있었다. 업계에서는 일종의 유명인이다.

"업무차 이 방에 왔다가 바로 돌아올 예정이었는데 연락이 끊겼어. 게다가 이상한 메시지가 들어왔지 뭐야." 마리아는 휴대전화를 쳐들었다.

"이상한 메시지?"

"오늘 극장에 가면 위험하다나. 장난인가 싶었는데, 장난칠 사람도 아니고 장난칠 이유도 모르겠더라고. 아무튼 아무 연락도 안 되니까 걱정되잖아. 그래서 직접 와본 거야. 2010호에 왔다는 것까지는 보고를 받았으니까."

"무당벌레가?" 베개는 말하고 나서 "아." 하고 입에 손을 댔다.

"어디 있는지 알아?"

"마리아 씨, 그렇다면 안 좋은 소식일지도."

"안 좋은 소식이라니?"

"여기서 죽은 남자가 있는데."

담요도 흠칫했다. 시체 중 하나는 마리아가 파견한 무당벌레일지도 모른다. 콜라와 소다라는 이름이 거론되기는 했어도 아직 확정된 건 아니었다.

마리아와 무당벌레가 얼마나 친한 사이인지는 모른다. 다만 동료의 죽음이 희소식일 리는 없다.

마리아가 한순간 경직됐다.

호흡과 시간이 멈춘 것만 같았다. 눈을 부릅뜬 채 뇌 기능이 정지된 것처럼 느껴지기도 했다.

잠시 변함없던 표정이 얼굴 아래쪽을 꿰맨 실이 빠진 것처럼 살짝 일그러지고 입에서 "그렇구나." 하고 목소리가 새어 나왔다. 차가우면서도 스스로를 다독이는 말같이 들리기도 했다. 그렇구나, 그렇구나, 알았어, 하고 나지막한 목소리가 이어졌다.

담요는 가슴 아픈 심정으로 "이 사람이 무당벌레예요?" 하고 카트 안쪽을 가리키며 시트를 치웠다. "침대 옆에도 남자가 한 명 더 있는데요."

"여자도 있고."

마리아가 카트 속으로 얼굴을 들이밀었다. "어, 아니야."라는 말이 끝나기가 무섭게 몸을 일으키고 방 안쪽으로 나아갔다. 그리고 침대에 기대어 앉혀둔 흰색 셔츠 차림 남자의 얼굴을 확인했다.

"이쪽도 아니네." 마리아는 어깨를 으쓱했다. 만약을 위해서라는 듯 얼굴이 타버린 여자도 바라봤다.

"무당벌레가 아니구나." 담요는 한순간 자신이 안도했다는 걸 깨달았다.

"이 호텔, 대체 어떻게 된 거야? 이 사람들 말고 무당벌레도 있다니." 베개가 어이없어했다.

후우, 하고 마리아가 한숨을 내쉬었다. "왜 늘 이렇게 일이 복잡해지는 거람. 간단한 업무일 텐데 참 이상하다니까. 본인은 또 어디 있는 거야? 방은 왜 이 모양 이 꼴이고? 지체 높은 귀족이 보면 당장 도망가겠네." 하고 실내를 돌아다녔다. "어, 두 사람은 이 시체들을 옮기는 일을 하고 있었던 거야?"

"네." 담요는 고개를 끄덕였다. "이누이의 의뢰로."

"이누이?"

"마리아 씨, 노골적으로 질색하는 표정이네."

"질색이니까. 아직 젊은 녀석이 기고만장한 데다 높으신 양반들의 기분만 살살 맞추잖아. 그런 인간은 싫어. 자기만큼 잘나가는 사람은 없다는 듯한 느낌이라."

마리아가 거침없이 독설을 내뱉어서 웃겼다.

"뭐, 수월수월인이니까."

"그건 어느 나라 말이야?"

"이누이는 외모가 잘났고 말솜씨도 뛰어나고 뭐든지 빈틈없이 해내는 것처럼 보이잖아. 우리랑은 정반대야. 약삭빠르고 수월하게 인생을 살아가는 수월수월인이지."

마리아는 "무슨 말인지 알겠어." 하고 미소 짓더니 "하지만 이누이는 친구가 없잖아." 하고 말을 이었다.

"응?"

"베개에게는 담요가 있어. 하지만 이누이에게는 믿을 만한 가족이나 친구가 없지 않을까?"

"아아." 생각지도 못한 관점에서 지적을 받은 기분에 담요는 베개와 눈을 마주쳤다. "아니. 그런 수월수월인한테도 친구는 있을걸요."

"그렇지. 그것도 많을 것 같아."

"수월수월인 주변에 모여드는 친구는, 그냥 명색만 친구일 뿐이야."

"무슨 말인지 알 것도 같고 모를 것도 같고."

"이누이의 짜증 나는 점은, 자기는 아무 실적도 없는 주제에 남이 하는 일을 무시한다는 거야. 요즘 세상에 화약을 쓰는 폭탄은 인기가 없다는 둥, 나 같은 중개업자는 앞길이 막막한 구닥다리 직업이라는 둥 지껄인다니까."

"입이 방정이긴 해요." 담요는 고개를 끄덕였다.

"하지만." 마리아의 표정이 흐려졌다. "이누이가 관련된 일이라면 방심할 수 없는 것도 사실이지. 좋고 싫고를 떠나서 좀 무서운 면이 있으니까."

담요는 뭐라고 대답하면 좋을지 몰라서 베개와 얼굴을 마주 본 후, 어깨를 으쓱했다.

"그래 보여도 실은 무섭다는 소문은 두 사람도 들어봤지?"

"그래서 우리도 이누이와 거리를 둔 거예요."

"찜찜하네."

"뭐가요?"

"무당벌레가 이긴다는 보장은 없어." 마리아가 단언하듯 말해서 담요는 의외라는 기분으로 물었다. "하지만 E2의 생존자잖아요?"

"뭐, 그렇긴 하지만." 마리아는 기운 없는 목소리로 대답했다. "어쩌지. 무당벌레는 어디 있는 걸까."

"물어볼 필요도 없겠지만, 휴대전화로는 연락이 안 되는 거죠?" 연락이 된다면 고민할 필요 없다.

"받을 수 없는 건지, 잃어버린 건지."

그때 담요의 휴대전화에 연락이 왔다. 화면을 보자 이누이였다. "어휴, 자기 이야기를 하니까 전화가 오네. 도청하는 것 같아서 무서워." 무심코 그런 말이 입에서 나왔다.

마리아가 곁에 있어도 상관없으리라. 담요는 스피커폰 기능을 켰다.

"일을 하나 더 맡아줬으면 하는데. 긴급한 업무야."

이누이의 가벼운 말투를 듣고 베개가 한숨을 쉬었다. "저기, 아까 부탁한 일을 지금 하는 중이거든? 2010호의 시체를 정리하고 있다고."

"그 일보다 급선무야. 3층 연회장의 단풍나무실. 남의 눈에 띄기 전에 옮겨주지 않겠어?"

"대체 어떻게 된 거야, 이 호텔? 시체 천지잖아." 담요도 한마디하지 않을 수 없었다.

이야기를 듣던 마리아가 팔짱을 끼고 아랫입술을 내밀었다. 장난스러운 태도이기는 해도 경계심으로 가득했다.

"내 예상보다 더 많은 일이 벌어진 것 같아."

"육인조가 관련된 일이겠지. 여기에도 육인조의 시체가 하나 있어."

"단풍나무실에 있는 시체도 그들 중 한 명이야. 헤이안에게 들었어. 그리고 한 명 더 있는데, 그 녀석은 아직 죽지 않았나 봐. 무당벌레라는 업자 들어봤어?" 마음이 급한지 이누이의 말투가 빨라졌다.

앞에 서 있는 마리아를 보자 눈빛이 날카로워졌다. 무당벌레가 어쨌다는 건데, 빨리 말해, 하고 금방이라도 닦달할 것 같은 표정이었다.

"무당벌레는 잘 알지. 만나본 적은 없지만." 베개도 마리아를 보고 어깨를 움츠렸다.

"죽지는 않은 거지?" 담요는 확인했다.

"헤이안 말로는. 일단 재워놓고 끝장을 내려고 했는데 안에서 문을 잠가버렸대. 헤이안은 이제 내가 거래하는 쪽에 올 테니까 연회장을 정리해줘."

"싫지만." "알았어." 베개와 담요는 대사 하나를 둘이서 분담하듯 꺼내놓았다.

"고마워."

"이누이는 이제부터 거래지?"

"응. 그럼 이만."

전화가 끊기자 베개가 "일이 또 늘었네. 뭐야, 이 호텔." 하고 어처구니없어했다.

"하지만 무당벌레가 어디 있는지 알아낸 건 다행이야."

"늘어지게 자고 있다니." 마리아의 눈에는 웃음기가 없었다.

가미노, 1720호

3층 연회장 '단풍나무실'에서 헤이안이 날린 화살이 나나오에게 명중했다. 얼핏 보기에도 몸동작이 둔해져서 헤이안의 치명적인 공격에 대처할 수 없을 것 같았다.

어떻게든 해야 한다고 마음먹었을 때, 가미노가 할 수 있었던 일은 도망치는 것뿐이었다.

단풍나무실에서 뛰쳐나가면 헤이안이 나나오가 아니라 자신을 쫓아올 것이라는 예상은 적중했다.

헤이안은 바닥을 박차고 쏜살같이 달려서 가미노를 뒤쫓았다. 마치 기르는 개에게 손이라도 물린 것처럼 씩씩 화를 내며 예상보다 빠르게 가미노를 따라잡았다. 그러고는 옷깃을 잡고 상상 이상의 힘으로 확 잡아당겨서 가미노는 엉덩방아를 찧듯 그 자리에 넘어졌다.

"피곤하게 왜 너까지 설치고 그래?" 헤이안은 분노를 감추려 들지 않았다. 그리고 가미노를 질질 끌다시피 단풍나무실로 돌아가더니 "어, 문을 닫았어?" 하고 연인에게 불만을 늘어놓는 듯한 투로 중얼거렸다. 덜컥덜컥 문손잡이를 돌리다가 "아아, 진짜. 문을 잠갔잖아. 최악이야." 하고 한탄했다.

가미노는 숨을 헐떡이면서도 안도했다. 적어도 나나오에게 닥친 위험을 줄이는 데는 성공했다.

"뭐, 됐어. 1720호로 가자." 헤이안은 가미노를 데리고 엘리베이터로 향했다.

17층에 도착하자 헤이안은 바쁘게 걸음을 옮겨 1720호 앞에 섰다. 초인종을 누른 후 "이걸로 이번 일도 드디어 끝이네." 하고 아르바이트 동료에게 푸념하듯 가미노에게 말했다. 그리고 웃음 섞인 목소리로 덧붙였다. "넌 대체 어떻게 될까. 이래저래 탈이 많았지만 그것만큼은 기대가 돼."

잠시 후 문이 열리고 체격이 좋은 정장 차림 남자가 모습을 드러냈다. 남자는 헤이안과 가미노에게 힐끗 시선을 주더니 안으로 들어갔다. 아무 말도 없어서 헤이안은 불쾌한 기색을 보이다 "따라오라는 거겠지." 하며 방으로 들어갔다.

방 앞쪽의 거실에는 대리석 탁자와 4인용 소파가 놓여 있었다. 탁자 맞은편에 앉은 남자가 "고생 많았습니다. 자, 얼른 앉아요." 하고 손짓했다. 그가 정보국 장관인 요모기 사네아쓰임을 알아차린 순간, 뭔가 이상하게 돌아간다는 것을 가미노는 깨달았다.

앉으라는 말을 듣고도 가미노는 우두커니 서 있었다.

요모기 장관이 왜 여기 있는 걸까. 자신을 찾는 건 이누이 아니었나.

머릿속에 잇달아 의문이 솟아올랐다. 더구나 회오리바람에 휘말린 것처럼 그 의문 자체를 잘 정리하기가 힘들었다.

진짜 요모기 장관이다.

15년 전에 쾌속 열차에서 보았던 장면이 머릿속에 번쩍 되살아났다. 그때 그 열차에 저도 있었어요. 살상 사건 때 구해줘서 고맙다고 인사해야 하지 않을까 싶기도 했다. 하지만 말이 나오지 않았다.

도무지 현실 같지가 않았다.

이건 대체 무슨 꿈일까.

요모기 옆에 서 있는 남자가 사토라는 사실도 알아차렸다. 쾌속 열차에서 살상 사건이 일어난 후로 뉴스에 정보가 몇 번 공개됐다. 이름과 나이, 요모기와의 관계 등등이 가미노의 기억 창고에서 쑥쑥 튀어나왔다.

 "음, 이누이는 어디 있어?" 헤이안이 소파에 앉아 앞에 있는 두 사람에게 물었다. 상대가 정보국 장관임을 아는지 모르는지 구분이 되지 않는 태도였다.

 "당신은 비켜주지 않겠습니까?" 요모기가 헤이안에게 말했다. 부드러운 말투와 달리 명령하는 것처럼 들리기도 했다. 가미노는 물론, 헤이안도 당황했다.

 "볼일이 있는 건 가미노 유카 씨니까요. 당신은 이만 돌아가도 됩니다. 돌아가는 편이 좋아요."

 "무슨 대접이 이래? 난 이누이의 부탁을 받고 이 여자를 데려온 거라고."

 "아아, 그런가. 공로를 치하받고 싶은 거로군요. 고맙습니다. 크게 도움이 됐어요. 당신들이라면 일을 제대로 해낼 줄 알았습니다." 요모기가 성과를 올린 부하를 칭찬하듯 말했다. 부자연스럽게 꾸며낸 것처럼 들렸는지 헤이안은 발끈한 표정을 지었다.

 "애당초 이누이에게 당신들을 추천한 건 나예요. 이누이는 이 호텔에 가미노 유카 씨가 은신해 있다는 사실을 알아차렸을 때도 간단히 붙잡을 수 있다며 업자에게 의뢰하기를 꺼렸습니다. 분명 경비가 아까웠던 거겠죠. 하지만 난 만약의 사태가 발생하면 더 골치 아파지니까 유능한 업자에게 의뢰해야 한다는 생각이었어요. 그래서 평판이 좋은 육인조에게 의뢰하자고 제안했습니다. 이렇게 데려왔으니 내 판단이 정답이었군요. 음, 다른 다섯 명은요? 돌아갔습니까?"

가미노 옆에서 헤이안이 혀를 차더니 벌떡 일어섰다. 그와 거의 동시에 맞은편의 요모기와 사토가 몸을 일으켰다.

요모기가 헤이안의 왼쪽 어깨를 잡았다. 사토는 오른쪽 어깨에 손을 얹었다. 그냥 손을 대고 있는 것처럼 보였지만 헤이안은 비명을 질렀다. 물건이 떨어지는 소리가 났다. 헤이안의 발 옆에 통이 떨어져 있었다.

너무나 재빠른 움직임이라 무슨 일이 일어난 건지 가미노는 파악하지 못했다. 옆으로 눈을 돌렸다. 짖는 개처럼 입을 크게 벌린 헤이안은 분명 고통스러워 보였다.

괜찮아요? 하고 가미노가 손을 건드리자 헤이안이 짐승 같은 비명을 지르며 노려봤다.

어깨가 탈구됐다는 걸 잠시 후에 알았다. 봉제 인형의 팔처럼 헤이안의 두 팔이 축 늘어졌다. 왜? 어떻게? 이렇게 쉽사리 관절이 빠질 수 있는 걸까.

"설마." 헤이안이 목소리를 짜냈다. "너희가 그거야? 옛날에 업자를 죽였다는."

"업자만 노린 건 아닙니다." 요모기는 대답을 하며 다시 자리에 앉았다.

사토가 안쪽 침대에서 호리호리한 남자를 데려왔다. 모르는 얼굴인 그 남자도 헤이안처럼 두 팔이 축 늘어졌다. 염색했는지 머리가 금발이었다.

"탈구 인형은 여기에도 있습니다. 이자는 내 목숨을 노리고 호텔을 찾아온 모양이에요. 장관을 살해하라는 의뢰를 받았는데 실패한 업자입니다." 요모기가 웃으면서 금발 남자를 가리켰다.

가미노는 정신이 멍했다. 이 호텔에서 코코와 합류한 후로 예상치 못한 일이 차례차례 발생하고 사람들이 목숨을 잃어서 머릿속이 혼란스러웠다. 게다가 요모기가 무시무시한 말을 꺼내놔서 현실감이 더욱 희박해졌다.

사토에게 끌려온 금발 남자는 몸을 제대로 추스르지 못했다. 인상도 구겨져 있었다. 하지만 신음 한번 내지 않았다. 어깨가 빠졌다면 분명 아플 것이다. 이미 고통에 익숙해진 걸까, 비명을 질러본들 소용없다고 깨달은 걸까.

"어깨 관절을 빼는 장면은 저기, 이케오 기자님에게 보여줬습니다."

요모기의 말을 듣고서야 안쪽에 남자가 한 명 더 있다는 것을 깨달았다. 재갈처럼 입에 수건을 문 상태로 침대 옆에 주저앉아

777

있었다. 분명 그도 어깨가 탈구됐으리라. 흰자위를 드러낸 채 미동도 없는 것으로 보건대 이미 죽었다.

"이쪽 금발에게는 의뢰인의 정보를 알아내야 해서요. 이누이가 오면 알아내줄 겁니다."

그래서 죽이지 않았을 뿐, 이유가 없으면 목숨을 빼앗는 것이 당연하다는 듯한 말투였다.

살려주세요, 하고 가미노는 속으로 빌었다. 누구에게 빌어야 할지 몰라 무작정 빌었다. 몸이 그칠 줄 모르고 벌벌 떨렸다.

그때 헤이안이 뭐라고 말했다. 깐죽거린 건지, 욕을 퍼부은 건지 아무튼 위세 좋게 말을 내뱉었다.

요모기가 또 몸을 일으킨 후에 헤이안이 벌렁 자빠졌다. 요모기 장관이 양손으로 헤이안의 머리를 붙잡고 나뭇가지에서 과일을 따듯이 비틀어버린 것이다.

"얌전히 있으면 돌려보내 주려고 했는데." 요모기 장관은 짧게 숨을 내쉬었다. "예의가 없으면 역시 손해를 보는 법입니다. 우리는 그런 면에서 처세를 잘했어요."

가미노는 양손을 입에 댄 채 굳어버렸다. 혼란스러운 머릿속을 막대로 더 휘저은 것 같았다. 잠깐, 잠깐만 있어 봐, 하고 속으로 외쳤다. 잠깐만요. 뭐가 뭔지 모르겠어요.

만약 이누이가 오면 도움을 요청할 수 있을지도 모른다. 그야

말로 지푸라기라도 붙잡는 심정이었다. 이누이는 비밀번호를 기억하는 자신을 찾아내려 했다. 원한이나 증오를 품고 있지는 않을 테니 그에게 희망을 걸어볼 가치는 있다. 비밀번호를 알려주는 대신 안전을 보장받는 것이다. 가미노는 이누이 밑에서 이 년간 일했다. 얼굴을 마주하면 나름대로 온정을 보여줄 가능성은 있다. 무엇보다 가미노가 알고 있는 이누이는 극악무도한 인간이 아니었다.

생선을 손질하듯 인간을 손질한다는 무시무시한 소문이 있다고는 해도 가미노가 직접 목격한 사실은 아니다.

호흡이 거칠어졌다.

"당신한테는 고통을 주지 않을 테니 안심해요. 공황 상태에 빠져서 기억해내야 할 정보를 떠올리지 못하면 곤란합니다. 사토, 이쪽으로 와. 비밀번호를 알아내서 일을 끝내자."

사토가 금발 남자를 다시 침대 근처에 데려다 놓고 돌아왔다. 난폭하게 내동댕이쳐서 아팠는지 남자가 끙끙거렸다.

이누이를 기다리지 않고 작업을 진행하려는 것을 깨닫고 가미노의 얼굴에서 핏기가 가셨다.

가미노,
1720호

비서가 탁자에 태블릿PC를 내려놓았다. 접이식 키보드도 연결했다.

"사토, 만약을 위해 안전고리를 걸도록 해. 카드키를 가진 사람이 들어오기라도 하면 일이 귀찮아지니까."

요모기의 말을 듣고 가미노는 "저어, 이누이 씨는요? 이누이 씨가 올 거잖아요?" 하고 소리쳤다. 안전고리를 걸면 외부의 도움은 기대할 수 없다. 가령 빈틈을 노려 도망치더라도 문을 여는 데 시간이 더 걸린다. 불가능했던 일이 더 불가능에 가까워진다.

"이누이가 왔더라도 방에서 내보낼 작정이었습니다. 비밀번호를 입력할 때는 이누이가 필요 없어요. 데이터가 그딴 녀석의 눈에 들어가기라도 하면 큰일이니까."

요모기가 직접 여기까지 온 것도 그 때문임을 가미노는 깨달았다. 제삼자에게 부탁하면 데이터의 내용이 유출될 우려가 크기 때문이다. 따라서 최소한의 인원만으로 일을 마칠 작정인 것이다.

요모기 장관님께 그렇게 불리한 데이터인가요?

떠오른 질문을 입 밖에 꺼낼 수는 없었다. "네, 그렇습니다."라는 대답이 돌아온들 상황이 호전되는 것도 아니다.

안전고리를 걸고 돌아온 사토가 태블릿PC 앞에 앉아 키보드를 두드리기 시작했다.

"데이터는 발견했지만 열람은 물론 삭제에도 비밀번호가 필요하다고 이누이가 그러더군요. 무슨 내용인지는 본인도 확인하지 않았다고 하고요. 물론 거짓말했을 가능성도 없지는 않겠죠. 거짓말이라면 금방 들통날 겁니다. 아무튼 이누이에게는 의미 없는 데이터예요. 그나저나 당신이 비밀번호를 전부 암기하고 있다면서요? 믿기지 않는데 기억력이 어마어마하다던가? 뇌 용량에 한계가 없는 건지 궁금하네요. 머리를 열어서 뇌를 들여다보고 싶군요." 요모기야 농담 삼아 한 말일지 몰라도 가미노는 웃을 수가 없었다.

"접속됐습니다." 옆에 있는 사토가 말했다.

요모기가 화면을 보고 픽 웃었다. "미리 들었는데도 마치 퀴즈 같은 느낌이군요."

당신의 모교는 어디? 처음으로 먹은 아이스크림은 무슨 맛? 그런 식의 질문에 맞는 답을 입력해야 한다.

"질문이 많은 것 같던데요."

"777개였어요." 가미노는 대답했다. 자칫해서 뭔가 잘못 말했다가는 양어깨가 부서질 것만 같아서 무서웠다.

"그렇게나?" 요모기의 눈이 새삼 동그래졌다. "상상 이상이네요."

"저도 깜짝 놀랐어요." 거짓말이 아니었다. 그것들을 외워두라며 이누이가 육필로 써서 건넨 목록을 봤을 때는 농담인 줄 알았다.

"그 많은 걸 전부 외우다니 대단한데요. 777이라. 일부러 그렇게 한 걸까요? 행운의 숫자인 7이 세 개 연속이니까. 지금 여기서 777개의 질문에 전부 답해야 하는 건 아니죠?"

"그 중에서 네댓 개를 무작위로 출제할 거예요. 이누이 씨의 설명에 따르면요."

"네 개나 다섯 개. 뭘 물어볼지 모르니까 결과적으로 777개를 전부 외워야 하는 거로군요."

사토가 질문을 읽었다. 비밀번호를 입력하기 위한 질문이 표시된 것이리라.

순순히 대답해도 될지 망설여지기는 해도 가미노는 답을 말했다. 대답을 거부하거나 잘못된 답을 알려줘서 시간을 끌어봤자 폭력을 사용해 답을 얻어낼 것이다.

"정답입니다. 아아, 다음 질문이 표시됐네요." 사토가 다음 질문을 읽었다.

당혹스러웠다. 목뼈가 부러져서 쓰러진 헤이안, 입을 막힌 채 사망한 기자 그리고 팔을 못 쓰게 된 남자가 있는 호텔방에서 실없는 퀴즈를 푸는 기분이었다.

"777 하니 옛날에 아는 사람이 했던 말이 떠오르네요." 요모기가 마침 생각났다는 듯 말했다. "사토도 기억하지?"

"네, 그 남자 말씀이군요." 사토가 고개를 끄덕였다.

"그 남자가 자주 이런 이야기를 했습니다. '아들이 어릴 적에 슬롯머신 장난감을 가지고 놀다가 7이 전혀 나오지 않아서 울상을 지었죠. 그 모습이 머리를 떠나지 않아요' 하고." 그 남자를 희화화해서 성대모사를 했는지 장난스러운 말투였다. "정말 심각하고 진지해서 웃겼죠. '저는 보잘것없는 인생을 살았어도 아들은 행복해지면 좋겠습니다' 하고 울었습니다."

"그런 말을 했던가요?"

"하도 웃겨서 기억하고 있어. 얼마나 진심이었으려나. 보잘것없는 부모에게서는 보잘것없는 아이밖에 태어나지 않는데. 정말 진심으로 가여웠지." 말과는 달리 요모기의 목소리에 애처로워하는 기색은 없었다.

가미노는 "그 이야기, 알아요." 하고 튀어나오려는 말을 꿀꺽 삼켰다.

이누이다. 이누이에게 들었다. 어느 날 경리 시스템에 데이터를 입력하는데 불쑥 나타난 이누이가 웬일로 옛날이야기를 들려줬다. "어렸을 적에 슬롯머신 장난감을 가지고 논 적이 있는데 잭팟은커녕 7이 전혀 나오질 않더라고. 걱정돼서 아버지에게 상의했어." 하고.

어쩜 이럴 수가 있지? 아빠, 앞으로 우리는 어떻게 될까.

"아버지는 뭐라고 하셨는데요?"

"아버지는 거의 울 것 같은 얼굴로 나를 달래듯이 말씀하셨어. '괜찮아, 이런 곳에 운을 쓸 필요 없어. 더 중요한 순간에 운이 따를 거야. 걱정하지 마. 괜찮아'라고. 그런 아버지를 보자 더 걱정되더군. 아들을 걱정하기 전에 자기 걱정부터 하라는 생각이 들었지."

쑥스럽게 웃던 이누이의 얼굴이 똑똑히 기억났다. 가미노는 요모기 장관에게 "그 남자와는 어떤 관계셨어요?" 하고 물었다.

요모기는 사토와 얼굴을 마주 보았다. 밝혀도 될지 눈빛으로 확인하는 것 같기도 했다.

"15년 전, 쾌속 열차에서 살상 사건이 벌어졌는데요. 압니까?"

가미노는 고개를 끄덕였다. 저도 타고 있었어요, 그 차량에 있었어요, 라고는 말하지 않았다. 그 말을 했다가는 구해줘서 고맙다고 인사해야 할 것 같았기 때문이다.

"나와 사토가 범인을 제압했고, 범인은 사형을 당했습니다."

"그랬죠." 칼을 휘두르는 중년 남자의 모습이 머릿속에 떠올랐다.

"그 남자입니다."

"네?"

"아까 말했던, 슬롯머신 때문에 아들을 걱정했던 남자가 살상 사건을 일으킨 범인이라고요."

"어째서."

가미노의 입에서 흘러나온 말이 장관에게 무례를 범하는 것처럼 들렸는지 사토가 매서운 눈빛을 던졌다.

"어째서라니, 누군가 사건을 일으키지 않으면 사건이 일어나지 않기 때문이죠. 범인이 있어야 우리가 붙잡을 것 아닙니까. 그 남자는 원래 남의 빛을 짊어져서 곤란한 상황이었어요. 아무 방도도 없어서 우리 말을 들어야 했죠. 그렇다기보다 들을 수밖에 없도록 몰아붙인 것이긴 하죠."

이누이의 아버지가?

사토가 세 번째 질문을 읽었다.

가미노의 머릿속은 이누이의 아버지와 쾌속 열차에서 벌어진 살상 사건으로 가득 찼다. 이누이의 아버지가 그 사건의 범인? 그쪽에 정신이 팔려서 사토의 질문에는 자동 응답하듯 건성으로 답을 말했다.

"같은 인간인데도 조종하는 쪽과 조종당하는 쪽이 있다니, 세상은 참 잔혹해요." 양심의 가책이라고는 전혀 느껴지지 않는 표정으로 요모기가 말했다.

입력을 마친 사토가 "다음 질문." 하고 화면에 뜬 질문을 읽었다.

쾌속 열차에서 발생한 살상 사건의 가해자가 이누이의 아버지고, 요모기가 그 사건을 계획했다는 설명을 들었다. 뭐가 어떻게 돌아가고 있는 걸까.

열차 차량에서 봤던 광경이 선명하게 되살아났다. 피로 칠갑된 바닥, 울부짖는 아이, 쓰러지는 사람들의 모습이다. 비명과 고함 소리가 머릿속에 울려 퍼졌다.

가미노는 비밀번호를 말했다.

이럴 때가 아니다. 가미노는 필사적으로 머리를 굴렸다. 15년 전에 일어난 일, 이누이의 심정 그리고 자신이 처한 상황, 이것들이 뭘 의미하는지 생각해야 한다.

"아아, 정답입니다. 질문을 전부 통과했네요. 네 개로 끝났습니다. 파일을 열 수 있어요." 사토가 말했다. "삭제할까요?"

"기왕 여기까지 왔으니 내용을 확인해볼까?"

"앗, 동영상이 떴네요. 자동 재생입니다."

요모기 장관이 태블릿PC에 얼굴을 가까이 댔다.

가미노는 두 사람의 모습을 살피며 어떻게 도망칠 수 없을까 고민했다. 비밀번호 맞히기가 다 끝났으니 자신의 역할도 끝난 셈이다. 쾌속 열차 살상 사건의 진상까지 밝힌 건 가미노를 입막음할 자신이 있기 때문이다.

옆에 쓰러진 헤이안처럼 될 가능성이 크다.

하다못해 저항해야 하지 않을까.

심장이 빠르게 뛰었다. 어차피 살아나지 못할 거라면 되든 안 되든 도망이라도 쳐보자.

하지만 다리가 떨려서 일어설 수조차 없었다. 왜 이렇게 된 걸까. 내가 뭘 어쨌다고.

"요모기 씨." 갑자기 이누이의 목소리가 들려 순간적으로 놀랐다. 이내 태블릿PC에서 들린 소리라는 걸 알아차렸다. 재생된 영상에 이누이가 나온 것이다. "요모기 씨, 오늘 여기까지 와주셔서 감사합니다. 비밀번호가 맞아서 다행이네요."

요모기가 유쾌하게 후훗, 하고 웃었다. "이건 또 무슨 취향이람?"

그러자 이누이가 말을 이었다. "요모기 씨께 데이터를 넘기고 싶다고 한 건 거짓말입니다."

요모기와 사토가 얼굴을 마주 보았다. 예상치 못했던 상황이리라. 딱히 경계하는 것처럼 보이지는 않아도 불쾌감 어린 표정이었다.

"다른 사람에게 보여주기 싫은 정보를 거래하기 위해서라면 사토 씨와 단둘이 나오지 않을까 싶었죠. SP가 우글거리면 저도 성가시니까요. 그래서 이런 자리를 마련한 겁니다."

요모기가 한숨을 내쉬었다. 이런 장난질에 놀아난 것 자체가 시간 낭비, 인생의 오점이라고 느끼는 듯했다.

"잡일을 처리하는 것 말고 이누이에게 기대한 바는 없었지만, 이렇게 시시한 인간인 줄은 미처 몰랐군."

"이 여자는 이제 처리할까요?" 사토가 일어섰다.

가미노는 냉랭한 시선에 온몸이 못 박힌 것처럼 뻣뻣하게 굳어버렸다.

"그래야지. 평소처럼." 요모기는 그렇게 말한 후, 좋은 생각이 났다는 듯 손뼉을 쳤다. 그 소리에 가미노는 움찔했다. 심장이 터질 것 같은 감각에 휩싸였다. "아니, 평소보다 시간을 들이는 것도 재미있겠어."

"평소보다 더요?" 사토가 물었다.

"가미노 유카 씨는 경이적인 기억력을 지니고 있지. 고통이나 괴로움도 오래오래 기억할지 몰라."

"아아, 알겠습니다. 잊어버리지 못하는 게 얼마나 끔찍한 일인지 시험해보고 싶으신 거로군요."

과연 사토는 말귀를 잘 알아듣는다며 요모기는 기쁜 표정으로 고개를 끄덕였다. "이런 일로 시간을 날렸으니 스트레스를 풀어야지."

사토가 앉아 있는 가미노의 어깨에 손을 뻗었다. 관절이 빠진다는 공포에 휩싸였는지 몸은 꿈쩍도 하지 않았다. 손이 한번 닿았을 뿐인데 자신의 온몸이 항복한 것 같았다.

"어떤 고통부터 안겨줄까요?" 사토가 요모기에게 물었다. 표정은 확실치 않아도 눈동자 깊은 곳에 어른거리는 희열이 보였다.

왜 이렇게 된 걸까. 또 그런 생각이 들었다. 기억력이 좋다는 이유만으로 이렇게 험난한 인생길을 걸어가야 하다니. 왜 하필 내가? 초조함과 두려움이 뒤섞였고 머릿속에 원망과도 비슷한 감정이 소용돌이쳤다. 다른 사람이 너무나 부러웠다.

그때 '남과 비교해서 어쩌자는 거야?' 하고 충고하는 듯한 내면의 목소리가 들렸다. 사과가 장미를 부러워할 필요가 있을까.

그때 영상 속에서 이누이가 말하는 소리가 들렸다.

"가미노, 세로로 읽기야."

무슨 뜻인지 몰라서 가미노는 어리둥절했다. 그 순간 자신의 의식이 고개를 번쩍 쳐드는 것이 느껴졌다. 납작 엎드려 있던 두뇌가 조금씩 활동을 시작하는 기분이었다.

"사용한 비밀번호의 머리글자를 붙여서 읽어. 네 개 있었잖아.

기억해내."

계속 재생 중인 영상 속에서 이누이가 재촉했다.

가미노는 아까 자기가 말했던 비밀번호 네 개를 떠올렸다. 물론 떠올린다는 작업이 거의 필요 없을 만큼 기억에 생생하게 남아 있으니 눈앞에 적힌 글자를 읽는 것이나 마찬가지였다. 늘어선 네 글자가 바로 떠올랐다.

거의 동시에 침대 옆에 있던 금발 남자가 일어서는 모습이 눈에 들어왔다. 휘청거리면서도 멈추지 않았다. 요모기를 노리려 했던 업자다. 양어깨가 빠져서 날개와 다리를 뜯긴 곤충처럼 힘없이 침대 옆에 앉아 있었는데 갑자기 굳은 심지가 생긴 것처럼 똑바로 일어섰다.

천천히 한쪽 무릎을 구부려 다리를 드는가 싶더니 바닥을 힘껏 밟았다. 비밀번호의 '세로 읽기', 비밀번호 네 개의 머리글자를 연결해 완성된 나오는 말은 '눈가마라'였다. "눈 감아라."

가미노는 눈을 꼭 감고 손으로 그 위를 덮었다.

그 직후에 실내가 빛났다는 것이 느껴졌다. 요모기와 사토가 고함을 질렀다. 그들의 입에서 도저히 나올 것 같지 않은, 짐승 울음소리와도 비슷한 비명이었다. 굉음이 울린 것처럼 느껴졌다. 아마도 소리는 거의 나지 않았을 것이다.

"이거 뭐야." "눈이." 요모기와 사토의 목소리가 들렸다.

좀 떨어진 곳에서 사람이 벽에 부딪히는 듯한 소리가 들렸다.

"요모기 씨, 사토 씨. 아무것도 안 보이나 보네. 딱해라."

다가오는 목소리는 분명 이누이의 것이었다.

요모기와 사토가 일어서는 기척이 느껴졌다. "이누이?" 요모기가 말한 직후에 쓰러지는 소리가 났다. 사토가 신음하는 소리도 들렸다.

"아버지가 돌아가셨을 때, 난 열네 살이었습니다. 다감한 사춘기 때 아버지의 비참한 모습을 보면 안 돼요. 정서에 여러모로 악영향을 끼치거든요. 그걸 노리고 일부러 내 앞에서 아버지를 괴롭혔는지도 모르겠네요. 그런 건 좋지 않습니다." 녹화 영상이 아니라 지금 여기서 이누이의 목소리가 들린다는 걸 가미노는 깨달았다. 차분하기는 해도 군데군데 살짝 갈라지는 목소리였다. 긴장한 걸까, 감정이 격해진 걸까.

"아버지는 나한테만 요모기 씨와 사토 씨의 계획을 알려주셨습니다. 사건을 일으킬 수밖에 없다, 시키는 대로 하지 않으면 너한테까지 불똥이 튄다면서요. 이상한 이야기죠. 부모가 그런 짓을 하면 당연히 자식한테 불똥이 튈 텐데 말이에요."

"이누이, 이게 대체 무슨 짓이야?" 요모기가 말하면서 몸을 움직이는 듯했다.

"요모기 씨, 뭐랬더라, 아까 좋은 말씀을 하셨죠."

"뭐가?"

"조종하는 쪽과 조종당하는 쪽이 있다 그랬나? 요모기 씨는 어느 쪽입니까?"

요모기가 혀를 차는 듯한 소리가 난 직후, 인간의 몸이 꺾이는 듯한 소리와 비명이 들렸다.

가미노는 꼼짝도 하지 못하고 거친 숨만 내쉬었다. 잠시 후 "가미노." 하고 이누이의 목소리가 들렸다. "미안해. 억지로 협력하게 해서."

의외의 말에 반사적으로 눈을 떴다가 황급히 감았다.

"이제 괜찮아. 더 이상 눈부시지 않아. 섬광이 한순간 번쩍였을 뿐이니까."

다시 눈을 떠서 쳐다보자 낯선 얼굴의 금발 남자가 앞에 서 있었다.

"강한 빛을 내뿜는 폭탄 같은 거야. 밟아서 터뜨리지. 요즘 화약을 쓰는 폭탄은 인기가 없다고 그렇게 주장했는데도 다들 진심으로 받아들이지 않는다니까. 물건은 되도록 부수지 않는 편이 환경에도 좋은데."

대체 어떻게 된 걸까. 가미노는 어리벙벙한 기분이었다.

"터질 때 눈을 뜨고 있으면 시각이 마비돼서 한 시간은 아무것도 안 보여."

탁자 너머에 요모기와 사토가 쓰러져 있었다. 둘 다 목 언저리에서 피가 흘렀다. 눈은 허공을 멍하니 바라보는 듯했고 보기 싫게 벌어진 입에서는 혀가 튀어나와 있었다.

"저기."

가미노는 앞에 서서 경망스럽게 이야기하는 남자기 이누이라고 확신했다. 얼굴 말고는 전부 이누이였기 때문이다.

고양이 사진을 찍을 때 빛을 뿜는 폭탄을 떠올렸지.

그렇게 말하는 이누이의 목소리는 태평하게 들렸다. 자세히 보니 몸을 떨고 있었다.

"가미노에게 감사 인사를 해야겠네. 아니지, 사과해야 하나."

"비밀번호를 외우도록 한 거요?"

"그것도 그렇지만, 실은 더 간단히 끝낼 예정이었어. 요모기를 불러내고, 난 암살자인 척해서. 그런데 결행하기 전에 가미노가 없어져서 일이 복잡해졌지."

가미노는 뭐라고 말하면 좋을지 몰라서 입만 우물우물 움직였다.

"가미노가 이 호텔에 숨었다는 걸 알고 요모기를 이리로 불러내면 어떻게든 될 줄 알았어. 그런데 요모기가 육인조를 부르라지 뭐야. 당황스러웠지. 놈들은 무시무시하고 인정사정이 없으니까. 그렇다고 육인조를 부르지 않으면 내가 의심받을 테니 어째야 좋을지 모르겠더라고."

"저는." 말을 이을 수가 없었다.

"가미노가 코코를 고용했다는 정보는 입수했어. 그래서 잘하면 도망치지 않을까 싶기는 했지."

"알고 계셨어요?"

"코코와는 연락이 되지 않았지만. 뭐, 나한테서 도망치게 할 계획이었으니 접촉할 마음은 없었겠지. 내가 유일하게 해줄 수 있었던 일은, 가미노의 목숨을 빼앗지 말라고 육인조에게 신신당부하는 것 정도였어."

코코를 떠올렸다. 내가 두려움에 떨었던 것보다 코코 씨가 돌아가신 게 더 비참하고 슬픈 일이에요, 하고.

"가미노가 예전에 들려준 명언이 날 지탱해줬어."

명언? 자기가 무슨 소리를 했나 싶어서 가미노는 고개를 갸웃했다.

"잊어버리다니, 어떻게? 그렇게 말했잖아."

"아아."

"절대 못 잊어버리지. 아버지는 내가 행복해질 수 있을지 늘 걱정하셨어." 이누이는 양손을 펼쳤다.

가미노는 여전히 말이 금방 나오지 않았다.

"억지로 어깨 관절을 끼웠더니 역시 아프네." 이누이가 왼손으로 오른쪽 어깨를 만졌다. "가미노를 알게 돼서 참 다행이야. 중요한 순간에 운이 따랐어."

"네?" 가미노가 묻는 말에 대답하는 대신 이누이는 "나 오늘 점심 먹었나? 기억해?" 하고 진지한 얼굴로 물었다.

담요,
3층 '단풍나무실'

3층에 도착해 연회장으로 향했다. 함께 따라온 마리아는 직원용 엘리베이터가 신선했는지 "호텔의 이면을 들여다보는 것 같아서 재미있네." 하고 기쁜 표정을 지었다. 무당벌레를 걱정하는 것 같아도 심각함은 별로 느껴지지 않았다.

이누이가 알려준 '단풍나무실'로 복도를 나아갔다.

연회장이 있는 3층은 객실 청소원이 카트를 밀면서 올 만한 곳이 아니다. 옆에 있는 마리아도 가벼운 복장이라 의심받을 가능성은 있어도 당당하게 행동하면 사람들이 자기 나름대로 해석해 '문제없다'고 받아들인다는 것도 담요는 알고 있었다.

앞쪽의 커다란 연회장에는 무슨 이벤트라도 시작될 듯 사람들이 버글버글했다. 얼른 앞을 지나쳤다. 제일 안쪽에 위치한 '단풍나무실'의 문 앞에는 제복을 입은 남자 직원이 서 있었다.

"무슨 일이야?" 마리아가 앞으로 나섰다.

"어, 그게." 직원은 마리아가 누구인지 고민하는 눈치였다. 그러나 누구시냐고 대놓고 물어볼 수도 없는 노릇이리라. "문이 잠겨서 열리지 않습니다. 마침 지나가다가 알았죠."

"우리도 그 일로 호출을 받았어. 업무 보러 가. 여기는 우리가 맡을게."

왜 이 여자가 책임자 같은 소리를 하는 건지 의문스러워할 수도 있었을 것이다. 하지만 직원은 의심을 입 밖에 꺼내지 않고 "감사합니다."하고 인사한 후 물러갔다.

베개가 문으로 다가가 문손잡이를 확인했다.

"열 수 있겠어?"

"호텔 문이라면 대부분. 여러 호텔의 IC카드를 가지고 있고, 자물쇠 따기도 할 줄 알거든. 안에서 안전고리를 걸어놔도 밖에서 끈을 넣어서 벗길 수 있고."

"굉장하다. 전부터 생각했었는데 둘 다 나랑 같이 일해보지 않을래?"

마리아가 진심으로 말하는 것 같지는 않아서 담요는 모호한 웃음으로 받아넘겼다.

베개가 쪼그려 앉은 자세로 열쇠 구멍에 도구를 넣고 달그락거렸다.

"어쩐지 내 일에 두 사람을 끌어들인 것 같네. 미안해." 마리아가 사과했다.

"아까 통화하는 거 들었잖아요. 이건 우리 일이기도 해요. 이누이가 정리하라고 했으니까요."

"이누이는 너무 거만한 것 같아. 실제로 현장에서 뛰는 사람의 마음은 모르지 않으려나."

"아마 마리아 씨도 무당벌레에게 일을 의뢰할 때는 비슷한 느낌 아닐까요." 담요는 말했다. 인간은 자신의 태도에는 무관심한 법이다. 반면교사라는 사자성어는 지극히 옳은 말이다. 사람들이 그 말을 실천한다면 세상은 좀 더 살기 편해질 텐데.

"그리고 이누이는 의외로 열심히 해." 베개가 자물쇠를 따면서 말했다.

"열심히 하다니? 뭘? 전부 남에게 맡기는 주제에."

"분명 지금쯤 1720호에서."

"이 호텔의?"

"응. 어울리지 않는 금발 머리를 하고."

"얼굴도 바꾸고요."

"뭐야, 그게?"

"우리도 이누이에게 의뢰 내용을 처음 들었을 때는 깜짝 놀랐어. 설마 요모삐에게 그런 이면이 있을 줄은 몰랐거든."

"요모삐?" 마리아가 물었다.

"이누이는 업자에게 요모삐를 살해해달라고 의뢰한 적도 있었대. 하지만 어이없이 실패했지. 최근에 업자가 어깨 관절이 빠진 채로 살해당한 사건이 몇 건 있었잖아? 설마 요모삐 일당에게 당했을 줄이야."

"어깨를 탈구시키는 업자 킬러가 있다는 소문은 마리아 씨도 들어봤죠?"

"아, 들어봤어. 당시는 꽤 무서웠지. 그게 어쨌는데? 요모삐는 누구고?"

"어디까지 이야기해도 될지 모르겠네요." 담요는 솔직하게 말했다.

"그럼 애초에 사람 감질나게 하지 말든가."

"반성하는 중이야." 베개가 웃었다. "타임머신이 있으면 시간을 되돌리고 싶을 만큼."

이누이는 베개와 담요에게 "요모기 장관과 사토 비서에게 복수하고 싶지만 섣불리 접근할 수는 없어. 같은 방, 그렇게 넓지 않은 방에 함께 있을 수 있다면 기회가 생길 거야." 하고 말했고, "그러니 날 암살을 청부받은 업자로 위장해서 방에 놔두지 않을래? 적당히 묶어서."라는 의뢰를 덧붙였다.

"일이라면 받아들일게. 하지만 잘될까? 얼굴을 보면 누군지 바로 알 텐데."

"얼굴 정도는 바꿔야지. 요즘은 십 대도 성형을 해. 얼굴은 어떻게 돼도 상관없어."

잘생긴 외모를 무기로 활용하는 줄 알았던 이누이가 아무 미련도 없이 그렇게 말해서 담요는 의외였다.

"고용된 업자가 요모기를 노린다는 소문은 미리 퍼뜨려둘게. 실제로 내가 고용한 업자들이 실패했으니까 진실미가 느껴지겠지. 베개와 담요는 날 호텔에서 붙잡아서 거래 장소로 옮겨줘."

"흐음."

"암살자를 숨기려면 실패한 암살자들 사이에 숨겨라, 그거지."

"어휴."

"그런데 그렇게 귀찮은 절차를 밟을 필요가 있어? 얼굴을 바꾸면서까지 말이야. 요모삐가 레스토랑 같은 데 있을 때 습격하면 되잖아?"

"평소는 SP가 많아서 어려워. 그리고 요모기와 사토는 얄볼 작자들이 아니야. 허를 깊숙이 찌르지 못하면 반격을 당하고 말아. 내가 의뢰한 업자들도 허를 찌른다고 찔렀지만 전부 당했으니까."

"그렇게 버거운 상대야?"

"업자 킬러라는 별명은 허명이 아니야."

"믿기지가 않네." 베개가 기막힘과 두려움이 뒤섞인 목소리로 말했다. "그 요모삐가."

"그런데 가령 의심받지 않는다고 쳐도 어떻게 하려고? 암살자로 붙잡히면 분명 가만히 놔두지 않을 텐데. 틀림없이 어깨부터 탈구시키지 않을까?" 담요는 의문을 제기했다.

"물론 그러겠지." 이누이는 회식 일정이라도 이야기하듯 즐거운 말투로 대답했다. "양어깨가 탈구되는 수고 정도는 참아야지. 오히려 그렇게 하도록 유도할 작정이야. 다리만 쓸 수 있으면 돼."

"다리? 발차기라도 연습 중이야?" 아무리 그래도 만약 요모기 장관 일당의 정체가 업자 킬러라면 대등하게 싸우기는 힘들 것 같았다.

"빠진 어깨를 끼우는 방법은 연습하고 있어."

"뭐라고?"

"벽에 세게 부딪쳐서 끼우는 거지. 역시 공부는 중요하다니까. 알겠나, 베개와 담요."

"이누이, 공부를 잘못한 거 아니야? 빠진 어깨를 끼우다니 말이 돼?" 담요는 어이없어했다.

"할 수 있어. 아니면 정골원°에서 어떻게 치료를 하겠어? 말 안 했던가. 나, 유도정복사°° 자격증도 있어."

"몰라." 그 말 자체가 진담인지 농담인지도 분명치 않았다.

"그런 방법이 있다고 해도 어깨를 끼우는 동안 상대가 기다려 줄 리 없잖아."

베개의 말에 이누이는 "상대의 시각을 빼앗을 거야. 그 사이에 전부 해치우면 돼." 하고 웃었다. "어깨를 못 써도 물건은 밟을 수 있으니까."

지시받은 대로 이누이를 시트에 감싸서 결박한 형태로 1720호에 옮긴 후, 이누이가 '빛 폭탄'이라고 부르는, 음악용 CD를 절반으로 줄인 듯한 얇은 원반 모양 물체를 침대 아래에 놓아뒀다. 기회를 노려 발로 끄집어내고 밟아서 터트릴 것이라고 했다.

"그렇게 잘될까?" 남의 일인 만큼 담요는 솜씨나 구경하자는 기분이었다.

의뢰를 받아들인 후 베개가 "그나저나 용케도 우리를 믿기로 했네. 계획이 사전에 요모삐에게 새어나가면 큰일이잖아. 우리

• 부러진 뼈를 붙이거나 어긋난 뼈를 바로 맞추는 일을 전문으로 하는 병원
•• 접골, 고정 등의 방법으로 수술 없이 골절, 탈구 등을 치료하는 것을 직업으로 하는 사람

가 찌르면 이누이, 넌 끝장이야." 하고 말했다. 확실히 그렇기는
했다.

"스무 살에 이 업계에 들어온 뒤로 계속 찾았어. 그래서 시간
이 걸렸지."

"뭘 찾았는데?"

"믿을 만한 사람. 베개와 담요는 믿을 수 있어. 그렇지?"

담요는 베개와 얼굴을 마주 본 후 "사람 보는 눈이 있네." 하
고 웃었다. "덧붙여 무서운 소문을 들있는데 말이야."

"소문?"

직접 말하려니 용기가 필요해 각오를 다졌다. "이누이는 사람
을 해부하는 게 취미라며?"

반색하듯 이누이의 표정이 풀어졌다. 자신이 원한 대로 여자
를 유혹한 것처럼 만족감이 배어나는 얼굴이었다. "그 소문, 내
가 퍼뜨린 거야. 업계에서 얕보이지 않으려고. 아까 말했다시피
빠진 어깨를 잘 끼우기 위해 뼈와 근육에 관해서도 공부해야 하
는 만큼, 그런 공부를 하는 그럴싸한 이유를 갖다 붙이고 싶기
도 했고."

"그렇다고 스스로 그렇게 무시무시한 소문을?" 담요는 어이가
없었다.

"으스스하니 좋잖아."

"좋기는 퍽이나 좋겠다."

"그래, 그래. 맘대로 하셔."

과연 이누이는 잘해냈을까. 담요는 17층의 상황을 상상하고 싶어졌다.

"이누이는 불성실해 보여서 싫어. 늘 유들유들하게 굴고, 전부 남한테 떠맡기잖아." 마리아가 옆에서 계속 투덜거려서 담요는 웃음이 났다.

베개가 일어섰다. "자물쇠 풀렸어."

"고마워." 담요와 마리아가 동시에 말했다.

담요는 안에서 누군가 튀어나오는 상황도 염두에 두고 경계하며 문을 열었다. 베개와 자신의 위치를 신경 쓰며 카트를 앞장세워 실내로 들어갔다.

길쭉한 탁자와 의자가 수많이 늘어서 있었다. 격투를 벌인 흔적인지 앞쪽의 탁자와 의자가 몇 개 넘어져 있었다.

무당벌레는 금방 발견됐다. 연회장 문 바로 근처에 엎드린 자세로 쓰러져 있었다.

마리아가 달려가서 익숙한 손놀림으로 목 언저리를 짚었다. 맥박을 확인하는 것이리라. 표정에는 드러나지 않아도 마리아의 등에서 안도감이 확 피어오르는 것이 느껴졌다.

"잠들었네. 일어나, 일어나라고. 아침이야." 마리아가 위를 보도록 뒤집어 눕힌 무당벌레를 마구 흔들었다. 그리고 얼굴도 가볍게 때렸다. "엄마 왔다." 하고 말하는가 싶더니 "아빠 왔다."라는 말도 덧붙였다.

"시체가 있을 텐데." 베개가 자신들의 원래 임무가 생각났다는 듯 카트를 밀었다. 담요도 고개를 끄덕였다. 긴 탁자와 의자를 피하며 시체를 찾기 시작했다.

그 직후에 웬 남자가 벌떡 일어섰다. 긴 탁자 밑에 있었는지, 스스로 폭발물이 된 것처럼 탁자와 의자를 힘차게 뒤집어 엎었다.

남자는 머리가 잔뜩 헝클어졌고 얼굴 살점이 떨어져 나갔다. 몸 여기저기에 피도 튀었다.

"담요, 자." 담요는 베개가 던진 시트를 받아들었다.

담요와 베개에게서 떨어진 곳에 있던 남자가 무당벌레 곁에 앉은 마리아를 향해 주저 없이 돌진했다. 물불 가리지 않고 눈에 띄는 족족 물어 죽이려는 야수처럼 폭주한 상태로 보였다. "마리아 씨!" 하고 담요는 소리쳤다.

마침 그때 누워 있던 무당벌레가 몸을 일으켰다. 하필 이럴 때, 하고 담요는 혀를 찼다.

무당벌레는 상반신을 일으켜 세워 장소와 상황을 확인하는 듯했다.

남자가 너 죽고 나 죽자는 각오로 덤벼들려고 했다. 마리아도 남자가 덤벼든다는 걸 알아차렸다.

담요는 그저 바라보는 것이 고작이었다.

마리아가 무당벌레를 난폭하게 밀어냈다. 무당벌레를 눕히고 자기가 공격을 받아내려는 것처럼 보였다.

마리아가 바닥에서 뭔가 줍더니 쪼그려 앉은 자세로 지체 없이 그것을 휙 던졌다.

달려오던 남자가 딱 멈췄다. 담요가 있는 곳에서는 뒷모습밖에 보이지 않아서 어떻게 된 건지는 알 수 없었다. 마치 배터리가 갑자기 다 떨어진 것처럼 정지했다.

잠시 후 남자가 앞으로 푹 고꾸라졌다. 땅이 흔들렸다고 할 정도는 아니었다. 그래도 바닥이 울리는 듯한 소리가 났다.

담요와 베개가 달려가자 무당벌레가 간신히 자세를 바로잡더니 "왜 떠밀고 그래?" 하고 마리아에게 불평했다.

"살려줬으니까 일단 고맙다는 말부터 해."

"무슨 일이 일어난 건지 전혀 모르겠는걸."

"넌 대체로 운이 없잖아. 그래서 상대에게 부딪혀서 넘어질 곳에 위험한 물건이 떨어져 있지 않을까 싶었지."

"그게 무슨 소리야?" 베개가 물었다.

"무당벌레가 저 녀석에게 부딪혀서 넘어졌다면 분명 바닥에 떨어져 있던 압정이나 못이 푹 박혔을걸? 불운으로 똘똘 뭉친 인간이니까. 엎친 데 덮치고, 넘어진 곳에 뾰족한 물건이 있는 게 네 운명이지. 그래서 그걸 예상하고 네 근처를 찾아보니 아니나 다를까, 있었다는 말씀."

"뭐가 있었는데."

"긴 침이 바닥에 꽂혀 있었어. 화살인가."

"아아, 아까 위에서 놈이 날린 거로군."

담요가 고개를 돌려 쓰러진 남자를 살펴보자 이마에 화살로도 못으로도 보이는 긴 물체가 박혀 있었다.

"이마 한복판이야. 마리아 씨, 스트라이크." 베개가 옆에 서서 남자를 내려다보며 나지막하게 말했다. "이 녀석도 이 녀석 나름대로 참 애썼네."

얼굴이 크게 손상됐는데 그렇게 격하게 움직인 것 자체가 믿기지 않을 정도였다.

담요는 베개와 절차를 상의해 남자의 시체를 카트에 실었다. 탁자와 의자를 정리하고 싸움이 벌어진 흔적을 지우기로 했다. 연회장에 누군가 오기 전에 빨리 끝내야 한다.

"간단한 일이었지?" 마리아의 말에 무당벌레가 "깜짝 놀랄 만큼." 하고 대답하는 소리가 들렸다.

무당벌레,
2층 레스토랑

 본격적인 프렌치 레스토랑에서 식사를 하는 건 오랜만이라 나나오는 어색하기 짝이 없었다. 요리가 순서대로 나오는 것도, 요리가 나올 때마다 웨이터가 설명해주는 것도 익숙지 않았다. 그렇게 말하자 앞에 앉은 마리아는 "삼시 세끼가 이렇다면 힘들겠지만, 일 년에 몇 번 이런 곳에서 식사할 때 정도는 코스 요리의 묘미를 즐기도록 해." 하고 타일렀다.

 "넌 일 년에 몇 번이야? 난 몇 년에 한 번도 안 돼."

 "월드컵 같네. 흥겹겠다."

 마이동풍이라고밖에 할 말이 없어서 나나오는 한숨을 쉬었다. "음, 일 년 전에 요모기는 이 레스토랑에 있었던 건가."

 "여기서 기자와 함께 코스 요리를 먹었어. 레스토랑 직원이 기억하고 있었다나 봐."

 "내부에는 방범 카메라가 없나?" 나나오는 천장과 벽에 시선을 주었다.

 "출입구에는 있지만 내부에는 없어." 나나오 옆에 앉은 코코가 대답했다. "물건을 훔치는 사람이나 음료에 수상한 걸 타는 사람이 있으니까 실은 각 탁자를 녹화하는 편이 나을 테지만."

"호텔 방범 카메라에 그날의 영상 데이터가 남아 있지 않았던 건 코코 씨가 그런 거예요?" 마리아가 물었다.

윈튼팰리스 호텔에서 소동이 벌어진 지 일 년이 지났다. 바람총을 사용하는 육인조에 더해 콜라와 소다, 요모기 사네아쓰와 그의 비서 사토, 인터넷 뉴스 사이트의 기자가 사망하는 대사건이 벌어졌다. 물론 겉으로는 거의 드러나지 않았다.

사건이 표면화되지 않았던 것은 시체를 잘 처리했기 때문이다. 업자가 전부 실어냈다고 한다. 525호와 2010호, 1720호와 단풍나무실, 그 외에 3층과 1층 화장실에 숨겨둔 시체를 모조리. "베개와 담요는 참 우수해. 전속 업자로 삼고 싶을 정도야." 마리아가 그렇게 말해도 전속 업자가 될 만한 이점이 있을 것 같지는 않았다.

요모기 사네아쓰와 사토의 시체는 훗날 화재가 발생한 간토 지방의 한 리조트 별장에서 발견돼서 전국이 떠들썩해졌다. "언제까지고 행방불명 상태면 부자연스러우니까."라는 생각에 마리아가 시체를 옮기기로 했다고 한다.

방범 카메라 영상이 남아 있지 않았던 것도 사건이 표면화되지 않았던 이유 중 하나였다. 요모기 장관이 레스토랑에 왔던 것까지는 파악됐다. 다만 호텔 내부에서 어떻게 행동했는지는 조사할 방도가 없었다.

"방범 카메라의 데이터를 지운 건 내가 아니야." 코코가 말했다. "알다시피 난 헤엄치고 있었으니까, 삼도천을."

"삼도천을 헤엄쳐서 건넌다고?"

코코가 왼팔과 오른팔을 그럴싸하게 움직였다. 그것도 크롤 영법으로. 하고 나나오는 한마디하지 않을 수 없었다.

"분명 걔들이 그런 거겠지, 그 육인조가. 방범 카메라를 확인했을 테니 가미노를 붙잡기 직전쯤에 전부 삭제했을 거야. 녹화도 중지시키고."

나나오는 가리비의 관자를 포크로 밀어서 접시에 뿌린 소스에 묻힌 후 입에 넣었다.

"어때? 맛있지?" 마리아가 귀찮게 물어봤다.

"왜 당연한 걸 묻고 그래?"

"코코 씨를 오늘 식사에 초대한 건." 마리아가 냅킨으로 입을 닦았다. "그날 있었던 일을 이것저것 가르쳐줬으면 해서예요."

"일 년이나 지났는데, 이제 와서?"

"하지만 코코 씨는 오랫동안 입원했었잖아요. 물어보고 싶어도 물어볼 수가 없었다고요."

"퇴원한 지 좀 됐는데."

"무사해서 다행이에요."

"의사 선생님도 놀라더라고. 뭐, 나도 아직은 아들의 경기를 더 보고 싶으니까."

"코코 씨. 소문으로 듣기는 했는데, 그 이야기 진짜예요?"

"물론 진짜지. 연륜 있는 좌완이야."

나나오는 대체 무슨 이야기일까 싶었다. 하지만 굳이 내용을 알고 싶은 건 아니었으므로 오로지 식사를 즐기기로 했다.

일 년 전 그날, 윈튼팰리스 호텔에서 있었던 일은 나나오에게 다시는 떠올리고 싶지 않은 악몽과도 같았다.

"그만큼 애썼는데 고마워하는 사람이 아무도 없었어." 나나오 는 한탄했다.

"내가 고마워할 필요는 없잖아. 오히려 내가 널 구해줬는걸."

"하긴. 다만 그렇게 따지면 널 노리는 사람이 있다고 알려준 건 나야."

나중에 그 남자의 신원은 간단히 판명됐다. 마리아가 사정을 캐물은 끝에 오해를 풀고 화해했다. 결과적으로는 마리아가 극 장에 가지 않아서 정말로 다행이었다고 할 수 있다. 하지만 정 작 마리아는 그 연극을 놓쳤다며 한동안 불만을 늘어놓았다.

"엄밀하게 말하면 위험을 알려준 건 가미노 씨지. 나한테 메 시지를 보내줬으니까."

"그것도 내가 부탁한 거잖아."

"코코 씨와 연락이 될 것 같아. 다음에 같이 밥 먹으면서 이야기를 듣자." 마리아가 그렇게 제안했을 때, 나나오는 내키지 않았다. 일 년이나 지난 일이기도 하고, 드디어 기억이 희미해지기 시작할 참이었다. 결국 가겠다고 대답한 건 코코라면 고마움을 표현하지 않을까 싶었기 때문이다.

사실 가미노를 도주시키는 건 코코가 할 일이었고 나나오는 반쯤 강제적으로 그 일을 이어받은 셈이다. 사과는 물론 감사를 받고 싶다고 해도 비난당할 일은 아니다.

하지만 코스 요리가 점점 진행되는데도 코코가 "그때는 고마웠어." 하고 인사할 낌새는 없었다. 그렇다고 자기 입으로 감사 인사를 받고 싶다고 말하기도 꺼려졌다.

쓸쓸하니 체념과도 비슷한 기분이 들었다. 그래도 하나씩 나오는 요리가 전부 맛있어서 우울하지는 않았다. 오히려 '그딴 건 작은 고민이야!'라는 생각이 들 만큼 입안에 행복이 퍼져나갔다.

코코 앞에는 소다수가 담긴 잔이, 나나오 앞에는 콜라가 담긴 잔이 놓여 있었다. 자리에 앉자마자 코코가 "콜라와 소다에게는 정말 미안하기 그지없어. 일주기라고 하면 뭣 하지만." 하고 말했다. 과연 그런다고 추도가 될지는 모르겠으나 콜라와 소다수를 주문했다. "무슨 소리예요?" 하고 고개를 갸우뚱한 마리아만

자기가 마시고 싶은 와인을 마셨다.

"코코 씨, 이누이와 가미노 씨는 어떻게 지내요? 그 후로 증발했잖아요." 주요리인 고기 요리를 다 먹었을 때쯤 마리아가 물었다. "코코 씨가 도망치게 해준 거 아니에요?"

"난 입원했었는걸."

"입원했어도 코코 씨라면 가능하겠죠." 마리아는 그렇게 말하며 양손으로 자판을 두드리는 시늉을 했다.

코코는 웃는 얼굴로 긍정도 부정도 하지 않았다. "들려줄 이야기가 그렇게 많지는 않아. 그래도 좋은 조합 아니야? 착실하고 사려 깊은 가미노와 뭐든지 요령 있게 해내는 경박한 이누이."

"사이좋게 단둘이 어딘가로? 난 잘 모르는데, 둘이 그런 사이였어?"

"나한테 물어본들 모르지." 나나오는 퉁명스럽게 대꾸했다.

"그런 사이는 아니었어더라도 그런 사이가 됐겠네."

"수수께끼 같군." 나나오는 말했다. 모든 일이 수수께끼처럼 느껴졌다. 호텔에 있던 요모기 장관은 어떻게 관련된 걸까. 이누이와 가미노는 뭘 한 걸까. "그날 호텔 출입구에는 감시팀 같은 자들이 있었어. 가미노 유카는 어떻게 도망친 걸까?"

"뭐, 이누이와 함께 나간 것 아니겠어? 베개와 담요 말로는 운반업자 같은 사람도 있었던 것 같으니까." 마리아는 그 점에는 관심이 없는 듯했다.

"이누이와 가미노는 실은 저 멀리, 해외로 나가고 싶었던 모양이야. 일단은 돈부터 마련하겠다나 봐. 이누이도 성실하게 일한대." 코코가 말했다.

"성실하게 일한다고요? 그거 고양이한테 잠자지 말라고 시키는 거나 마찬가지잖아요." 불가능하다고 마리아는 단언하듯 말했다. "그나저나 어디 있는지 들통나면 큰일 나겠는데."

"참고로 내가 진심을 다해 누군가의 재출발을 돕는다면."

"네."

"아무에게도 들키지 않을 거야. 그게 내 주특기니까. 그러니 둘이서 새로운 인생을 살아갈 수 있겠지. 몰래 숨어서 지낼 필요도 없어. 예를 들면 이 레스토랑의 옆자리에서 식사를 해도 괜찮아."

그 말에 옆을 돌아봤지만 아무도 없었다. "흐음, 그런가." 하고 나나오는 대꾸했다.

"무슨 반응이 그렇게 쌀쌀맞아?" 마리아가 손가락을 들이댔다. "가미노 씨는 생명의 은인인데."

"그랬나?"

"연회장에서 가미노 씨가 달아난 덕분에 살았다고 했으면서."

"아아, 그거 말인데. 나중에 생각해보니 애당초 가미노 유카가 날 끌어들이지 않았다면 그런 일을 당하지도 않았을 거야."

나야말로 감사를 받고 싶다고 나나오가 받아치려는데 디저트가 나왔다.

커다란 접시 한복판에 치즈케이크를 올렸고 초콜릿소스와 예쁜 아이스크림을 곁들였다. 지금까지 잔뜩 공들여 나왔던 요리에 비하면 비교적 정석적인 디저트 같았다.

나나오는 포크로 케이크를 잘라내 입에 넣었다. "아아." 하고 감탄이 나왔다. 치즈 냄새와 산미에 섞여 감귤류의 향기가 콧속까지 퍼졌다. 한발 늦게 매운맛과 쓴맛이 어우러진 알싸한 자극이 느껴졌다.

"왜?" 마리아가 케이크를 크게 한 입 먹은 후 물었다.

"유즈코쇼를 넣었군. 생각보다 나쁘지 않아."

마리아는 이맛살을 찌푸렸다. "유즈코쇼? 그런 건 여기 안 들었는데."

"뭐?" 나나오는 마리아의 접시를 본 후, 자기 접시에 남은 치즈케이크를 내려다봤다. 모양은 거의 똑같아도 색깔이 조금 달랐고 나나오의 치즈케이크에는 고추 입자가 반점처럼 남아 있었다.

옆에 앉은 코코의 접시를 확인하려고 고개를 뺀자 코코는 미소를 지으며 유쾌한 눈빛을 던졌다.

주방은 어디인가 싶어 주변을 둘러보는데 다른 탁자의 음료를 들고 지나가던 웨이터가 갑자기 미끄러져서 나나오의 옷에 와인을 쏟았다. "죄송합니다." 하고 허둥지둥 달려온 다른 직원까지 넘어지는 바람에 소동이 더 커졌다. 나나오와 마리아는 태연한 듯 거의 동시에 "자주 있는 일이라." "신경 쓰지 마세요." 하고 말했다.

코코는 한순간 놀란 표정을 지었다가 바로 웃음을 터뜨렸다. 변함없이 이런 일뿐이다. 나나오는 한숨을 내쉬었다.

"아참, 베개와 담요가 한 말이 있는데." 마리아가 케이크를 우물거리며 말했다.

"뭐라고 했는데?"

"그때 네가 중얼거렸잖아. 남과 비교하면 안 된다느니, 사과나무가 어쨌느니 저쨌느니."

단풍나무실을 나설 때 그런 말을 했던 기억이 났다. 불운한 일만 당하는 자기 자신이 원망스러워져서 의식이 몽롱한 와중에도 주문처럼 외우고 싶었다.

"묘하게 수긍한 눈치더라." 둘 다 "고등학생 때 그 이야기를 듣고 싶었는데." 하고 웃으면서도 어쩐지 서글퍼 보였다고 마리아는 덧붙여 말했다.

"가미노는 절대로 잊지 않을 거야." 잠시 후 코코가 나나오를 보지 않고 혼잣말하듯 입을 열었다.

"어, 뭐를?"

"은혜를."

"아아."

"그렇지?"

"뭐, 그렇겠지. 잊어버리고 싶어도."

나나오는 멍하니 포크를 움직여 케이크 조각으로 접시를 닦듯이 초콜릿소스를 묻혔다. 초콜릿으로 메시지를 쓴 것 아닐까 싶었을 때는 대부분 케이크에 문질러서 지워진 뒤였다. 케이크를 입에 넣자 아까 웨이터가 넘어졌을 때 튀었는지 와인 향기가 났다.

트리플 세븐

1판 1쇄 인쇄 2024년 8월 28일
1판 1쇄 발행 2024년 9월 9일

지은이 이사카 고타로
옮긴이 김은모

발행인 양원석
편집장 김건희
디자인 최승원, 김미선
영업마케팅 양정길, 윤송, 김지현, 한혜원, 정다은, 유민경

펴낸 곳 ㈜알에이치코리아
주소 서울시 금천구 가산디지털2로 53, 20층 (가산동, 한라시그마밸리)
편집문의 02-6443-8902 **도서문의** 02-6443-8800
홈페이지 http://rhk.co.kr
등록 2004년 1월 15일 제2-3726호

ISBN 978-89-255-7472-1 (03830)